ELIZABETH LANDRY

L'Hôtesse de l'air – Tome 2

Contents

1

Chapitre 1

Montréal (YUL) – Rome (FCO)

−Pardon, monsieur, je crois que vous êtes assis dans mon siège...

L'homme me regarde, étonné. J'en déduis qu'il ne parle pas français. Je me penche vers lui pour me reprendre :

— *Sorry, sir, do you speak English* ?

Il secoue la tête et tousse un bon coup avant de me répondre d'une voix enrhumée.

— Non, français.

Je lui souris. Je m'apprête à lui expliquer la situation, mais avant de le faire, je m'assure de ne pas être celle qui s'est égarée. Rapidement, je consulte ma carte d'embarquement. Effectivement, il est bien assis au 4 A. Je lui en fais mention timidement.

En entendant la mauvaise nouvelle, il tente un semblant de surprise en bondissant sur son siège. Son expression me dit que je ne lui ai rien appris du tout. Il dépose ses deux mains sur les accoudoirs, puis essaie de s'avancer vers moi pour me parler. À voir la tête qu'il me fait, je comprends qu'il n'a pas le désir ni probablement la possibilité de se lever si facilement. Pour une bien grasse raison, cet homme est sans aucun doute décidé et destiné à demeurer assis sur mon siège pour le reste du vol. Lorsqu'il ouvre la bouche, je remarque son double menton qui ballotte dans ma direction. Ça s'annonce mal.

— Ça vous dérangerait de vous asseoir au milieu ?

Sa demande ne me surprend pas. Je connais ma réponse, mais je ne suis pas prête à la lui donner. J'ai besoin de temps. Juste une seconde pour assimiler la situation ou, plutôt, me préparer à ce qui m'attend. J'observe : le siège 4 B est effectivement libre. En acceptant l'offre, j'aurai comme voisins cet homme plantureusement débordant et de l'autre côté... son sosie !

Un petit instant. Je contre-vérifie. À mon grand désespoir, je ne rêve pas : Monsieur 4 C est aussi corpulent que Monsieur 4 A. Voilà pourquoi une gentille et délicate Scarlett au milieu leur convient parfaitement. Et moi, dans tout ça ? Mes deux futurs voisins empiètent déjà dans l'espace vide où l'on me demande de m'installer. Je n'aurai jamais passé autant d'heures en si écrasante compagnie.

Je considère le refus sans vraiment l'envisager, car de toute évidence, ces deux hommes sont plus à leur aise ainsi. Ils ont payé leurs billets, moi pas. Et bientôt, lorsque l'équipage viendra me voir pour le service, ils remarqueront bien que je suis hôtesse de l'air. « Un peu de compassion, Scarlett », pensé-je avant de me résigner et de me frayer un chemin.

— Merci beaucoup, me dit 4 A.

— Oui, merci, mademoiselle, ajoute 4 C en remuant la tête et, par ricochet, son majestueux double menton.

— De rien, réponds-je depuis mon minuscule 4 B.

Nous n'avons pas encore décollé et j'ai mal aux épaules. Elles demeurent courbées en direction de ma poitrine, car elles n'ont nulle part d'autre où aller. Mon voisin de droite s'étend confortablement les avant-bras et mon voisin de gauche fait la même chose. Je n'ai donc pas d'accoudoir et, à bien y penser, j'abandonne l'idée de délimiter mon territoire pour obtenir un coin à moi. Je ne peux même pas croiser les bras, car mes coudes piqueraient leurs flancs moelleux. Et pas de risque que ceux-ci dégonflent. J'opte alors pour la seule position qu'il me reste : croiser les mains et les déposer sur mes cuisses. J'ai l'air de prier. Et c'est exactement ce que je fais. Je prie pour que ce vol décolle et qu'on atterrisse au plus vite à Rome. « Ah ! Que je déteste être passagère ! » C'est fou ce que l'amour peut nous pousser à accomplir quelquefois.

— Vous travaillez pour la compagnie ? me demande 4 C, qui semble être un fin observateur.

— Oui, en effet. Comment vous le savez ?

Je ne tourne pas la tête pour le regarder droit dans les yeux. Je sens déjà son souffle me balayer la joue, alors je m'imagine mal lui faire face. Je me résigne à dévier uniquement mon regard vers la droite en signe de bonne foi.

— J'ai remarqué votre valise avec l'inscription VéoAir. J'en ai conclu l'évidence, c'est tout, me signifiet-il, fier d'avoir élucidé le mystère.

— Hum...

Je n'ai pas envie de lui parler, car j'ai l'esprit ailleurs. Je préfère baisser les yeux et me laisser distraire par mes pensées. Je me suis vraiment embarquée dans toute une histoire. Ma raison me disait de refuser et de ne pas partir à Rome. Le cœur a gagné. Je m'entends encore me dire : « N'y va pas, Scarlett ! Cet homme est marié et a deux enfants... avec une collègue ! » C'est exactement ce que ma mère m'aurait hurlé à l'oreille. Si j'avais su que je serais coincée entre deux mastodontes d'hommes, j'aurais peut-être reconsidéré la proposition. En fait, je reste convaincue que j'aurais sauté à bord de cet avion d'une manière ou d'une autre. J'étais trop décidée à agir.

Pendant presque deux ans, j'ai évité de succomber au regard noir et profond de mon beau commandant, mais sa voix, ses yeux, son charme m'ont envoûtée et je devais tenter ma chance. J'en avais assez de me dire que la situation n'était pas idéale, que je ne pouvais pas jouer dans les plates-bandes d'une autre femme et que j'étais une ingrate de la pire espèce. Au fil de nos rencontres sans rapprochement, j'ai pensé que j'avais également droit à l'amour et j'ai cédé à la tentation. Mon cœur en avait suffisamment enduré comme ça. Quelle égoïste !

— C'est horrible à quel point on n'a pas d'espace dans cet avion, se plaint Monsieur 4 C en me ramenant à la réalité.

— Euh...

— J'ai réservé ce siège pour avoir de la place et je me retrouve coincé entre deux accoudoirs, me confie-t-il.

« En passant, je suis coincée aussi ! » voudrais-je lui dire. J'ai accepté d'être prise au piège entre deux hommes charnus, mais pas de jouer au département des plaintes. J'ai mes torts. Je lui ai avoué être agent de bord, je devais donc m'attendre inévitablement aux confidences. D'ailleurs, j'ai entendu des milliers de fois le même disque : « Ah ! J'ai détesté le repas... mais le personnel était très courtois » ou « Chez votre compétiteur, on offre les couvertures », et tralali et tralala. Pour éviter une nouvelle plainte, j'essaie de désamorcer son insatisfaction.

— Je comprends, monsieur. Votre agence vous a mal conseillé. Ces sièges donnent effectivement de l'espace pour les jambes, mais les accoudoirs ne se relèvent pas. L'espace reste donc limité. (Mais pour être honnête, monsieur, il n'y a pas un seul siège d'avion qui puisse accueillir une taille dans votre genre.)

— Ouais, vraiment inconfortable.

— La prochaine fois, il faut choisir des sièges à l'arrière, dans la queue de l'avion. Il y a plus de place.

(Ou vous pourriez vous en payer deux !)

— Ah oui ?

— Oui, confirmé-je sans donner de plus amples détails pour vite retourner dans mes pensées.

Je ne veux pas me culpabiliser pour avoir choisi l'amour. Il faut que je le vive. Je l'ai trop désiré. Ce soir, je m'envole vers Rome pour passer trois jours de rêve avec celui qui fait battre mon cœur depuis longtemps et qui, en l'occurrence, est le commandant de bord qui pilote l'avion dans lequel je me trouve. On dirait presque une comédie romantique, mais c'est la réalité.

Si cet avion finit par décoller, j'atterrirai en Italie et rejoindrai John, un peu plus tard, à son hôtel d'équipage. Nous pourrons enfin profiter l'un de l'autre. J'ai à la fois hâte et peur. Et si, après cette escapade, je ne suis toujours pas rassasiée de lui ? Car les probabilités que j'en redemande sont étrangement fortes. Et lui ? Me dira-t-il qu'il en veut plus ? Je redoute cette possibilité. Serai-je capable de cesser tout contact avec lui après Rome, comme me l'a conseillé ma meilleure amie, Béa ? C'est la seule solution logique.

Béa me connaît. Elle me comprend. Bien sûr, tout comme moi, elle est hôtesse de l'air, mais elle est d'abord une merveilleuse colocataire sur laquelle je peux compter. Pour ce qui est de Rupert, notre collègue et troisième colocataire, c'est différent. Il trouve John tellement charismatique qu'il n'est pas objectif en matière de conseils. À la blague, je lui ai dit plusieurs fois qu'il me le volerait s'il en avait l'occasion. Il s'est contenté de me répondre qu'il aime mieux les hommes costauds, style durs à cuire. Néanmoins, je reste convaincue que Rupert est aussi tombé sous le charme de mon commandant. Je ne lui ai donc pas demandé son opinion en ce qui concerne ma petite escapade. Je connaissais sa réponse. Catégoriquement, il m'aurait dit : « Pense à toi et va t'amuser à Rome ! » Comme Rupert a la réputation de semer le malheur où il passe, j'espère que ses conseils ne sont pas teintés de la même essence maléfique...

Béa, elle, a été judicieusement encourageante. Je l'entends encore me dire : « Vas-y ! Pars avec lui. Fais-toi traiter en princesse et profites-en. Ensuite, si tu ne veux pas t'embarquer dans une histoire compliquée, tu devras couper les ponts, car plus tu continueras, plus ce sera toi qui souffriras. »

J'espère qu'elle se trompe au sujet de la souffrance. Elle n'a probablement pas tort non plus. L'histoire est déjà rocambolesque. J'entends le narrateur du film la résumer : « L'hôtesse de l'air, Scarlett Lambert, s'éprend du commandant de bord, John Ross. Décidée à suivre sa raison, elle se refuse à écouter son cœur. Pourtant, le destin la pousse à faire face à l'amour et, un jour, elle cède en embrassant enfin (et un peu plus...) son beau commandant. Monsieur le pilote inaccessible, car marié à une collègue et père de deux enfants, tente de revoir Scarlett, en vain. Leur rendez-vous se fait attendre jusqu'au jour où il l'invite à le suivre incognito à Rome. Elle accepte et part avec lui. John ne voit-il en elle qu'une amante ? Scarlett saura-t-elle capturer le cœur de John à Rome ? Suivra-t-elle son cœur, ou la raison l'emportera-t-elle ? La suite dans un instant ! »

Ouais, décidément, je me suis lancée dans l'impossible. Mais il est trop tard pour me culpabiliser et trop tard pour revenir en arrière. N'ai-je pas désiré ce qui m'arrive ? Terriblement ! Alors, autant faire avec.

J'ai bien joué la comédie jusqu'à maintenant. Pas un seul membre d'équipage ne se doute du véritable motif de mon voyage. Mes talents de menteuse s'améliorent. Pas le choix, car si la femme de John, alias *Freaking-* Debbie, savait, elle m'anéantirait sur-le-champ. Comme elle m'a déjà apostrophée pour une histoire de salade, je n'ose même pas imaginer ce qu'elle ferait si elle savait ce qui se trame. Pour le moment, mieux vaut cacher notre lune de miel. Peut-être qu'après Rome, ce sera différent. Oh là ! Me voilà en train d'ignorer les conseils de Béa.

— VROOM-VROOM ! ZZZZZZZ ! VROOMVROOM ! ZZZZZZZZZ !

Je sors de ma rêverie lorsque j'entends à côté de moi des grognements dignes d'un chien enragé. Je perçois à peine le vrombissement des moteurs de l'avion, qui s'apprête à décoller. Mes tympans se mettent à vibrer, non pas à cause de la fulgurante poussée que l'appareil exerce sur la piste, mais plutôt à cause des ondes de choc de ronflements magistraux. Mes deux voisins se sont assoupis. Le menton affaissé et la bouche entrouverte, ils chantent une horrifique mélodie. Ils ne se réveillent même pas lorsque nous nous envolons. Et moi, j'en oublie ce à quoi je pensais… Ah oui, ça me revient : après Rome, c'est fini !

* * *

— Alors, Scarlett, tu t'en vas faire quoi à Rome ? me demande Todd, un de mes collègues travaillant sur le vol.

— Je vais rejoindre une amie pour trois jours.

— C'est cool, elle vit là-bas ?

— Oui, c'est ça.

Je n'ai pas encore pensé aux détails concernant cette amie imaginaire à qui je vais supposément rendre visite. Terrifiée à l'idée de me tromper dans mes menteries, je m'empresse de détourner la conversation.

— J'espère que ça ne vous dérange pas trop si je reste un moment dans la *galley*. J'ai deux voisins qui m'étouffent depuis le début du vol.

— Oui, j'avais remarqué ! Si j'avais eu un autre siège, je t'aurais changé de place avant qu'on décolle, me dit Todd, toujours le cœur sur la main.

Je le remercie et me poste silencieusement dans le coin de la porte pour laisser les agents de bord travailler. Je n'ai pas envie de retourner à mon siège.

Déjà qu'en sortir a été en soi un tour de force. J'ai dû passer par-dessus 4 C en bondissant d'un coup pour ne pas le bousculer. Il n'y a vu que du feu. Il chantait encore son hymne au sommeil quand je suis partie.

— Tu vas dans quel coin à Rome ? m'interroge à nouveau mon collègue, visiblement intéressé par mes plans des prochains jours.

— Centre-ville. Mon amie habite près du Colisée.

C'est le seul secteur qui me soit venu en tête. Todd me sourit. Le connaissant, je sais déjà où il veut en venir. Il me regarde de ses beaux grands yeux verts et me propose ce que j'attendais depuis le début.

— Pourquoi tu n'embarques pas avec nous jusqu'à l'hôtel ? Au moins, tu seras rendue en ville, non ?

Je suis contente qu'il y ait pensé. Ce sera beaucoup plus simple ainsi. Je n'aurai qu'à faire comme si j'allais rejoindre mon « amie » et patienter quelque part près de l'hôtel, le temps que tout le monde ait rejoint sa chambre. Ne voulant pas m'imposer, je m'assure que cela convient à tout l'équipage.

— Ça m'arrangerait énormément, mais tu es certain que ça ne dérange personne ? Tu devrais peut-être demander aux autres. Est-ce que le commandant est d'accord ? renchéris-je pour brouiller les cartes.

— Écoute, je vais vérifier et je te reviens. Honnêtement, je suis certain que personne n'y verra d'inconvénient.

— Super ! Merci !

De retour auprès de mes vocalistes, je tente de m'assoupir. Je mets mes écouteurs sur mes oreilles et je monte le volume au maximum. Libérée des ronflements, j'arrive à fermer les yeux et je m'endors profondément, bordée par mes voisins.

Il semble que ma place n'était pas si inconfortable que cela au final, car lorsque je reviens à moi, nous sommes en descente vers l'aéroport de Rome. J'ai l'impression d'avoir été enveloppée sept heures durant par deux sacs gonflables humains. J'ai très bien dormi. Difficile de croire que je n'ai pas vu le vol passer. Prenant conscience que je verrai bientôt mon commandant, je commence à angoisser. Ce sera seulement notre deuxième fois ensemble. Intimement, je veux dire. Les premiers moments sont en théorie les meilleurs. Je les trouve plutôt stressants.

— Ouin, tu as dormi ! s'exclame Todd, souriant, qui vient me rendre une dernière visite avant l'atterrissage.

Je soulève les épaules pour lui signifier que je n'y comprends rien. Il m'annonce la bonne nouvelle.

— J'ai demandé au commandant si tu pouvais monter avec nous dans l'autobus. Il n'y voit aucun inconvénient.

— Merci, Todd ! dis-je, soulagée de ne pas devoir sauter dans un taxi.

— De rien ! Ça fait plaisir ! répond-il en s'éloignant.

Je suis contente que John ait accepté. Il aurait très bien pu refuser et me laisser arriver seule un peu plus tard. Je n'aurais pas aimé. Il a tout de même fait le choix de m'inviter à Rome dans le cadre de son travail. La possibilité que quelqu'un nous voie est réelle. Il doit s'en douter.

— Eh bien, je vous souhaite un bon voyage à Rome ! me lance Monsieur 4 C.

— Merci ! À vous aussi.

Il s'est probablement réveillé lorsque les roues ont frappé la piste.

— Vous partez pour longtemps ? continue-t-il.

— Trois jours seulement.

— Vous êtes courageuse ! Tout ce trajet pour si peu de temps !

— J'ai fait bien pire, vous savez, dis-je pour lui rafraîchir la mémoire quant à la nature de mon travail.

— Oh ! Je vous crois ! Reste que, à mon avis, c'est encore trop court, trois jours. C'est l'amour qui vous fait faire ça ?

Pourquoi dit-il cela ? Est-ce si évident ? Le nom de John est-il tatoué sur mon front ? Sur le cœur, sans doute. Je n'arrive pas à le cacher, et mes pommettes se colorent naturellement. Un fin observateur, ce Monsieur 4 C. Je lutte pour cacher mes émotions. Et puis, je réfléchis. Je n'ai pas envie de mentir inutilement. Un soulagement m'envahit.

— Oui, mon cher monsieur. Tout ça pour un homme. Il s'appelle John.

2

Chapitre 2

Rome (FCO)

Lorsque je me présente aux douanes, je sens que je touche au but.

— *Benvenuto a Roma !* me lance l'homme en uniforme.

J'y suis enfin ! Ce n'est pas un rêve, mais la réalité : à Rome avec John. Mon John. Bientôt, nous pourrons profiter pleinement l'un de l'autre. J'ai tellement attendu ce moment, en m'imaginant en train de m'endormir à ses côtés... J'ai l'intention de savourer chaque seconde. Je parcours l'aéroport avec une pointe de nervosité.

À l'extérieur, une agréable chaleur m'accueille. Je me dirige rapidement vers le point de rencontre des équipages pour rejoindre l'autobus qui m'attend. Je me fraye un chemin à travers la foule. Je n'avance pas aussi vite que prévu, car quelques passagers semblent déterminés à me retarder. Ou suis-je un peu trop pressée ? Quoi qu'il en soit, j'ai l'impression qu'on veut me freiner. Je n'arrive à dépasser personne. C'est comme si, à chacune de mes tentatives, on se déplaçait volontairement pour m'empêcher d'exécuter mon exploit.

Curieusement, cela m'arrive tout le temps. Les gens ne réussissent pas à marcher de façon droite et constante. Ils progressent plutôt en diagonale tout en traînant de la patte. Ils serpentent de gauche à droite en tirant leurs gros bagages à roulettes et bloquent le passage aux non égarés.

J'ai d'ailleurs remarqué que ces couleuvres du voyage aiment frôler les murs une seconde pour ensuite aller frôler le mur opposé. Cette manœuvre s'applique aussi aux trottoirs. Ils louvoient d'un bord du trottoir à l'autre. Toujours fidèles à leur nature reptilienne, ils s'arrangent pour nous empêcher de nous faufiler devant eux, nous coupant chaque fois le chemin. Les collisions s'ensuivent. Je tente alors le tout pour le tout. Je mets plein gaz et j'accélère le pas avant que le passage ne se referme. J'excelle à cette prouesse, mais elle n'est pas sans risque. C'est souvent ma valise qui écope en frappant le mur ou en effleurant le bas de pantalon de mon adversaire. Est-ce si difficile de marcher en ligne droite ?

En atteignant enfin le point de rencontre, j'apprends qu'une agente de bord manque à l'appel. Il s'agit de Diane, une hôtesse réputée pour être insomniaque et qui est la personne la plus perdue que je connaisse. Elle est du genre à aller s'asseoir dans l'autobus d'un équipage de chez Alitalia sans s'en rendre compte.

Je donne ma minuscule valise au chauffeur avant de monter à bord. Je salue tout le monde et les remercie de bien vouloir me conduire jusqu'à Rome. On me sourit gentiment avant de continuer à spéculer sur les raisons de la disparition de notre écartée. Pendant ce temps, John me jette un regard furtif, ce qui m'intimide, naturellement. Je décide de m'asseoir derrière lui, car l'unique autre espace disponible se trouve à ses côtés et je n'ose pas m'y installer. Je suis certaine que, lorsque ma cuisse touchera la sienne, je n'arriverai pas à dissimuler mes sentiments. Quiconque m'observera attentivement remarquera ma chair de poule, causée par la présence de mon voisin.

Jouer la comédie n'est pas un art auquel je m'adonne aisément. M'éloigner de John est donc, pour le moment, le meilleur choix à faire. Je ne fondrai pas de désir entre l'aéroport et l'hôtel, car tout ce que j'aperçois de lui est un bout de veston noir et quelques mèches de cheveux clairs. Rien pour me faire rougir.

Je vois Diane s'avancer vers l'autobus. Ses couettes virevoltent au vent. Elle monte à bord et l'équipage s'exclame en chœur :

— T'étais où ? !

— Ben là ! Je ne viens pas souvent à Rome, moi ! Je suis sortie par la passerelle, comme les passagers. Je ne savais pas que l'équipage devait descendre sur le tarmac pour prendre un bus vers un point de fouille. Vous auriez pu me le dire !

— Voyons, Diane, tu ne nous as pas vus descendre ? On est dix autres habillés comme toi ! lance une hôtesse.

— Je suis allée aux toilettes après le débarquement, et quand je suis sortie, l'avion était vide. Plus personne, explique-t-elle tout en replaçant ses cheveux ébouriffés.

— Ouin, on se demande ce que tu as bien pu faire dans les toilettes pour qu'en sortant on soit tous déjà partis... blague sans gêne Todd.

— Franchement ! Tu es donc bien niaiseux !

Diane rit jaune et prend place aussitôt sur le seul siège disponible, à côté de John. Cette dernière remarque faite par Todd l'a mise mal à l'aise, mais a fait rire tous les autres. Il y a de ces gens qui peuvent dire n'importe quoi, et des rires s'ensuivront. Dit par un autre, un tel commentaire aurait été considéré comme inapproprié. Mais je dois avouer que, cette fois-ci, j'ai moi aussi le goût de me tordre de rire, car Diane, cheveux hirsutes, mascara sous les yeux, gouttes de sueur sur les tempes, a vraiment l'air d'avoir vécu une aventure.

En route vers le centre-ville de Rome, le silence règne. L'un écoute de la musique, une autre ferme les yeux. Quant à moi, je me contente de regarder le paysage qui défile au loin. J'arrive à voir le reflet de John dans la glace de la fenêtre. Je l'admire un moment, jusqu'à ce que je voie Diane se retourner, encore sur l'effet de l'adrénaline, prête à jaser.

— Alors, Scarlett, tu vas faire quoi à Rome ?

« Hum, attends que je pense... Tu veux la vraie ou la fausse version ? » Bien sûr, je n'ai pas le choix.

— Je rejoins une amie pour trois jours.

— C'est cool, ça. Elle s'appelle comment ?

— Sarah, inventé-je.

— Et elle fait quoi ici ? Elle voyage ?

« Pense vite, Scarlett ! » Je sens mon cœur s'affoler et mes pommettes devenir rouges, très rouges. Je dois mentir encore tout en paraissant crédible. Une demiseconde s'écoule. Diane me regarde avec un grand sourire, elle a hâte de savoir. John détourne la tête vers la fenêtre et regarde mon reflet. Il remarque mon malaise et s'empresse de se porter à mon secours.

— Elle n'est pas venue apprendre l'italien et elle est tombée amoureuse d'un Romain ? C'est bien ce que tu m'as dit tout à l'heure, Scarlett ?

— Oui. C'est bien ça. Elle a finalement décidé de faire sa vie en Italie. C'est beau, l'amour. Hein, Diane ? lancé-je.

Je jette un regard complice à mon sauveur avant de fixer Diane d'un air détaché pour l'écouter. Je viens de voir mon John m'esquisser un léger sourire. J'aurais envie de laisser fabuler mon imagination pour le reste du trajet, mais je dois plutôt me concentrer sur mon rôle d'interlocutrice pour distraire l'hyperactive assise devant moi. Le cou de travers, elle se vide de son surplus d'énergie.

— Ah ! L'amour ! Bien sûr que je comprends ! Mon premier chum m'en a fait voir de toutes les couleurs.

— Ah oui ? Comment ça ?

Ça y est. Je viens d'appuyer sur le bon bouton. Le disque joue désormais en boucle, et moi, je ne suis plus le centre de l'attention.

* * *

L'autobus s'immobilise devant l'hôtel. Je descends et ramasse ma valise rapidement. Le plan se déroule comme prévu.

— Merci, tout le monde ! À dans trois jours, dis-je aussitôt, impatiente de partir.

Mis à part Diane, qui est toujours remplie d'entrain, les autres, maintenant bien fatigués, me saluent d'un air indifférent. Je ne m'en soucie aucunement. Je suis déjà en train de marcher vers le bâtiment voisin pour ensuite tourner le coin de la rue afin de me terrer quelque part. Là, j'attendrai le signal. Son signal. Il m'enverra le numéro de sa chambre. Je rebrousserai alors chemin jusqu'à l'hôtel. J'épierai d'abord la porte principale. Une fois le champ libre, j'entrerai dans le hall et emprunterai l'ascenseur. Mon rythme cardiaque s'accélérera à chaque mètre parcouru, étage par étage. Une fois arrivée, je demeurerai un instant devant la porte. Je me remémorerai à nouveau le plan, mon plan. « Trois jours de rêve, Scarlett. Ensuite, rien. *Après* n'existe pas. N'oublie pas. Il a une vie. Une famille. Ne tombe pas en amour. Ne tombe pas en amour. Ne tombe pas en amour… »

* * *

Lorsque je pousse la porte que mon commandant a pris soin de laisser entrouverte, je l'aperçois assis sur le lit, pensif. La pièce est fraîche, et je peux sentir les vapeurs d'eau créées par la douche qu'il a prise se coller à ma peau. Sur la table de chevet repose une bouteille de vin. John me regarde entrer. Il me sourit et se lève. Je suis de plus en plus sous le charme. Merde !

— Je m'inquiétais ! Tu en as mis, du temps !

— J'étais dans le café au coin de la rue. Je voulais te donner le temps d'arriver.

— Ah, d'accord. Je suis si content de te voir ! Tu es si belle !

Il s'approche de moi pour récupérer mes bagages. Sa main se dépose sur mon bras pour descendre jusqu'à mes doigts et agripper la courroie de mon sac. Il s'approche encore et pose ses lèvres sur les miennes. Je ferme les yeux, absorbée par le baiser.

— Je suis désolé pour tout à l'heure, dans le bus, s'empresse-t-il de me dire ensuite.

— Tu n'as pas à t'excuser. Ce n'est pas ta faute si on m'a posé ces questions.

— Mais c'est à cause de moi que tu dois inventer toutes ces histoires. Je préférerais que ça soit différent.

— Je comprends, mais on n'a pas le choix.

— Pour le moment, Scarlett. Pour le moment, dit-il avant de m'embrasser tendrement.

Son commentaire me donne l'espoir qu'il existe un avenir pour nous. Briser sa famille pour en bâtir une autre. La nôtre. À me faire embrasser comme il le fait maintenant, sur le pas de la porte, je suis transportée par cette idée. Mon plan vacille de plus belle lorsque John m'attire vers le lit. Une minute passe et je perds le contrôle de mon esprit. Nous faisons l'amour puis, dépouillés de la moindre parcelle d'énergie, nous nous endormons, enlacés.

* * *

— Tu as bien dormi ? me chuchote-t-il à l'oreille.

— Évidemment. Toi ?

— Avec toi à mes côtés, c'est difficile de fermer les yeux.

J'aimerais lui dire à quel point je suis bien, couchée près de lui, à quel point j'ai l'impression de le connaître depuis toujours, mais je préfère demeurer muette. Comme s'il avait lu dans mes pensées, il m'enlève les mots de la bouche.

— C'est comme si je te connaissais depuis toujours, me confie-t-il en me caressant la nuque.

— Vraiment ?

— Oui, vraiment. Je n'arrive pas à m'en vouloir d'être avec toi, Scarlett. Je ne me suis jamais senti comme ça avec personne.

— Comment tu te sens ?

— Bien. Trop bien.

— Un « bien » qui pourrait durer, tu crois ?

— J'en suis certain. Qu'est-ce qui arriverait si je refusais de te laisser t'en aller ?

— Rien, John. Ça n'a jamais été une option, dis-je pour me protéger.

— Je n'en suis pas si sûr. Je vois comment tu me regardes.

Que répondre à cela ? Il est confiant. Il l'a toujours été et il sait qu'il m'a dans sa poche. Je voudrais jouer encore l'indifférente, mais j'en suis incapable. Le silence s'installe, et nous restons couchés sous les draps blancs dans l'espoir que la faim ne nous pousse pas à nous lever.

— Où as-tu envie d'aller manger, ce soir ? me demande-t-il de sa voix rauque et masculine.

— Je ne sais pas. Qu'est-ce que tu proposes ?

— Trastevere ?

— Ça me va. J'adore ce quartier.

— Le seul hic, c'est qu'il faudrait partir bientôt avant que l'équipage se rejoigne dans le lobby. Tu crois que tu pourrais te préparer rapidement ?

Ah, j'oubliais ! Se cacher fait partie de l'expérience « Roma ». Ce rappel me rend légèrement amère.

— Oui, sans problème, dis-je en me levant d'un bond.

— Super. Voilà comment on va fonctionner...

Il sort du lit et s'approche de la fenêtre. Je tente de ne pas me laisser distraire par son viril profil éclairé par la lueur du soleil couchant. Je meurs d'envie d'effleurer encore son corps, cette peau douce que j'ai désirée si longtemps. John m'invite à venir à ses côtés et désigne tout en bas l'entrée principale.

— Je vais descendre en premier pour m'assurer que personne de l'équipage n'est dans le lobby. Je te ferai ensuite un signe depuis la ruelle d'en face, si c'est correct. OK ?

— D'accord, j'attendrai ton signal.

Une fois que John s'est rhabillé et est descendu, je ne tarde pas à rejoindre mon poste de guet. Désormais, il n'y a pas de doute, je suis une vraie espionne. « Plutôt une maîtresse », pensé-je, dégoûtée par cette évidence. Dire que j'ai évité pendant deux ans de céder à mes sentiments par refus d'être considérée ainsi, et me voilà exactement là où je m'interdisais de me trouver. « Reste fidèle au plan, Scarlett. Après Rome, c'est fini. » Je vois alors John traverser la ruelle pour me faire signe de descendre.

— C'est vraiment stressant ! lui lancé-je, sourire aux lèvres, avant de monter dans un taxi au coin de la rue.

— Je ne te le fais pas dire ! J'ai l'impression d'être dans un film de James Bond.

— Ha ! Ha ! Et moi, je suis la belle Eva Green dans *Casino Royale* !

— Pourquoi pas ? Et tu t'apprêtes à sauver James d'une vie qui ne lui plaît pas...

— Ce n'est pas plutôt James Bond qui sauve la belle ?

— Négatif. C'est la belle Scarlett qui sauve John, répond-il en me serrant la main tendrement.

3

Chapitre 3

Rome (FCO)

Mon commandant et moi sommes assis pour dîner dans une trattoria près de la piazza Navona. Comme des espions, nous avons choisi une table à l'intérieur, pour être à l'abri des regards. Il y a dix minutes, nous avons aperçu Todd qui marchait main dans la main avec une femme inconnue. Nous avons dû bifurquer aussitôt dans une ruelle pour l'éviter. C'était la troisième fois depuis notre arrivée que nous rencontrions un membre d'équipage par surprise. Comme s'ils s'étaient donné la mission de nous prendre en filature ! Rome est énorme, et même si nous étions conscients que nous pouvions rencontrer nos collègues, nous avions écarté l'idée de les croiser ailleurs qu'aux alentours de l'hôtel. Les sites touristiques sont bondés. « Aucun risque de faire un face-à-face avec qui que ce soit », avions-nous présumé. Eh bien, il semblerait que tout est possible. Et ce jeu du chat et de la souris commence sérieusement à m'angoisser.

En recevant mon cappuccino, je pense à ce qu'il adviendra de nous. J'y pense depuis ce matin, en fait, lorsqu'en ouvrant mon iPhone des « ding » interminables ont retenti dans toute la pièce, me rappelant qu'il reste peu de temps à ma *dolce vita*.

— Tu es populaire, ma chérie.

— Désolée. C'est vrai que, pour notre dernière journée ensemble, le réveil est un peu brutal.

— Oui, dernière journée... m'a-t-il dit en faisant la moue.

Je me suis laissé enlacer sous les draps encore chauds, témoins de nos merveilleux ébats. J'avais le cœur gros. « Comment vais-je me remettre de cette escapade italienne ? »

— Alors, qui peut bien te harceler comme ça ce matin ? m'a-t-il demandé en me chatouillant délicieusement la hanche.

J'ai jeté un autre coup d'œil à mon téléphone. J'avais plusieurs messages vocaux en attente. Tous de ma mère. Aucun doute, elle s'inquiétait de mon silence des derniers jours. Je ne lui avais pas dit que j'étais partie, préférant l'ignorer pour ne pas devoir lui mentir. Je n'aurais pas pu lui dire : « Maman, je suis partie jouer la maîtresse quelques jours avec un homme de plus de quarante ans... » Je crois qu'elle m'aurait attachée au lit de ma chambre avec une chaîne à gros maillons pour être certaine que je n'y aille pas. Elle aurait eu raison de le faire. À ce que je sache, demain soir, je serai à nouveau seule, et John aura retrouvé sa famille. J'ai regardé ensuite les autres messages : ils provenaient de mes chers colocataires aux opinions contradictoires.

Béa : « Profite de cette dernière journée avec John. J'espère que ça s'est bien passé jusqu'à maintenant. N'oublie pas ce en quoi tu crois. Respecte-toi... xxx »

Rupert : « Amuse-toi avec ton sexy commandant ! Il est si beau. Tu n'as qu'une vie à vivre, alors pense à toi ! Oublie sa femme et le reste ! »

Béa : « Rupert vient de t'envoyer un message... Il ne devrait pas te dire ça. Tu sais qu'au final, c'est toi qui pleureras si tu restes. Essaie juste de profiter de ces derniers moments avec lui, comme c'était prévu. »

Rupert : « Béa est dans le champ. Il va peut-être laisser sa femme pour toi ! Tu dois continuer de le voir. Je veux ton bonheur, moi ! Bisou ! »

Ces messages n'ont pas contribué à éclaircir mes idées. Je me suis contentée de ne rien mentionner à John quant à leur contenu, car pendant tout ce temps ensemble, il n'a pas encore soulevé la possibilité d'une séparation d'avec sa femme. Ce n'est pas à moi d'aborder la question.

Mon cappuccino est délicieux. Tout comme l'homme qui se trouve devant moi.

— Rentrons, d'accord ? me suggère John en payant l'addition.

— Tu veux dire à l'hôtel ?

— Oui, j'en ai assez de regarder partout comme si nous allions être découverts. Je ne me sens pas moimême. Pour cette dernière soirée, je veux me consacrer juste à toi.

— Et comment comptes-tu faire ça ?

— Tu verras...

* * *

En revenant vers l'hôtel, John propose de faire un arrêt à l'épicerie du coin pour ramasser quelques viandes froides, du pain et du vin. J'en profiterai aussi pour acheter de l'huile de truffes à rapporter à la maison. La boutique porte le nom de Castroni et ses vitrines regorgent de produits fins. J'entre en salivant et j'en oublie presque John derrière moi. Je me dirige vers le mur d'huiles d'olive. Je ne peux pas revenir d'Italie sans acheter de l'huile et un sac de ces longues pâtes colorées à ma gauche. Je m'avance pour les mesurer. Elles doivent bien faire un mètre de long.

Je ne crois pas qu'elles puissent entrer dans mon sac. Je devrai donc m'en passer.

Soudain, une voix m'interpelle. J'aurais pensé entendre de l'italien, mais non, c'est plutôt du français, comme si la femme qui s'adresse à moi avait reconnu ma tête de touriste et lu un signe dans mon dos évoquant ma langue maternelle. En levant les yeux, je comprends que ça n'a rien à voir avec mon écriteau imaginaire. Diane, l'hôtesse insomniaque, se tient devant moi.

— Scarlett ! Quelle surprise ! Je ne croyais pas te revoir avant demain. Comment se passe ton séjour ?

— Ah ! Quelle surprise en effet...

Je n'arrive pas à prononcer les mots suivants. En moins de deux, je balaye la boutique du regard. Où est passé John ? Mon étonnement doit être transparent, car Diane s'empresse de me demander si je me sens bien. Sa curiosité m'irrite.

— Tout va bien. Je ne m'attendais pas à voir quelqu'un que je connais en plein centre-ville de Rome. Le monde est petit !

— À qui le dis-tu ! Tu n'es pas avec ton amie ? continue-t-elle.

— Elle m'attend à l'appartement. Je suis descendue faire des courses.

— Hum... mais elle ne vit pas près du Colisée ? Ce n'est pas du tout dans le même coin...

Elle a bien raison. Nous sommes à l'opposé du Colisée. « De quoi je me mêle ! » voudrais-je lui lancer spontanément. À nouveau, j'ai l'impression de jouer à l'espionne.

— Je veux dire que j'ai fait une sortie spéciale pour venir ici. J'aime vraiment Castroni. C'est mon épicerie préférée !

— Heille ! Regarde, c'est le commandant ! s'exclame-t-elle en ignorant ma réplique. John ! Salut !

Elle agite la main. Sans le moindre doute, on l'a entendue crier d'un bout à l'autre du magasin. Ah !

Cette Diane, complètement hyperactive ! John lève les yeux et nous regarde toutes les deux. Il nous salue sobrement sans en faire un plat, indifférent. « Il s'en fout, de te voir, Diane, alors fiche-lui la paix ! »

— Ouin, pas très sympathique, ce commandant-là, me dit-elle, offusquée.

— Il a peut-être le goût d'avoir la paix, c'est tout.

— Non, il est étrange, je trouve.

— Étrange ?

— Il ne parle à personne. Trop discret. Ça cache quelque chose.

Après l'hyperactive, j'ai droit à l'investigatrice. Elle n'a pas tout à fait tort, mais je ne compte pas confirmer son hypothèse. J'en ai assez. C'est le temps de savoir ce que mon beau commandant me réserve.

— Bon, je dois y aller, Diane. Mon amie m'attend.

— Ah...

— On se voit demain ! À bientôt !

— Oui, OK ! À demain !

Je sors. John est posté au coin de la rue. Je le rejoins d'un pas hâtif.

— Ça commence à être énervant, cette mise en scène, soupiré-je en faisant valser mes sacs d'emplettes au bout de mes bras.

— Ne me fais pas sentir coupable ! Tu étais au courant de tout ça avant de venir, me répond-il aussitôt, sur la défensive.

— Euh...

— Euh, quoi ?

Son regard noir me fixe durement. Je me sens minuscule devant celui qui utilise tout à coup le ton qu'un père prendrait pour gronder ses enfants.

— Excuse-moi. Ce n'est pas ce que je voulais dire.

— Et tu voulais dire quoi ? me demande-t-il, toujours contrarié.

— J'aurais seulement aimé qu'on ne rencontre personne. C'est déjà assez difficile à gérer. Je savais dans quoi je m'embarquais et je ne te remets rien sur le nez... Oublie ça !

Je détourne le regard pour observer mes pieds, qui se déposent machinalement contre les pierres anciennes. Je tente de comprendre comment la conversation a pu en arriver là.

— Pardonne-moi, Scarlett. J'ai tout à perdre, et ça me rend aussi nerveux que toi. Mais je veux qu'on profite l'un de l'autre comme il se doit. Ma surprise tient encore.

— D'accord, mon beau ! Allons-y, dis-je avec un enthousiasme forcé pour chasser ce froid qui s'apprêtait à s'installer.

* * *

— Ferme les yeux.

John a tamisé les lumières. Il m'a demandé de retirer mes vêtements, jusqu'au dernier, et de m'étendre sur le dos. Une fois sur le lit, je l'ai regardé se déshabiller à son tour. Son corps était désormais nu devant moi. Il s'est approché pour me dicter la dernière consigne, et j'ai essayé d'obéir. Je n'y suis pas parvenue.

Après avoir senti une odeur de fruits envahir la pièce, j'ai laissé mon instinct me guider. Mes paupières se sont ouvertes, et maintenant, j'admire un homme qui me fait du bien. Ses mains puissantes sont recouvertes d'une huile parfumée qui se retrouve bientôt sur chaque parcelle de mon corps. Il me caresse les jambes en appliquant une pression qui frise la douleur. Les mouvements de ses mains sur mes muscles les détendent et me rendent de plus en plus molle. Il atteint mes pieds, où il s'attarde. En remontant vers mon ventre, il effleure à peine cet endroit qui bouille d'impatience. Il caresse plutôt mes bras et mon cou pour me retourner ensuite face au lit.

Il recommence. Cette fois-ci, par contre, il me frôle de plus près. Entre chaque caresse, son corps glisse contre le mien. Mes rondeurs huilent sa peau. Les caresses perdent peu à peu de leur rythme et sont remplacées par mon John tout entier. Je suis à lui. « Qu'il me prenne à sa guise. Mon plan de ne pas céder à l'amour n'existe plus. »

4

Chapitre 4

Montréal (YUL) – Marseille (MRS)

–Bonjour à tous, je m'appelle John Ross et je suis votre commandant de bord pour ce vol vers Marseille.

Il s'adresse à l'équipage avec une confiance démesurée. Quelqu'un d'autre trouverait qu'il se gonfle le torse, mais moi, j'aime ça. Il braque ses yeux sur moi une courte seconde, suffisamment longtemps pour que je me demande si ce regard ne pourrait pas avoir éveillé des soupçons sur notre relation. J'hallucine. Personne ne s'en doute.

— Nous effectuons le vol 290 avec un temps de vol de sept heures trente minutes.

Je l'admire dans son uniforme de pilote. Des images me viennent en tête. Lui et moi, dans le lit de notre chambre d'hôtel.

Les mois ont passé depuis Rome. Je ne suis pas partie comme je m'étais promis de le faire. J'en ai été incapable. J'ai décidé de lui accorder du temps pour qu'il règle ses choses à la maison. Je suis consciente que la situation n'est pas idéale, mais ce n'est pas du jour au lendemain qu'on choisit de crever le cœur de la mère de ses enfants. Je crois que ce que nous ressentons l'un pour l'autre vaut bien que l'on tente le coup.

Alors, je m'accroche.

J'ai échangé ce vol contre un autre avec une collègue pour voir John le plus possible. C'est la seule façon pour le moment d'être ensemble. De plus, sur le vol de retour, Béa sera à bord. Elle va voir John pour la deuxième fois ! J'espère qu'il réussira à l'amadouer, car jusqu'à maintenant, tout ce qu'il a réussi à faire, c'est de la convaincre des méfaits de notre relation.

Elle est partie visiter Damien, son milliardaire français. Elle m'a dit : « Ça passe ou ça casse ! J'en ai assez d'être dans une relation à distance. On avance ou c'est fini ! »

Je l'admire. Elle est capable de voir les choses rationnellement, sans laisser son cœur l'emporter. Tout le contraire de moi.

John poursuit son *briefing*.

— Nous volerons à 37 000 pieds jusqu'à la côte atlantique, et ensuite nous effectuerons la traversée à 39 000 pieds. Pas de turbulence prévue. Des questions ?

Silence.

— Dans ce cas, bon vol !

Avant de retourner dans le poste de pilotage, il me sourit. Il me manque déjà, même si nous sommes uniquement séparés par une porte blindée. La directrice de vol prend la parole.

— Comme vous l'avez entendu, le temps de vol est de sept heures trente minutes. Pour le service, on va faire ça simple et commencer par le repas pour qu'ils mangent au plus vite et qu'on puisse fermer les lumières pour les laisser dormir, précise-t-elle.

Je n'ai jamais volé avec cette directrice auparavant, mais j'ai entendu parler d'elle. Elle s'appelle Annie Réal, mais tout le monde l'appelle Annie Relax parce que, sur ses vols, comme son surnom l'indique, c'est assez relax. Elle n'est pas du genre à te sermonner parce que tu as fermé les yeux pendant une heure. D'ailleurs, elle doit sans doute s'installer la première sur les sièges d'équipage pour se reposer. Elle poursuit.

— Pour les questions d'urgence, vous êtes tous des agents de bord qualifiés, et je ne doute pas une seconde de vos compétences, alors on va laisser faire l'interrogatoire et choisir les positions tout de suite, conclut-elle avant d'inscrire nos choix par ordre d'ancienneté.

Pas de doute, Annie Réal est bien Annie Relax. En tant que chef de cabine, si quelque chose se passe mal, elle est la personne qu'on appellera pour connaître les détails de l'événement. Elle est entre autres chargée de lancer l'embarquement, de remplir une tonne de documents, de faire les annonces de sécurité et de s'assurer des compétences de ses membres d'équipage en leur posant des questions individuelles avant le vol. De toute évidence, elle a décidé d'ignorer cette dernière tâche.

Ce genre d'exercice est en général très apprécié si l'on pose des questions pertinentes. Une question telle que : « Quel est le nombre maximal de passagers qui entrent dans un radeau ? » ne me rendra pas plus alerte lorsque l'avion décollera. Disons seulement que, dans le cas peu probable où j'aurais à utiliser un radeau en pleine mer, je ne commencerai pas à me demander si le nombre exact était 68 ou 69...

Logiquement, un directeur de vol posera des questions pour nous rafraîchir la mémoire ou nous sensibiliser à nouveau aux risques de notre métier. « Dans le cas d'une décompression à 40 000 pieds, pendant combien de temps resterez-vous conscient ? » Ce genre de question peut faire réfléchir, car en sachant que je n'ai qu'entre quinze secondes (au minimum) et trente secondes (si je suis chanceuse) de lucidité, je ne tarderai pas à saisir le premier masque à oxygène qui tombera dans la cabine. Peu importe où je suis et ce que je fais dans l'appareil, je prends un masque et je saute sur le premier passager afin qu'il me retienne, car si une décompression rapide survenait, il se pourrait qu'un gros trou dans le fuselage m'expulse dans le ciel en un rien de temps. Inutile d'aller ranger le chariot. Apparemment, pour Annie Relax, s'assurer que nous connaissons bien nos procédures de sécurité est le dernier de ses soucis.

Après le choix des positions, tous partent vérifier leurs sections. Aujourd'hui, j'ai décidé de travailler à l'avant avec la directrice de vol en première classe. Je me demande si elle me donnera un coup de main ou si elle ira se reposer une fois la porte fermée. Ça m'est égal, car j'ai choisi cette position pour pouvoir rester près de mon commandant. J'ai la responsabilité d'aller le servir avec son premier officier. Je ne pourrai donc pas m'ennuyer de lui trop longtemps. L'embarquement vient d'être lancé et déjà Annie Relax me demande de l'aide.

— Scarlett, tu peux me remplacer un instant ?

J'acquiesce et je m'approche de la porte pour récupérer les cartes d'embarquement des passagers. Un couple me tend deux billets.

— Bonsoir ! dis-je en vérifiant leurs numéros de sièges pour les diriger du bon côté de l'appareil.

J'en profite pour jeter un coup d'œil sur la destination afin de m'assurer qu'ils se rendent bien à Marseille. Cela confirmé, je leur désigne la deuxième allée. Un homme me tend ensuite sa carte.

— Bonsoir ! me dit-il en me soufflant son haleine de café.

Je recule d'un pas et lui indique la première allée. La femme derrière lui le suit de près. Voyant qu'ils sont ensemble, je la laisse passer. Une dame s'avance ensuite. Elle porte un joli foulard rouge et des lunettes stylées de la même couleur. Elle frôle l'encadrement de la porte en tentant d'entrer sans que je l'aperçoive.

— Pardon, madame, puis-je vérifier votre carte une dernière fois ? lui demandé-je d'un air gêné pour lui signifier qu'il me pèse également de me plier à cette procédure.

— Ridicule ! On me l'a vérifiée trois fois déjà !

Trois ? Elle exagère. Une fois à la barrière, et maintenant, deux. Son impolitesse m'irrite, mais je n'en fais pas de cas. Je comprends qu'il peut être agaçant de se faire demander sa carte à répétition. Par contre, c'est mon devoir de le faire. Je lui suggère donc gentiment de fouiller dans son sac à main et de me la montrer. Elle me fusille du regard tout en la cherchant désespérément. Pendant que je contrôle plusieurs autres passagers, Madame aux lunettes rouges me lance de ses yeux des couteaux tranchants.

— Je ne la trouve pas ! Je suis assise au 30 B, me dit-elle.

Ne voulant pas attiser son exaspération, je lui fais signe que ça va et lui propose de rejoindre son siège à l'arrière. Quelques minutes plus tard, Annie Relax revient, et je retourne à mes occupations.

Je ramasse deux bouteilles d'eau et m'immisce à mon grand plaisir dans le poste de pilotage.

— Voici vos bouteilles, les gars, dis-je en les déposant dans leur espace réservé.

John se retourne pour me remercier. Son sourire m'intimide, et je rougis. Il le remarque et me fait un discret clin d'œil. Il est conscient de l'emprise qu'il a sur moi et, malheureusement, j'ai l'impression qu'il aime cela. Pour faire diversion, je me présente rapidement au premier officier.

— Salut, moi, c'est Scarlett.

— Philippe, me dit-il en se retournant pour me regarder.

Son visage me semble familier. Mâchoire carrée, cheveux noirs, gel appliqué à la perfection. Il a assez belle gueule même si son nez ressemble à celui d'un boxeur.

— On n'a pas déjà volé ensemble ? lui demandé-je.

— Oui, avec John justement. Ça doit faire deux ou trois ans. On était allés manger sur une terrasse avec ta belle amie.

— Hum, oui, je me souviens, confirmé-je, maintenant moins disposée à faire la conversation avec celui qui a fréquenté plusieurs filles en même temps que ma chère Béa.

Comment pourrais-je ne pas me souvenir de cette soirée ? La première fois où John et moi avons mangé ensemble. Et le moment où j'ai appris qu'il était en couple et qu'il avait des enfants. Quant à Béa, elle s'était amusée avec ce Philippe Burns, coureur de jupons. Il est beau gosse et il en profite.

Je n'ai pas le temps de poser le pied hors du poste de pilotage qu'Annie Relax m'interpelle à nouveau pour que je la remplace. En matière d'embarquement, celui qui accueille les passagers a l'occasion de modifier, grâce à son sourire et à son énergie, leur humeur. Si un agent de bord contrarié et bête se poste à l'entrée, il y a de fortes chances que ceux qui étaient déjà frustrés le seront encore plus et que les non-frustrés le deviendront. Il est donc recommandé d'être extrêmement heureux ou à tout le moins de le sembler. Outre cet avantage de répandre la bonne humeur dans l'avion, s'occuper de l'embarquement permet de prendre le pouls des passagers. Ce soir, à mon grand désespoir, je crois que nous aurons affaire à des « Joe connaissants ». Une dame me montre sa carte.

— Le 26 K. Par là ! m'instruit-elle en désignant la première allée, comme si elle savait où se diriger.

Son siège se trouve dans la deuxième allée et non dans la première, mais à en juger par le ton qu'elle a utilisé, la corriger ne mènerait à rien. « Qu'elle s'en rende compte par elle-même. » Je passe au prochain passager.

— Le 27 J, me dit-il sans sortir sa carte.

— Je comprends, monsieur, mais je dois vérifier votre carte une dernière fois, expliqué-je.

« Que je me trouve insistante et énervante ! » L'homme finit par trouver un bout de papier à moitié déchiré et me le remet. Je vérifie son siège et sa destination avant de le lui rendre.

— Le 27 F, monsieur, le corrigé-je en lui montrant la seconde allée.

Je vois la file s'écourter. Mais où est passée Annie Relax ? Je crois qu'elle m'a vraiment utilisée pour se sauver d'une tâche qui la répugne. Une fois le dernier passager embarqué, elle revient à l'avant.

— Merci, Scarlett ! Tu es un amour !

— Pas de problème, t'étais où ?

— Dans l'allée. J'aidais les passagers avec leurs bagages. Je n'aime pas particulièrement faire l'embarquement, me confie-t-elle.

Je ne lui en veux pas. Nous avons tous des tâches qui nous déplaisent plus que d'autres. Si un collègue se porte volontaire pour exécuter celle qui nous rebute, ce sera toujours apprécié.

— J'en conclus que je ferai le débarquement alors, dis-je pour la taquiner.

— Non, non, je le ferai, celui-là. Les voir partir, ça me fait plaisir ! m'avoue-t-elle sincèrement avant d'aller faire une annonce aux passagers.

Quand les bagages de cabine sont tous bien rangés, je me cache derrière le rideau, le temps des derniers préparatifs. J'entends alors John m'interpeller du poste de pilotage.

— Scarlett, tu peux dire à la directrice qu'elle peut fermer la porte quand elle veut, m'annonce-t-il avant de fermer la porte blindée derrière lui.

Au passage, un baiser s'est envolé depuis son siège, a traversé l'embrasure de la porte et s'est posé sur mes lèvres. Délicat, mais surtout invisible. Lorsque Annie termine son annonce, je lui transmets le message. Soudain, la sonnerie de l'interphone se fait entendre. Je décroche le combiné.

— Oui, c'est Scarlett à l'avant.

Salut, c'est Nadine à l'arrière. Ne fermez pas la porte, il y a une femme qui s'est trompée d'appareil. Elle part à Paris, pas à Marseille. Elle s'en vient à l'avant.

Je ne tarde pas à le dire à la directrice. Elle me regarde, stupéfaite.

— Ben voyons ! Comment ça se peut ?

— Je ne sais pas. Il me semble que j'ai demandé les cartes de tout le monde…

Je me sens coupable. Je suis celle qui a accueilli les passagers. J'ai pourtant bien vérifié la destination apparaissant sur les cartes. « C'est ma faute, j'en ai laissé passer quelques-uns. » J'ai peur d'être réprimandée.

— Ce n'est pas de ta faute, Scarlett, me lance Annie Relax en voyant l'expression de doute sur mon visage. Je dois avoir mentionné au moins dix fois que ce vol décollait pour Marseille. Paris. Marseille. Tu trouves que ça se ressemble ?

Effectivement, aucune ressemblance. Impatiente de savoir qui est l'hurlu-berlu en question, je sors la tête dans l'allée.

Madame aux lunettes rouges marche d'un pas décidé vers l'avant. Elle a l'air frustrée. Ce serait donc elle, la perdue ? La dame qui a refusé de me montrer sa carte… Je suis étrangement contente de l'apprendre. Soulagée même. Elle rejoint la sortie, mais avant de descendre, elle s'arrête en levant un doigt accusateur vers moi.

— Mademoiselle, vous auriez pu me dire que nous allions à Marseille !

— Désolée, madame, mais c'est en vérifiant votre carte que j'aurais pu vous le dire, lui expliqué-je.

— Je l'ai montrée avant d'embarquer et personne ne l'a remarqué !

Je suis moi-même surprise qu'elle se soit frayé un chemin sans que personne s'en rende compte, même pas elle. Annie intervient à la hâte.

— Je suis désolée, madame, mais si vous ne vous envolez pas vers Marseille ce soir, il y en a 350 autres qui aimeraient y aller, déclare-t-elle en ramassant sa valise pour la déposer sur le pont d'embarquement.

« Pas si relax que ça, cette Annie, finalement ! » me dis-je en la voyant fermer la porte d'un mouvement de bras vigoureux.

* * *

Avant de quitter Rome, John m'a demandé de lui accorder un peu de temps pour régler sa situation familiale. Je lui ai dit que je patienterais le temps qu'il fallait, mais j'ai menti. Je ne suis pas si patiente que cela. Bien sûr, j'essaie d'être compréhensive, mais j'ai hâte de connaître le jour où je pourrai me réveiller tous les matins à ses côtés. Je me sens aussi impatiente que mes passagers. Quoiqu'il n'y ait rien de plus ennuyeux que d'être assis dans un avion.

J'ai toujours pensé que les gens en classe économique, par manque d'espace ou de petites douceurs, étaient plus impatients que ceux qui étaient assis en première. En tout cas, aujourd'hui, cette théorie ne s'applique pas. D'ailleurs, en supervisant l'embarquement, j'ai flairé l'impatience qui voulait s'infiltrer à bord. Même Annie Relax l'a remarquée. Depuis que nous avons décollé, j'ai déjà servi à chacun de mes quinze passagers de première classe trois consommations en moins de trente minutes. À chacune de mes traversées du rideau, on me demande quelque chose.

— C'est moi ou on dirait qu'ils arrivent du désert du Sahara ? demandé-je à Annie Relax en revenant dans la *galley* avec une autre commande de boissons.

— Ce n'est pas compliqué, Scarlett, on sert ces derniers verres et après on se cache, me dit-elle sérieusement.

— Euh...

— Je te défends de retraverser le rideau avant qu'on soit prêtes à leur servir les repas chauds, m'ordonne-t-elle.

OK, mon caporal ! blagué-je en portant ma main à mon front.

Elle a raison. Si nous ne faisons pas fi de leurs demandes pendant un instant, nous ne servirons personne efficacement. Car avant de distribuer les plateaux de repas, nous devons préparer quelques éléments nécessaires pour que tout se déroule bien et pour éviter le plus possible de faire attendre nos passagers princiers. Après avoir déposé les derniers verres de vin sur les tablettes, j'avise les passagers que nous distribuerons les repas très bientôt et je cours me cacher derrière le rideau. J'ai bien vu quelques mains se lever pour me faire une requête, mais je suis désormais aveugle. Ça suffit !

— Je suis presque prête, dis-je à Annie Relax, puis j'appelle les pilotes à l'avant.

— Oui, c'est le commandant qui parle.

— Salut, John, c'est Scarlett, je voulais savoir si vous vouliez quelque chose à boire avant que nous commencions notre service.

Le premier officier, également à l'écoute, m'indique qu'il prendrait un café.

— La même chose pour moi, ajoute John.

Je prépare aussitôt le nécessaire et j'entre dans le poste de pilotage.

— Allo ! Voici vos cafés.

— Merci, beauté ! lance Philippe.

Il dépose sa boisson et se lève de son siège.

— Je vais en profiter pour aller aux toilettes.

Je me presse contre la porte pour lui faire de l'espace et me prépare à retourner à mes occupations. John, voyant une occasion d'être seul avec moi à l'abri des regards, tente de me faire rester.

— Alors, Scarlett, tu fais de beaux vols ces temps-ci ?

— C'est mon premier Marseille depuis longtemps. Difficile à avoir comme destination. Sinon, je fais beaucoup de Paris. Toi ?

Philippe, maintenant prêt à passer de l'autre côté, me suggère de tenir compagnie à son commandant pendant son absence. J'accepte, bien entendu. La porte refermée, John et moi nous retrouvons enfin seuls, éclairés seulement par les lumières provenant des instruments de bord. Devant nous, une pleine lune à couper le souffle.

— Viens ici que je t'embrasse, murmure-t-il, heureux que je sois demeurée auprès de lui.

Il recule son siège et avance son visage pour venir à ma rencontre. Notre baiser langoureux me réchauffe. Je le désire tellement. Ma main se pose sur son torse. À cause de sa chemise blanche, je ne peux toucher sa peau, mais je n'ai aucun mal à me l'imaginer. J'oriente ensuite ma main tranquillement vers le bas. John sourit et m'empêche d'atteindre mon but.

— Plus tard. Pas ici.

Je lui fais une moue qui n'est pas sincère et lui donne un dernier baiser avant d'être interrompue par le premier officier, qui attend de se faire ouvrir la porte. Je lui cède ma place et retourne à mes passagers assoiffés.

— Je suis prête ! dis-je à ma collègue.

Elle acquiesce en sortant le premier chariot et le déplace en plein milieu de la *galley*. Elle dépose ensuite quatre bouteilles de vin rouge et deux bouteilles de vin blanc sur le comptoir. Je vérifie que les repas dans le four sont suffisamment chauds et le confirme à ma collègue. Je termine en collant sur le mur la feuille détaillant les choix de repas pour chaque passager. À table !

Dans un avion, tout est prévu. Comme nous travaillons dans un espace exigu et que le temps est souvent limité, chaque élément est conçu afin de nous faciliter la vie. Les plateaux sont donc préalablement montés tels qu'ils seront servis avant d'être chargés à bord. Nous distribuons ainsi tout à la même occasion, sauf l'assiette principale, le pain et le vin afin d'offrir un simili service style « restaurant ». Sur le plateau sont déposés un verre de vin vide, des ustensiles, une petite assiette pour le pain, une entrée ainsi qu'un dessert.

Après avoir étalé quelques plateaux sur le comptoir, je consulte rapidement la liste des choix de repas pour m'assurer qu'il n'y a pas eu d'erreur. Quelques minutes avant, Annie est passée dans l'allée afin de prendre les commandes des passagers. Certains ont opté pour des pâtes, d'autres pour du poulet. Autrement dit, s'ils ont opté pour des pâtes, en recevant leur plateau garni d'une simple salade verte, ils devraient comprendre que A) la salade est une entrée, et que B) les pâtes suivront. J'ai toujours pensé que c'était évident, mais avec les passagers, on ne sait jamais à quoi s'attendre.

Nous commençons la distribution des plateaux de repas. Je pars d'un côté et Annie Relax de l'autre. En moins de temps qu'il n'en faut pour le dire, tous les passagers ont reçu un plateau. Pendant qu'ils se régalent, je sors les plats chauds du four. Annie a osé retraverser le rideau pour remplir leurs verres de vin.

Les plats dans leurs enveloppes d'aluminium doivent être transférés dans l'assiette principale. Il suffit de soulever le contenant où la nourriture a été préalablement montée de façon inverse à être servie afin que, une fois le plat renversé, il semble avoir été concocté par la main de l'hôtesse de l'air elle-même.

Pendant que je commence le montage, Annie Relax ramasse les assiettes d'entrées vides. Je m'efforce d'assembler les assiettes le plus rapidement possible, mais l'espace étant restreint pour les déposer, je ne prépare que celles des premières rangées. Une minute passe. Deux minutes. Trois minutes. J'imagine déjà 1 A en train de s'impatienter. Il doit grouiller de la jambe. Et que dire de 3 J, qui a bu trois verres de vin rouge en dix minutes... Je m'inquiète.

— On devrait se dépêcher un peu...

— Qu'ils attendent, voyons ! Il n'y a pas le feu ! On ne traîne pas pourtant. Tu nous as vues traîner ? me demande-t-elle.

— Non, en effet, approuvé-je, consciente que nous n'avons pas chômé.

En vérité, je sais ce que je tente d'éviter. Je déteste quand ils font cela. Et ce soir, ces passagers ont le profil de l'emploi. Je les ai vus regarder par la fenêtre pour passer le temps. Dehors, un océan noir. La nuit. Il n'y a rien à voir ! Et puis, le film est insipide. Ils n'ont pas ouvert un livre depuis qu'on a décollé. Ils ont bu, c'est tout ce qu'ils ont su faire pour s'occuper. Ils n'ont rien pour se distraire, rien à observer. Je les sens paniquer. L'ennui pèse sur leurs épaules. Ils vont commettre l'irréparable et faire honte à mon efficacité.

Je me décide à commencer sans l'aide d'Annie Relax. Je dois agir vite avant qu'il ne soit trop tard.

— J'y vais ! annoncé-je en prenant deux assiettes.

En traversant le rideau, mes espérances s'anéantissent. Je le savais ! Ils ont tout mangé ! Tout ! Ils n'ont pas su attendre plus de cinq minutes ma venue. Impatients de se désennuyer, ils se sont laissés charmer par cette tartelette chocolatée destinée à être consommée en dernier lieu, bien après le plat principal que je m'apprête à servir. Et dire que je les appelais mes passagers de « classe »...

5

Chapitre 5

Marseille (MRS)

En entrant dans le lobby de l'hôtel où nous séjournerons pour la nuit, nous nous dirigeons immédiatement vers les sofas douillets au centre du hall. Le temps qu'Annie Relax récupère nos clés de chambres, mes collègues planifient la soirée.

— Tu prévois faire quelque chose ce soir ? me demande-t-on.

— Non, je vais rester tranquille et manger dans ma chambre. Je suis crevée.

Je planifie passer une adorable soirée d'amoureux avec mon commandant, mais je ne vais pas le leur dire. Déjà, je suis perdue dans mes pensées. J'ai hâte de me blottir dans les bras de John pour faire la sieste et pour que l'on profite ensuite l'un de l'autre. Je me demande ce qu'il voudra faire. Sortir au restaurant ou se faire un repas improvisé dans la chambre, à moitié habillés ? Je choisis l'option deux.

John se tient à quelques pas de moi. Il parle avec le premier officier, celui à la chevelure gelée, parfaitement coiffée. J'écoute leur conversation.

— Alors, on se rejoint vers 6 heures dans le lobby ? lui demande Philippe.

— Ouais, parfait. Je crois que Scarlett voulait aussi venir avec nous, annonce John en me regardant pour confirmer.

— Euh... je vais voir tout à l'heure, réponds-je avec hésitation.

Il m'a prise par surprise. C'est une blague ? Souper avec Philippe ? Ce soir ? Après trois semaines sans s'être vus, John voudrait que son premier officier mange avec nous ? Je rage intérieurement et je sens mon visage devenir bouillant. Peut-être ne fait-il cela que pour ne pas éveiller les soupçons. Je compte éclaircir la situation plus tôt que tard.

— John Ross ! crie Annie Relax depuis le comptoir de la réception. Philippe Burns ! continue-t-elle.

Mon commandant récupère sa clé et s'approche de moi pour me montrer discrètement le numéro inscrit sur l'enveloppe la contenant. Je note mentalement les chiffres avant qu'il ne rejoigne l'ascenseur. Une fois ma propre clé récupérée, je monte à mon étage.

J'ouvre la porte de ma chambre, puis je me dirige vers la fenêtre pour admirer la piscine en contrebas. Une jolie femme boit un cocktail sur son transat. D'ordinaire, j'apprécierais la chance d'être ici, mais pour le moment, je broie du noir. Le soleil qui plombe m'agresse. « Il est hors de question que je sorte avec Philippe », maugréé-je encore avant de composer le numéro de la chambre de John.

— Oui, allo ?

— Salut, dis-je sèchement. Je saute dans la douche et je m'en viens.

— D'accord, je t'attends. Ça va ?

Grr ! Je n'arrive jamais à lui dissimuler mes émotions. Le moment est mal choisi pour lui faire part de ma frustration.

— Oui, tout va bien. Juste crevée. J'arrive dans un instant, conclus-je avant de raccrocher.

* * *

Lorsque je cogne à sa porte et qu'il m'ouvre, son sourire me fait flancher brièvement.

— Que tu es belle !

— Arrête, j'ai les yeux rouges de fatigue.

— Pas grave, moi aussi, regarde.

Il s'avance vers moi en écarquillant les yeux pour me montrer les veinules qui y apparaissent. Je souris. Je l'embrasse, et on s'étend au chaud sous les couvertures. La tête sur l'oreiller, je m'empresse de lui demander quelles sont ses intentions pour la soirée.

— Tu n'étais pas sérieux tout à l'heure quand tu as donné rendez-vous à Philippe pour souper ?

— Bien sûr que je l'étais. Ça ne te tente pas ?

J'éloigne mon visage du sien et l'observe minutieusement. Apparemment, il ne blague pas. Je mets cartes sur table en perdant mon calme.

— Il est hors de question que j'aille manger avec toi et Philippe. C'est notre première soirée ensemble depuis trois semaines, et je n'ai pas le goût de mentir encore pour toi !

Mon commentaire le surprend. Il s'attendait probablement à ce que je n'y voie aucun inconvénient, et je peux comprendre, car si on résume la situation, depuis le début de notre semblant de relation : je l'accompagne à Rome, je mens à tout le monde, j'échange des courriers pour voler avec lui, je le rejoins dans SA chambre, je m'adapte à SON horaire. Cette fois-ci, je refuse de céder. Il tente de me convaincre.

— Comment ça, mentir ? Tu n'auras pas à mentir, on mange entre amis.

— Bien évidemment que je vais devoir mentir ! Si Philippe me demande si j'ai quelqu'un dans ma vie, je devrai lui répondre que non.

— Il ne te demandera pas ça.

— Comment tu le sais ? De toute façon, je ne sais plus comment agir avec toi en public. Si je te parle trop, je me demande si les gens vont le remarquer. Et si je ne parle pas assez, c'est moi qui ne profite pas de ma soirée. Je ne me rendrai pas plus mal à l'aise que je le suis déjà.

Voilà, j'ai vidé mon sac. Il doit faire un choix maintenant : Philippe ou Scarlett. À mon avis, le choix est simple, mais il ne semble pas comprendre le dilemme dans lequel il se trouve et s'efforce à nouveau de me faire changer d'avis.

— Ce gars-là, je le connais depuis des années. Ça ne se fait pas de le laisser manger tout seul comme ça. Un commandant et son premier officier restent toujours ensemble.

— Tête dure de pilote ! l'insulté-je, sur le bord de la crise.

— Tu agis vraiment en bébé, Scarlett, me lance-t-il.

— Laisse faire, John.

35

Je lui tourne le dos. J'ai envie de pleurer, mais je retiens mes larmes. Je suis si fatiguée que je n'ai pas les idées claires. Je préfère m'endormir. Chacun de notre côté, nous nous assoupissons.

* * *

— Coin-coin ! fait le petit canard du iPhone.

John éteint l'alarme. Il s'assoit sur le bord du lit et ramasse le combiné du téléphone.

— Salut, Philippe, c'est John. J'espère que je ne te réveille pas...

J'entends la voix à l'autre bout du fil qui semble endormie.

— Écoute, je suis crevé, alors je vais rester dans ma chambre pour la soirée. À demain.

Mon commandant se retourne ensuite et me décoche un sourire forcé. Ce sourire m'atteint comme une flèche en plein cœur. John n'est pas heureux de sa décision et il ne l'a prise que pour me contenter. Il me fait sentir comme un bébé gâté qui vient d'obtenir enfin ce qu'il désire. Pourtant, je ne demande que l'attention qui me revient, rien d'autre. Un poids énorme pèse sur mes épaules, les larmes veulent refaire surface. Je lutte pour les en empêcher et me dirige aussitôt vers la salle de bain.

J'éponge de l'eau fraîche sur ma nuque. Je ne suis pas si exigeante ! J'explose en pleurs. Mon commandant me rejoint pour me consoler.

— Ne pleure pas, Scarlett, je suis tout à toi maintenant, me dit-il en séchant mes larmes.

— Ah, John...

— Allez, je vais te faire du bien. Viens par là, me dicte-t-il en m'escortant vers le lit.

Le regard qu'il pose soudain sur moi me réconforte. Ses yeux brillent. J'oublie notre différend lorsque ses lèvres touchent les miennes. Pourquoi cet homme réussit-il toujours à me faire oublier mes soucis ? Pendant une heure, j'ai l'esprit tranquille.

* * *

— Du pain, des fromages et quelques pâtés, ça te va ? lui demandé-je dans l'allée du marché.

— Oui, et du vin, bien entendu !

J'approuve et nous déposons le nécessaire dans le panier avant de terminer dans notre allée préférée. En matière de vins, je choisis toujours des bouteilles à moins de cinq euros. Premièrement, parce que je devrai payer des taxes sur ce montant si je souhaite les rapporter, mais aussi parce qu'il existe de très bons vins à moindre prix. C'est un plaisir de traîner devant ces rangées de rouges et d'observer leurs étiquettes. J'ai un bon flair en général, et je me fais confiance à ce sujet. Je ramasse donc une première bouteille et la montre à John.

— Que penses-tu de celui-ci ?

— Hum, bof !

Je remets la bouteille sur l'étagère et lui propose mon deuxième choix.

— Celle-ci ? Un fronsac, dans le coin de Bordeaux. Corsé, tu vas aimer.

À peine a-t-il posé le regard sur ma dernière suggestion qu'il me fait un non catégorique en secouant la tête de gauche à droite comme un chien mouillé. Je range la bouteille, presque aussi répugnée que lui de l'avoir considérée comme une bonne option. Je ne suis plus certaine de vouloir proposer quoi que ce soit. Ma confiance vient de perdre ses repères. Je le laisse décider. Il ne tarde pas à faire un choix.

— Tiens ! Celle-là ! m'annonce-t-il en déposant la bouteille dans le panier.

« Tu devrais t'appeler John Boss et non John Ross », me dis-je. De toute façon, il est vrai que mon commandant s'y connaît en matière de vin. Il sera sans aucun doute délicieux.

De retour à la chambre, nous nous asseyons côte à côte sur le lit pour déguster notre festin. Nous étalons le pain, les fromages et les pâtés sur une serviette pour éviter les dégâts. Je profite de ce moment où je suis seule avec lui pour lui souligner mes inquiétudes.

— John, je n'ai jamais voulu être ta maîtresse...

— Tu n'es pas ma maîtresse ! s'empresse-t-il de rétorquer.

— Ben voyons ! Je te vois régulièrement depuis deux mois et ta femme n'en a aucune idée !

— Scarlett, tu n'es pas ma maîtresse, tu es plus que ça ! s'obstine-t-il.

— Je suis quoi, alors ?

Silence. Il réfléchit.

— Pour le moment, je ne peux pas te donner ce que tu espères. J'ai des enfants... Tu ne le comprends toujours pas ?

— Bien entendu que je comprends, mais...

— Je sais que tu me veux juste pour toi, mais il va falloir que tu apprennes à vivre en étant deuxième, parce que mes enfants sont ma priorité. Tu le sais, non ?

— Euh... Ce n'est pas tout à fait comme ça que j'aurais aimé que tu me le présentes...

— Scarlett ! Si tu n'es pas heureuse maintenant, tu ne le seras pas plus lorsque j'aurai quitté Debbie.

— Voyons, John ! Ça sera différent ! Et tu as l'air de penser que je vais t'attendre éternellement ! Ce n'est pas le cas ! l'avertis-je spontanément.

— En tout cas, tu as vraiment le don de gâcher notre seule soirée ensemble, me lance-t-il.

— Désolée, John, je ne voulais pas...

Je prends à nouveau cet air vulnérable qui ne me ressemble pas. Je me sens si petite devant lui et j'aimerais lui dire : « Heille ! Ce n'est pas toi tout à l'heure qui as gâché notre soirée en voulant manger avec Philippe ? » Évidemment, cette pensée demeure dans ma tête, coincée dans un labyrinthe tortueux d'où elle n'arrivera pas à s'enfuir. John change de ton.

— Je sais que tu n'es pas heureuse dans tout ça, mais j'ai encore besoin de temps. Tu veux m'en accorder ?

Bien entendu, j'ai accepté, mais ma patience a des limites, et je crois que John n'en a pas encore pris conscience. Il faut dire que je ne l'ai pas forcé à le faire non plus... La tension diminuée, nous retrouvons nos esprits, notre complicité. Assis dans notre lit douillet, nous portons un toast à l'amour, ne sachant pas où il nous mènera. En entendant le son harmonieux créé par nos coupes qui s'unissent, j'ose croire à cette simplicité qui un jour pourrait s'installer. Il m'embrasse tendrement et me serre contre lui. Je voudrais que cette nuit s'éternise, qu'elle ne se termine jamais.

6

Chapitre 6

Marseille (MRS) – Montréal (YUL)

–Que je suis contente de te voir ! m'exclamé-je en apercevant Béa s'avancer vers son siège. En plus, tu es assise directement devant mon strapontin !

— C'est le destin ! me lance-t-elle ironiquement, en guise de clin d'œil à ma façon de voir les choses.

— Ha ! Ha ! Très drôle ! Et puis, ton voyage, ç'a été ?

— Pas tant que ça. J'allais là-bas pour avoir des réponses. Je les ai eues.

— C'est terminé ?

— Je te raconterai, soupire-t-elle en prenant place devant moi.

Je n'insiste pas. Je vois qu'elle a le cœur gros. Même si elle ne voudra pas l'admettre, elle aimait Damien plus qu'elle n'osait le montrer. Je la laisse s'installer et je pars dans l'allée afin de fermer les compartiments. J'interpelle une dame quelques rangées plus loin.

— S'il vous plaît, le sac à main sous le siège devant vous.

Elle me regarde en agrippant son minuscule sac à bandoulière sur ses genoux.

— Je préfère le garder avec moi, m'annonce-t-elle, sur la défensive.

Elle renforce l'emprise qu'elle exerce sur son protégé. Je vois le tissu se froisser sous ses doigts. Pour s'assurer qu'il ne disparaîtra pas, elle a pris soin d'entourer la courroie de cuir autour de sa jambe. Je m'applique de nouveau à lui rappeler les consignes de sécurité.

— Votre sac doit être déposé sous le siège devant vous, madame.

Elle ignore mon commentaire, résolue à n'en faire qu'à sa tête. Contrainte de respecter les règles, je lui explique le pourquoi du comment, en n'oubliant pas d'ajouter mon argument miracle.

— Dans l'éventualité où vous devriez évacuer l'appareil, la courroie de votre sac autour de votre jambe risque de vous faire trébucher. Il est beaucoup plus sécuritaire de déposer les sacs au sol. C'est une *infraction fédérale* de ne pas respecter cette loi.

Elle assimile mes propos et dépose enfin le précieux objet devant elle. Je savais que ça marcherait. Infraction fédérale ! Ça fait peur, non ? En anglais, c'est encore mieux : FEDERAL OFFENSE. *Sir, this is a federal offense !* Des frissons nous parcourent la colonne vertébrale instantanément, car on ne badine pas avec... euh ? Le gouvernement ? Reste qu'à tout coup, ça marche. Ces mots obligent à obéir, et je ne me gêne pas pour les utiliser quand la situation l'exige.

Après avoir remercié la dame pour le colossal effort fourni, je retourne vers Béa. En route, je dois m'arrêter près d'un homme qui me bloque le passage. Il fouille dans son bagage, le postérieur courbé en milieu d'allée.

— Pardon, monsieur, dis-je pour qu'il me laisse passer.

Il se tourne vers moi, la mine agacée. Il porte des lunettes rondes aux lentilles tellement épaisses qu'on jurerait qu'il a des yeux de poisson. D'un doigt, il se les enfonce sur le nez et me donne de l'espace pour que je me faufile derrière lui. En le frôlant involontairement, je perçois des effluves d'alcool fort fraîchement consommé. Cet homme a bu. L'odeur est subtile et pas suffocante comme celle émanant d'une gueule de bois. Cependant, il n'a pas l'air ivre, alors je n'en fais pas de cas. « Il a sûrement bu dans l'aéroport », pensé-je avant de m'asseoir à mon strapontin pour le décollage.

— Et toi ? Comment c'était avec ton beau John ?

me chuchote discrètement Béa en s'avançant vers moi.

— CHUT, BÉA !

Je m'énerve en agitant la main.

— Woh ! T'es explosive, ma petite Scarlett... Tu as donc bien peur que quelqu'un sache. Il n'y a personne qui écoute.

— Ouin, désolée.

Je me suis effectivement emportée pour rien. Ma soirée d'hier m'a déçue, mais je n'ai pas envie de lui en parler maintenant.

— C'était romantique. Toi ?

— Ç'a été. Très bien, même. On a fait du bateau pendant quatre jours dans des baies paradisiaques.

Pour que personne ne nous entende, je m'avance sur le bout de mon strapontin, mes courroies de retenue bien étirées.

— Paradisiaque ? Tu ne disais pas tout à l'heure que ç'avait mal été ?

— Oui, parce que c'est fini entre lui et moi, mais le voyage s'est super bien passé.

— Alors, pourquoi le laisser ?

Si ça va bien, je ne vois pas comment on peut vouloir terminer une relation. Béa est plus rationnelle que moi, côté cœur.

— On s'aime bien, mais ça ne mènera nulle part. Il n'est pas prêt à faire le grand saut, et moi, j'en ai assez d'une relation à distance. Perdre mon temps, ça ne m'intéresse pas, conclut-elle, complètement détachée. — Tu es épatante !

— Hein ?

Nous roulons toujours sur la piste, et le commandant – mon commandant – n'a pas encore fait l'annonce d'un décollage imminent, alors je m'explique.

— Je t'admire d'être aussi rationnelle. J'aimerais être comme toi.

— Arrête, voyons ! Damien vit en France. Sans déménagement, il n'y avait pas d'avenir. La décision se prend d'elle-même. Mais toi, quand John va finir par laisser *Freaking*-Debbie, vous allez pouvoir bâtir une vie ensemble...

Béa soulève le sourcil. Ses longs cils battent rapidement, comme pour dissimuler son regard sceptique. Je sais qu'elle doute fortement que ce qu'elle vient de me dire se concrétise. Quant à moi, j'ai encore de l'espoir.

Je dois penser très fort à John car, à cet instant précis, sa voix résonne dans l'appareil. Il nous informe qu'il mettra plein gaz d'une seconde à l'autre. En l'entendant parler, Béa et moi nous regardons, haussons les épaules et soupirons. « On verra ce que l'avenir nous réserve. »

Les roues soulevées du sol, l'avion prend de l'altitude. Les moteurs bourdonnent bruyamment puis nous atteignons notre altitude de croisière. Bientôt, je devrai me lever. Je regarde Béa sans parler. Ce n'est ni le moment ni l'endroit pour poursuivre cette conversation. Nous aurons amplement le temps une fois à la maison.

Soudain, le passager derrière elle attire mon attention. C'est l'homme aux lunettes épaisses, aux yeux de poisson et à l'haleine d'alcool. Il me guette entre les deux sièges et me jette des regards furtifs après chaque mouvement. J'ai l'impression qu'il essaie de dissimuler quelque chose. Je ne suis pas dupe, mais pour qu'il ne me remarque pas, je détourne le regard.

Lorsque le signal des ceintures s'éteint, je me lève pour rejoindre mes collègues à l'arrière de l'appareil. Au passage, j'observe à la dérobée Monsieur Œil-de-poisson et je note que l'odeur d'alcool est encore plus prononcée que plus tôt. Avant de l'accuser de quoi que ce soit, je vérifie s'il connaît la loi en matière d'alcool à bord.

— Pardon, monsieur, seriez-vous en train de boire votre propre alcool ?

Il me regarde. Ses paupières clignent lourdement.

— Non, pas du tout, me répond-il calmement sans déparler une miette.

— Parfait. Je voulais juste m'en assurer, car comme vous le savez sans doute, il n'est pas permis de boire son propre alcool.

— Oui, oui, je le savais, renchérit-il.

Maintenant, s'il boit, il ne pourra pas nous dire qu'il ne connaissait pas la loi. Avant de commencer mon service, j'avise la directrice de vol et le reste de l'équipage que des soupçons planent sur lui.

— Je l'aurai à l'œil, me dit Annie Relax pour me rassurer.

* * *

Il ne reste que deux heures avant l'atterrissage et, pour la quatrième fois en six heures de vol, c'est à nouveau le temps de sortir avec les chariots dans les allées. Monsieur Œil-de-poisson s'est tenu tranquille pendant la traversée. Il s'est bien levé trois fois pour aller aux toilettes, mais rien de louche. Il a même acheté deux *rhum and coke* lors du service de repas. Je crois avoir bien agi en l'avisant en début de vol. Comme nous nous apprêtons à servir la collation, Béa arrive à l'arrière. Elle semble agitée et m'attire en retrait pour s'adresser à moi discrètement.

— Scarlett, je me suis fait voler mon portefeuille ! Je panique !

— Tu es sûre ? Tu sais que quand on s'affole on ne trouve rien. Tu es certaine qu'il n'est pas tombé quelque part ?

— Oui, j'ai déjà vérifié, et il n'est pas par terre. Il était dans mon sac et maintenant il n'y est plus, explique-t-elle en me le tendant pour que je l'inspecte à mon tour.

Je ne trouve aucun portefeuille à l'intérieur. Je décide d'aller vérifier sous le siège devant elle, là où elle avait rangé son sac.

Lorsque j'arrive à la rangée en question, j'observe le lieu du crime et je m'inquiète immédiatement. Comme Béa était assise à côté de la sortie d'urgence, elle n'avait aucun siège devant elle pour y ranger ses effets personnels. Elle les a donc déposés sous le sien, à la disposition du passager assis derrière elle, qui, en l'occurrence, s'appelle Monsieur Œil-de-poisson. Mon instinct me dit que Béa ne ment pas. Son portefeuille a bel et bien disparu. Et j'ai déjà un suspect. Je rejoins ma colocataire affolée à l'arrière.

— J'ai une bonne et une mauvaise nouvelle. Tu veux savoir laquelle en premier ?

— Je ne sais pas, moi ! N'importe laquelle ! J'avais 300 euros à l'intérieur ! m'annonce-t-elle, angoissée.

— Trois cents euros ! Qu'est-ce que tu faisais avec autant d'argent sur toi ? Où as-tu eu ça ? Tu n'as jamais un sou !

Décidément, je m'emporte autant que ma chère amie et ne fais qu'aggraver les choses. Je respire profondément en attendant de connaître l'origine de cet argent, mais je me doute déjà de la réponse.

— C'est Damien. Il voulait me faire plaisir une dernière fois.

— OK...

— Oublie ça. L'important dans l'histoire, c'est que j'avais 300 euros, et là, ils ont disparu ! Envolés ! Qu'estce qu'on fait ? C'est quoi, tes nouvelles ?

— Je vais commencer par la mauvaise.

— Vas-y !

— Je pense que tu as raison et que tu t'es fait voler ton portefeuille.

— Tu m'en diras tant ! Et la bonne ?

— J'ai un suspect.

— Oui, moi aussi, et je te jure qu'il va me redonner mon argent avant la fin de ce vol, affirme-t-elle, les yeux remplis de rage.

Quand il est question d'argent, Béa n'en laisse pas passer une. Surtout si cet argent est le sien. « Vaut mieux régler cette affaire avant qu'elle ne s'en mêle. » Je décide aussitôt d'aller parler à la chef de cabine.

* * *

L'information a été transmise à Annie Relax ainsi qu'à John. Pour le moment, nous n'avons qu'observé le suspect. Béa est retournée à son siège et a accepté de se calmer le temps que nous résolvions le problème. Ma tactique est de questionner les passagers aux alentours, mais pour cela, je dois attendre qu'il se lève de son siège. S'il est vraiment coupable, peut-être auront-ils une information clé à me fournir.

En distribuant les sandwichs, je remarque que Monsieur Œil-de-poisson agite sa jambe, l'air stressé. Je lui offre à boire. Il me demande de l'eau en fuyant mon regard. J'observe chaque détail qui pourrait le trahir, mais en même temps, je reste consciente qu'il n'est peut-être pas du tout le coupable. J'ai l'impression de jouer à CLUE et de cocher les indices qui l'incrimineraient :

1- Le sac à main était à ses pieds.

2- Il aurait commis le crime à la rangée 15.

3- Il a l'air bizarre.

4- Il a peut-être bu son propre alcool.

Encore là, ce ne sont que des suppositions. Il faut plus de matière pour accuser quelqu'un. Je vois qu'il se lève et entre dans le cabinet de toilette. Je m'empresse d'interroger sa voisine.

— Désolée, mademoiselle, mais la dame assise en avant de votre voisin s'est fait voler son portefeuille. Auriez-vous par hasard remarqué quelque chose de louche pendant le vol?

Elle est d'abord surprise en apprenant la nouvelle. Ensuite, elle réfléchit et me confirme que l'homme à sa droite lui semble quelque peu étrange.

— Eh bien, j'ai remarqué un truc en effet, me ditelle, hésitante. Il sent l'alcool.

J'aurais espéré autre chose.

— L'avez-vous vu boire ?

— Seulement deux rhums. Mais étonnamment, il sent beaucoup l'alcool.

— Y a-t-il d'autres détails que vous avez notés ?

— Je ne sais pas si ça pourrait vous aider, mais pendant tout le vol, il portait des sandales sans chaussettes, et puis il est allé aux toilettes et il est revenu en portant des chaussettes. J'ai trouvé ça bizarre.

« Oui, très *out* », approuvé-je en silence. Je doute que cette information puisse être un élément de preuve. Néanmoins, je coche sur ma feuille imaginaire *chaussettes avec les sandales* et poursuis mon service. Une fois que j'ai terminé, je retourne à l'avant pour en discuter avec la directrice de vol. En traversant le rideau, je constate que John est sorti du poste de pilotage. Je leur explique à tous les deux les indices peu révélateurs que j'ai accumulés.

— Ce n'est rien pour accuser quelqu'un, ça, conclut John après mon énumération.

— Oui, je sais.

— Si ça se trouve, Béa a perdu son portefeuille avant d'embarquer dans l'avion, lance à son tour Annie Relax, qui fait soudainement honneur à sa réputation.

— Peut-être, mais...

Un éclair de génie me traverse l'esprit.

— L'argent est dans ses chaussettes !

— De quoi tu parles ? me lance John d'un air supérieur, comme si mes propos n'avaient aucun sens.

— Ben oui ! Vous ne m'écoutiez pas ou quoi ? Sa voisine a dit qu'il n'avait pas de chaussettes pendant tout le vol et que, après être allé aux toilettes, il en portait dans ses sandales. Il a caché l'argent ou le portemonnaie à l'intérieur, c'est clair !

— Il a mis ses chaussettes parce qu'il avait froid, réplique John.

Il se tourne vers la directrice et, ensemble, ils éclatent de rire. De toute évidence, ils n'adhèrent pas à ma théorie.

— Je suis sérieuse ! Je suis convaincue que j'ai raison, John ! Tu ne pourrais pas le faire arrêter à la sortie pour au moins le faire fouiller ?

— J'ai besoin de preuves, Scarlett. Pas de spéculations.

— Oui, mais la seule façon de savoir si j'ai raison, c'est de fouiller ses chaussettes, et moi, je ne suis pas autorisée à le faire ! C'est quand même à Béa, tout cet argent ! Aide-moi un peu, là, lui dis-je en tentant de l'attendrir avec mes yeux doux.

La directrice remarque notre proximité et s'éloigne dans la cabine en haussant les épaules. Je n'en fais pas de cas, car sincèrement, je m'en fous. John fait un pas en arrière pour mettre une distance entre nous, mais essaie au moins d'être plus coopératif.

— Tu n'as pas dit qu'il buvait son propre alcool ?

— Pas certaine. Personne ne l'a vu avec la bouteille.

— Hum...

— Autre chose ?

— Tu as dit qu'il est allé plusieurs fois aux toilettes ?

— Au moins trois fois... mais c'est normal pendant un vol de huit heures.

— S'il est assez intelligent, il s'est débarrassé du portefeuille. Trouve-le ! Ensuite, on aura au moins une preuve qu'il a été volé, me conseille-t-il avant de retourner dans le poste.

De retour à l'arrière, je demande à Béa de m'aider à fouiller les poubelles des toilettes. Aucune trace du portefeuille. Nous regardons ensuite à l'intérieur des compartiments contenant le papier hygiénique. Encore rien. Nous vérifions enfin dans la cuvette des toilettes, et ce, même si nous savons que l'objet est beaucoup trop gros pour passer dans ce petit trou. Pas un seul indice.

Pendant la recherche, j'expose ma théorie des chaussettes à Béa, mais je la préviens aussi qu'il se peut que nous ne puissions rien faire.

— Rien ! Comment ça ?

— On n'a pas de preuve.

— Mon sac était à ses pieds pendant tout le vol ! Je n'y ai pas touché une seule fois ! C'est pas une preuve, ça ?

— John dit que non.

Béa s'impatiente. Il ne reste qu'une heure avant la fin du vol et, comme je m'y attendais, elle essaie de reprendre les rênes de l'enquête.

— Laisse-moi voir John ! Je suis ta meilleure amie, il devrait considérer mes arguments ! lance-t-elle en se dirigeant vers le poste de pilotage.

Mon commandant sort à nouveau dans la *galley*. Il soupire mais esquisse quand même un sourire en me regardant. Peut-être est-ce parce que Béa se trouve à mes côtés ? Ou peut-être admire-t-il ma loyauté envers ma meilleure amie ? D'une certaine façon, je ne fais que mon travail, un autre passager aurait reçu le même traitement. Je fais les présentations rapidement, consciente qu'ils se connaissent déjà et que John doit retourner bientôt dans ses quartiers pour préparer l'atterrissage.

— Alors, c'est toi qui as volé le cœur de ma Scarlett... chuchote mon amie discrètement.

Il sourit. Le plus beau des sourires. Tout comme moi, Béa semble sous le charme, mais elle s'empresse de lui expliquer sa version des faits. D'un ton bienveillant, il lui souligne qu'il comprend la situation, mais à son tour, il lui répète les formalités.

— Écoute, Béa. Je comprends ta déception, mais on ne peut accuser une personne sans preuve et encore moins la fouiller seulement sur un soupçon.

Si ton gars ne s'est pas fait prendre en flagrant délit, je ne peux rien faire. Arrêter une personne pendant un vol est possible lorsque la sécurité des passagers et de l'avion est mise en péril. Et là, ce n'est pas le cas.

— Oui, je comprends, dit-elle, déçue.

— Par contre, ajoute John, si tu veux déposer une plainte contre lui, je peux aviser les autorités et laisser la police régler le litige. Ça te va, ça ?

— Hum... oui, acquiesce-t-elle, légèrement hésitante.

— N'aie pas peur. Ce n'est pas toi qui géreras le conflit, mais la police, et c'est mieux ainsi parce que, dès qu'un policier a des soupçons sur une personne, il a le droit de la fouiller, la rassure-t-il avant de retourner dans son poste de pilotage, heureux d'avoir contribué à aider mon amie.

* * *

Une fois l'appareil immobilisé, une annonce se fait entendre.

— Mesdames et messieurs, ici votre commandant. Je vous demande de rester assis, car les autorités doivent entrer pour accompagner un passager. Vous pourrez ensuite vous lever. Merci de votre compréhension.

Je regarde Monsieur Œil-de-poisson et je note sa réaction. Cette dernière information l'a fait bondir sur son siège. Il a l'air nerveux et il regarde à travers le hublot ce qui se trame à l'extérieur. Je remarque alors quelques gouttes de sueur qui perlent sur ses tempes. Je suis certaine qu'il est coupable.

On frappe à ma porte. Je vérifie que j'ai bien désarmé la glissière et j'ouvre ensuite pour laisser entrer deux hommes baraqués. Je dévie aussitôt le regard vers l'accusé. Ses yeux sont grands ouverts et j'ai l'impression d'avoir affaire à un buffle de la savane africaine prêt à charger pour s'enfuir. Néanmoins, il ne bouge pas d'un poil. Les deux agents s'arrêtent devant son siège.

— Nous vous demandons de nous accompagner pour un contrôle de formalité.

— Qu'est-ce que j'ai fait pour mériter ça ? leur demande-t-il calmement, sans nervosité apparente.

— Je vous demande de vous lever et de nous accompagner, insiste le policier en ignorant sa question.

Œil-de-poisson obéit. En sortant, il regarde Béa et me regarde ensuite avec un sourire narquois. J'espère seulement qu'ils trouveront le portefeuille et que Béa récupérera son argent avec ses pièces d'identité. Elle se lève à son tour pour rejoindre la police sur le pont d'embarquement. Elle devra leur expliquer la raison de sa plainte.

Les remerciements, salutations et au revoir faits, l'avion est désormais vide. Il ne reste que ma chère Béa, qui attend impatiemment sur la passerelle que les policiers reviennent pour l'informer de leur possible découverte. Heureusement, elle ne languit pas longtemps, car un des agents s'avance à sa rencontre au bout du couloir. Je tends l'oreille.

— Vous aviez combien d'argent dans votre portefeuille, madame ?

— J'avais 300 euros, en coupures de 20 et de 50, précise-t-elle.

— Hum, c'est ce montant que nous avons trouvé dans les chaussettes de l'homme, confirme-t-il en se prenant le menton à deux doigts.

— C'est génial ! m'exclamé-je, incapable de demeurer en retrait.

Le policier me regarde, désolé. Il n'a pas l'air du même avis.

— En fait, nous n'avons pas trouvé le portefeuille... — Et alors ? demande Béa.

— Sans carte d'identité, nous n'avons aucune preuve que cet argent est le vôtre et qu'il a bien été volé.

Nous ne sommes pas en droit d'arrêter cet homme ni de lui retirer les 300 euros.

— Je ne comprends pas ! Ça n'a aucun sens ! s'écrit-elle, incapable de conserver son sang-froid.

— Vous n'êtes pas sérieux ? interviens-je, également contrariée.

— Malheureusement, je le suis, conclut-il avant de partir.

Renversée par la situation, je suis hantée par une image troublante. Celle d'un homme aux yeux de poisson déambulant à travers l'aéroport, libre comme l'air, un sourire triomphant au visage. Une question m'intrigue : « Mais où a-t-il caché le portefeuille ? »

7

Chapitre 7

Montréal (YUL)

–Bonjour, les filles, il y a quelqu'un d'assis ici ? nous demande une collègue en touchant l'unique chaise disponible à notre table ronde.

— Non, personne, répond Béa.

— Cool ! En passant, je m'appelle Suzie.

— Enchantée, Suzie. Moi, c'est Béa, et voici Scarlett, Rupert, Camille et Marie-Pier, ajoute-t-elle en nous désignant à tour de rôle.

Cette fille me dit quelque chose. J'ai déjà volé avec elle, il y a longtemps. Je me souviens qu'elle avait quelque chose de spécial, mais quoi ? Ses faux seins ? Non, déjà vus chez VéoAir. Ses cheveux blond platine ? Je ne crois pas. Alors, quoi ? Je n'en ai aucune idée ! J'aimerais demander à Rupert, mais il est assis à côté d'elle.

Ce n'est pas grave, ce ne devait pas être important.

— Alors, c'est votre premier *party* de Noël ?

Suzie se gonfle le torse en exposant son décolleté vertigineux en premier plan. Même Rupert ouvre grands les yeux, fixe la poitrine à sa droite et répond aussitôt pour corriger le malaise.

— Non, le deuxième pour moi.

— Nous aussi, dis-je au nom de Béa et moi.

— Troisième, répond Camille.

— Quatrième, ajoute Marie-Pier.

— Toi ? fais-je en lui retournant la question.

— Moi ? Je n'en ai pas manqué un depuis que je travaille ici, affirme-t-elle, le sourire fendu jusqu'aux oreilles.

— Vraiment ? dis-je.

— Certain ! Voyons, les filles, regardez autour de vous ! s'exclame-t-elle en oubliant la présence masculine de Rupert.

— Euh... Il y a des nappes blanches, un DJ, une piste de danse... énumère Camille d'une voix douce et posée.

— Mais encore ?

— De l'alcool à profusion ? tente Béa.

— Non ! Des pilotes ! s'écrie Suzie, enthousiasmée par le constat.

— Et ?

— Vous avez la chance d'avoir devant vous le plus grand bassin de pilotes de l'année !

Je ne l'avais jamais vu sous cet angle. De toute évidence, Suzie adore les pilotes. Oh ! Ça me revient ! C'est Suzie, l'aguicheuse de pilotes ! Celle qui s'est tapé la moitié de la compagnie. J'aurais pensé que ce n'était qu'une réputation qu'elle s'était faite en couchant avec l'un et l'autre, ici et là, mais à l'entendre parler, il semble que ça soit plus que cela.

— Tu aimes les pilotes ? demande la douce Camille, ignorant la réputation de notre invitée.

— J'en raffole ! avoue-t-elle sans gêne.

— Pourquoi ? Ils sont si cartésiens et froids, déclare Camille.

— Froids ? Juste dans le cockpit ! pouffe-t-elle.

Elle n'a pas tort. Pour ce que je connais d'eux, je dirais que le mien est plutôt chaleureux une fois sous les couvertures. D'ailleurs, je me languis de lui, de ses baisers, de son corps. Soudain, je sens dans mon dos des sueurs froides. Et si cette passionnée de pilotes connaissait quelque chose sur mon commandant ?

— Ils sont cochons, c'est ça ? demandé-je dans le but sournois de guider la conversation vers un but précis. — Cochons ? Mets-en !

— Voyons ! Je ne te crois pas ! ajoute Camille, traumatisée par le sujet.

— Oh, crois-moi !

— C'est qui, ton préféré ? interviens-je à nouveau.

— Ouf ! Il y en a plusieurs ! Tiens, celui-là, par exemple, il aime les jouets.

L'aguicheuse montre un des gars assis à la table d'à côté. Son visage m'est inconnu. Je suis heureuse de ne pas le connaître. J'espère maintenant ne jamais voler avec lui. Comment réussir à écouter professionnellement le *briefing* d'un pilote qu'on sait être un amateur de jouets érotiques ? Des images apparaîtraient dans mon esprit. Entre un « nous volerons à une altitude de » et un « pas de turbulence prévue », un phallus en plastique. Tout ce qu'il y a de plus facile pour penser « sécurité ».

— Tu as quelqu'un en tête que tu aimerais séduire ? poursuis-je.

— Un pilote marié, par exemple ? ajoute Béa, qui comprend où je veux en venir.

Suzie réfléchit. Elle prend une gorgée de vin blanc, regarde dans la salle si l'un d'eux n'attirerait pas son attention et prend une seconde gorgée.

— Honnêtement, j'ai pas mal fait le tour, laisse- t-elle tomber.

— Hein ? m'exclamé-je, paniquée. Tu as couché avec tous les pilotes mariés ?

— Non, non. J'ai couché avec ceux qui le vou-laient bien. Les autres, trop difficiles à conquérir, je ne m'acharne pas sur eux.

— Un exemple ? glisse Béa.

— Vite comme ça, aucune idée. Bon, je vais aller faire un tour d'horizon, dit-elle en partant chasser.

Je soupire de soulagement. J'aime m'imaginer que mon commandant fait partie du groupe de ceux qui sont difficiles à conquérir. Pourtant, j'ai été poussée à questionner Suzie, prouvant ainsi mon manque de confiance grandissant envers John. J'aimerais débattre le sujet avec Béa et Rupert, mais la présence des autres collègues à la table m'en empêche. Camille semble encore sous le choc.

— Vous avez entendu ça ? Je n'en reviens pas !

— Elle s'assume, au moins, dit Rupert pour tempérer.

— C'est vrai qu'il y en a qui ne s'assument pas, ajoute Béa d'un ton sarcastique.

Pas la peine d'essayer de savoir à qui ma meilleure amie fait référence. Je sais très bien qu'elle n'appuie plus ma relation cachée. Elle n'ose jamais m'en parler directement par peur que j'explose de rage, mais elle ne se gêne pas pour me lancer des flèches. Elle espère me faire prendre conscience que je suis devenue une maîtresse, une vraie. Alors que je m'étais juré de ne pas en arriver là. Irritée par son commentaire, je décide de jouer au même jeu qu'elle.

— Toi, Béa, tu t'es remise d'avoir perdu les 300 euros que ton riche Français t'a donnés pour avoir été sa poule de luxe ?

En laissant échapper ces paroles, je réalise combien elles sont méchantes. Je ne me reconnais plus. Je n'ai pas le droit de projeter ma frustration sur ma meilleure amie. Je ne veux pas gâcher la soirée.

— Je m'excuse, Béa ! Je ne le pense pas. C'est stupide de ma part d'avoir dit ça...

Le silence règne. Rupert a mis sa main devant sa bouche lorsqu'il a entendu mon commentaire blessant, mais vient d'arborer un sourire en me voyant retrouver mes esprits. À mon grand bonheur, Béa se lève et vient me serrer dans ses bras.

— Je sais, Scarlett. Je m'excuse aussi. Je t'ai piquée la première. Amusons-nous. C'est vrai qu'il y a de beaux pilotes ce soir ! s'exclame-t-elle pour détendre l'atmosphère.

— Je suis bien trop gênée ! lance Camille à son tour.

— Suzie va te montrer comment ça marche ! blague ma belle amie en retournant à son siège.

* * *

Le plat principal terminé, l'ambiance commence à se réchauffer. Plusieurs de mes confrères se sont arrêtés à notre table pour discuter. J'ai remarqué que les plus discrets parlent plus aisément, signe que l'alcool les décoince peu à peu. Je suis heureuse d'être venue, car cette célébration me permet de revoir des collègues que j'apprécie, mais qui ne font pas nécessairement partie de mon cercle d'amis hors travail. Plusieurs pilotes sont passés voir Suzie pour la saluer. Ils l'ont sans doute déjà fréquentée, mais je m'abstiens de le lui demander. Une fois le dessert servi, le président de la compagnie s'avance au micro.

— Bonsoir à tous ! C'est maintenant le moment de procéder au tirage des prix ! annonce-t-il.

La foule applaudit. Je donne une tape sur l'épaule de Béa. Je suis tout énervée. J'aimerais tellement gagner un voyage ! Chez VéoAir, les cadeaux varient entre un billet d'avion pour l'Égypte et un séjour d'une semaine dans les Caraïbes. J'envoie de bonnes ondes à notre table. Rupert, lisant presque mes pensées, déclare :

— Toi, Scarlett, tu vas gagner un billet d'avion ! Béa, tu vas gagner un tout inclus ! Camille, un iPad ! Annie aussi ! Et toi, Suzie, une chambre d'hôtel pour

une nuit...

— Ha ! Ha ! rions-nous en chœur, sauf Suzie, qui fait une grimace amicale.

L'homme aux cheveux blancs s'approche de la boîte dans laquelle sont réunis les noms des employés présents à la soirée. À côté, sur un tabouret, se trouvent plusieurs enveloppes contenant les différents prix. Il en récupère une et la lit à haute voix.

— Voici une paire de billets avec Emirates vers la destination de votre choix. Une valeur de 3 000 dollars !

Il insère sa main dans la boîte et récupère un morceau de papier. Mon cœur bat la chamade. C'est ridicule d'être aussi stressée : mes chances d'être pigée sont minimes considérant le nombre d'employés qui m'entourent. Mais j'ai quand même le droit de rêver... Je reste attentive à ses mots.

— Le premier gagnant est : Patrice Dion !

Des applaudissements résonnent dans toute la salle, et l'homme s'avance pour récupérer son prix. J'envie ce Patrice, l'espace d'un instant. Avec Emirates, j'aurais peut-être choisi Dubaï et volé dans l'Airbus A380... Lorsque j'atterris à Paris, ce gros oiseau d'acier est toujours là. Soit il est stationné à la barrière, soit il se prépare à décoller. Vue de derrière, sa silhouette à l'horizontale forme un arc en V telles de véritables ailes d'oie blanche prête à s'envoler. Une beauté.

— Maintenant, j'ai une croisière à faire tirer. Qui sera l'heureux gagnant ou l'heureuse gagnante ? nous titille notre président.

— Moi ! On ira ensemble ! me dit Béa en me lançant un clin d'œil complice.

— Oui !

« Si je gagne, j'inviterai aussi Béa », pensé-je. De toute façon, John ne pourrait pas venir. « Il est avec sa femme ! » Mon humeur se ternit un brin, mais je suis à nouveau distraite par le tirage qui se déroule devant moi.

— J'ai ici une semaine à faire tirer dans le Club Med de votre choix !

— Génial ! m'exclamé-je.

— Je le veux, celui-là ! ajoute Béa en fermant les yeux comme pour prier.

Le président pige le prochain morceau de papier. Avant d'entendre le nom du gagnant, je suis envahie par l'espoir, puis transportée dans mes rêves. Je me détends sur une plage de sable blanc, un *piña colada* à la main, et je parcours les pages de ce roman que je ne suis jamais parvenue à lire par manque de temps. Je saute à l'eau, nage dans la mer cristalline et fais demitour pour regarder la personne qui m'accompagne. Qui est étendu sur la chaise voisine de la mienne.

John ? J'en doute.

— Béatrice Hamelin ! dit le président.

— *No way* ! lance-t-elle en nous regardant, ébahie.

— Béa, va récupérer ton cadeau ! lui dicté-je en la voyant figer.

Elle se lève et contourne la table en direction de la scène. Elle prend l'enveloppe contenant son merveilleux prix, serre la main du président et le remercie, une expression de surprise sur le visage. Elle revient ensuite s'asseoir, les pommettes colorées de bonheur.

— On s'en va au Club Med, ma Scarlett ! m'annonce- t-elle en brandissant l'enveloppe.

— Voyons, Béa, tu n'es pas obligée d'y aller avec moi. Tu peux y aller avec qui tu veux.

— Je t'ai dit que si je gagnais j'y allais avec toi. Une promesse, c'est une promesse !

— Ouais, mais il peut s'en passer, des choses, avant qu'on y aille. Si tu te fais un nouveau copain, par exemple ? Tu iras avec lui.

— C'est avec toi que je veux y aller, OK ? Arrête de jouer à la fille difficile !

— Ha ! Ha ! Tu me connais trop, toi ! Allons fêter ça, alors ! dis-je en l'attirant vers le bar pour un petit remontant.

Deux *shooters* plus tard, je remarque que l'ambiance a changé. Le jazz rythmé du début de la soirée a été remplacé par de l'électro-pop. Les tables rondes ont été retirées pour agrandir la piste de danse, et déjà Rupert, accompagné de quelques collègues, fait chauffer le plancher. Annie et Camille, encore discrètes et gênées, demeurent en retrait, mais parlent avec deux pilotes. À voir la façon dont elles réagissent à leurs commentaires, je sens que deux couples de tourtereaux viennent tout juste de se former. Enfin, au moins pour la soirée...

— On va danser ? me demande Béa en valsant.

— Vas-y, toi. Tu sais que ça me gêne.

— D'accord pour cette fois-ci, mais tu es mieux de danser avec moi au Club Med parce que je ne te le pardonnerai pas !

— Promis !

Ma meilleure amie se joint à Rupert, et je retourne au bar pour me commander un verre d'eau. « Que je peux être ennuyante », me sermonné-je en observant mes collègues danser sans moi au son de la musique. Je suis ainsi faite. Je préfère observer qu'être observée. J'ai même la chance de voir Suzie, l'aguicheuse de pilotes, à l'œuvre. Elle se trémousse sur la piste dans sa robe moulante. Elle s'approche de sa victime, lui souffle un secret à l'oreille et se retourne ensuite en collant son fessier sur les hanches de l'homme. Je ne vois que son profil assombri par les lumières tamisées de la salle. Elle danse devant lui, les bras soulevés derrière elle en agrippant la nuque de son partenaire. Elle se retourne, lui prend la main et l'attire en retrait.

Qui est ce nouvel esclave sur lequel elle a jeté son dévolu ? Je plisse les yeux. Il ressemble étrangement au président. Peut-être un vieux pilote auquel elle est habituée. Comme pour me dévoiler son identité, elle s'avance vers moi en tenant fermement sa proie derrière elle. Je doute que l'homme se fasse prier pour la suivre. Elle a l'air si sûre d'elle, si confiante ! À quelques pas des toilettes, une lueur illumine leurs deux visages. Estomaquée par ce que je viens de voir, je me retourne vers la piste de danse pour réaliser que, au fond, tout le monde s'en fout. Je me souviens alors de ce que m'a dit Rupert en début de soirée : « Ce qui se passe au *party* de Noël doit rester au *party* de Noël ! » J'en conclus que je devrai garder pour moi le fait que Suzie l'aguicheuse de pilotes se surnomme maintenant l'aguicheuse du président !

8

Chapitre 8

Aéroport de Montréal (YUL)

— John m'a appelée tout à l'heure, dis-je en marchant avec Béa dans l'aéroport.

— Qu'est-ce qu'il voulait ?

— Il voulait me dire qu'il s'ennuie de moi et que nous allons bientôt nous voir.

— Hum.

— Quoi ?

— Non, non. Rien.

Mes talons hauts martèlent le plancher. Je me sens à bout de nerfs. En vérité, je le suis depuis longtemps. Je n'ai vu John qu'une seule fois depuis la nouvelle année, après qu'il a reconduit les enfants à l'école et alors que sa femme volait quelque part dans le ciel. Il me manque et, honnêtement, j'ai moi aussi des doutes quant à la véracité de ses propos. Je n'arrive pas à me l'avouer.

— Tu ne le crois pas, c'est ça ?

— Scarlett, répond-elle en soupirant, John te dit plein de belles choses depuis longtemps.

— Franchement ! Comment tu peux dire ça ? Comme s'il me mentait !

Il ne peut pas s'être inventé des enfants, à ce que je sache ! C'est pour ça qu'il reste encore avec elle, pour arranger les choses du mieux qu'il peut. Je dois être compréhensive ! C'est ce qu'on fait quand on est amoureux, on est compréhensif ! C'est pas difficile à comprendre, alors arrête de tout remettre en question !

— Des fois, j'ai l'impression qu'on t'a fait subir un lavage de cerveau...

Béa détourne son regard du mien pour scruter la piste d'atterrissage. Son *gloss* se met à briller au contact des rayons du soleil qui s'infiltrent par la baie vitrée. Elle ne joue plus le rôle de l'amie encourageante qui a toujours un bon conseil pour moi. Je me sens désorientée.

— Désolée. Je ne sais plus très bien où j'en suis.

— Tu es en amour, Scarlett... follement en amour, même.

Son commentaire m'enflamme. Une file de gens nous ralentit et m'empêche de m'exprimer spontanément. Je serre les dents pour éviter d'exploser. Après avoir contourné les passagers, je m'emporte.

— Tu veux rire de moi ou quoi ?

— Rire de toi ? Jamais de la vie ! Ne viens pas me dire que je n'ai pas raison.

Deux dames essaient des chapeaux de paille dans une boutique. Plus loin, un homme fait du lèchevitrines dans un kiosque à lunettes. Béa a raison. Je dois cesser de me mentir. Je décide d'être enfin honnête envers elle et moi-même.

— Je suis accro à John !

— Tu crois que je ne le savais pas ? me lance- t-elle, un sourire en coin. Et ce n'est pas sain ! Ce n'est plus sain. Tu le vois bien. Tu as toujours la mèche courte...

— Je sais...

— Allez, viens t'asseoir un peu qu'on discute.

Ma meilleure amie me traîne par le bras vers une aire d'attente vide. Je m'assieds sur un siège en prenant soin d'abaisser ma jupe pour ne pas qu'elle remonte. Je réfléchis. Ma patience a des limites. Mes principes aussi. C'est comme si je venais de réaliser que ça ne pouvait plus continuer. Pas en tant que maîtresse en tout cas. John n'a pas l'air d'être prêt à mettre fin à notre histoire. Donc je devrai le faire ? Je n'arrive plus à respirer. Pour ne pas suffoquer, je déboutonne ma chemise blanche et retire mon foulard. Ce dernier glisse derrière ma nuque. Mon amie commence à s'inquiéter, elle me touche le front.

— Tu es brûlante !

— C'est John qui me rend folle ! Je le veux tout à moi ! Pas comme une maîtresse !

— Peut-être qu'il va finir par la laisser, cette satanée *Freaking*-Debbie ! déclare-t-elle, dans un ultime effort pour me rassurer.

— Il ne le fera pas. C'est à moi de terminer ça, mais je ne sais pas si je vais y arriver, avoué-je, complètement déstabilisée.

— Tu vas encore attendre, c'est ça ?

— Non ! Je ne veux pas ! Je veux seulement assumer ma décision... Toi, au moins, tu es rationnelle. Tu as fini ta relation avec Damien sans en faire un plat.

— Damien et moi, ce n'était pas passionnel comme John et toi. Mais tu vas y arriver.

— Oui, j'imagine...

Les larmes me montent aux yeux. J'essaie de me contenir. Une seule réussit à couler sur ma joue. Béa a l'air découragée. Elle s'agenouille devant moi.

— Écoute. C'est la bonne décision à prendre. J'en suis convaincue. Je te connais, Scarlett. Ce n'est pas fait pour toi, ce genre de relation. Ni dans le rôle de la maîtresse ni dans celui de la belle-mère.

Je secoue la tête de façon affirmative. Des larmes font leur chemin jusqu'à ma bouche.

— Tu crois que tu réussiras à te rendre jusqu'au Mexique ? me demande Béa en séchant mes lèvres avec un mouchoir, qui s'imprègne aussitôt d'une couleur fuchsia.

Plutôt que de répondre à ma meilleure amie, je m'égare dans mes pensées. Je revois les deux années où j'ai désiré John sans vraiment le connaître. Je me rappelle cette première nuit à Dublin, où j'ai bloqué l'entrée de sa chambre pour qu'il me parle. Et notre voyage à Rome ? Romantique... mais parsemé d'embûches. Mon analyse doit bien s'emparer de mon esprit, car j'oublie que Béa est là. Je ne réalise même pas qu'elle se lève d'un coup pour rejoindre deux filles. Je sors de ma rêverie et reviens à la réalité.

— Heille, Scarlett ! Ça fait longtemps ! m'interpelle l'une des filles.

Ma vision s'éclaircit. Je distingue le visage délicat et serein qui s'illumine devant moi. Il s'agit de mon amie Paule. Je me lève pour la saluer et reconnais en venant à sa rencontre mon autre copine, Rachel.

Nous avons déjà été très proches, mais depuis qu'elles ont fondé leur famille, nous nous sommes éloignées. En temps normal, je prendrais de leurs nouvelles de bon cœur, mais aujourd'hui, je ne ressens aucun plaisir en les voyant. Je feins d'être heureuse. — Allo ! Comment ça va ? Ça fait si longtemps !

Je m'exclame de façon exagérée. Je veux tellement masquer ma tristesse que j'en fais trop. Je m'approche d'elles pour ne pas devoir m'écrier davantage.

— Vous partez où ? demande Béa.

— En Jamaïque ! C'est notre premier voyage en famille ! sautille Rachel en ramassant mon bras et celui de Paule à sa droite.

Nous formons un cercle d'amitié qui ne me plaît pas particulièrement. Sa bonne humeur m'exaspère. Elle continue son discours de bonheur.

— En plus, ma petite chouette n'a pas encore un an, alors nous n'avons qu'à payer pour le petit. Ç'a convaincu mon chum de partir avant qu'elle grandisse trop. Paule et moi, on a si hâte de voir nos bouts de chou jouer dans le sable ! Vous imaginez ? Leurs premières vacances dans le Sud !

Rachel dégouline de bonheur. Mon état empire. C'est le monde à l'envers. Il n'y a pas si longtemps, elle était la fille du groupe qui festoyait trop et qui, pensions-nous, ne se rangerait jamais. Et puis, soudain, grâce à Internet, elle se case, fonde une famille et part en vacances avec la marmaille, accompagnée de sa bonne amie, Paule, tout aussi rangée qu'elle.

Quant à moi, je me retrouve avec un homme marié ! J'ai vraiment gagné le *jackpot* ! J'ai envie de les chasser dans leur avion d'un coup de talon haut. Je tape du pied. Béa me calme en posant sa main sur mon épaule et tente de mettre fin à la conversation.

— Eh bien, les filles, on vous souhaite de belles vacances ! Ce sera génial ! On se reparle à votre retour, nous sommes en retard pour notre vol, dit-elle en s'approchant pour leur donner des becs sur les joues.

— Mais, les filles, vous devez venir voir ma petite Rose ! Je n'ai pas pu vous la présenter depuis qu'elle est née. Et la petite à Paule, ça fait un bail ! Violette est devenue une grande fille maintenant, insiste Rachel, tout sourire.

Je fige. Je refuse d'y croire. Il me semble que j'en ai suffisamment enduré pour la journée. À mon grand désespoir, elle va vraiment nous exhiber sa belle famille parfaite ! Quel cliché ! Rose et Violette ! Deux amies, deux filles, deux noms de fleurs ! Ma jalousie fait des siennes. Comment m'éclipser ? Ce serait impoli de le faire. J'ai un cœur, normalement, mais il a disparu. Je tente un sourire forcé et lui emboîte le pas en grinçant des dents.

— Edward ! Viens ici que je te présente à tante Béa et tante Scarlett ! Allez ! dicte Rachel à son fils de trois ans.

Ce qu'elle peut être devenue vieux jeu ! Rachel adopte ce ton gamin que plusieurs utilisent lorsqu'ils parlent à leurs enfants. Je ne la reconnais plus. Elle s'efforce de montrer combien elle est désormais une maman épanouie. « Est-ce que je peux partir, là ? Je les ai vus, son bébé et son fils. De loin, mais ça revient au même, non ? » Edward arrive en courant.

— Maman ! Maman ! Vovo fait bobo !

Il se met à crier en lui montrant son bras chétif, maculé de sang frais. Il s'accroche à la jambe de sa mère. Pendant ce temps, Paule se précipite vers sa petite Violette de quatre ans pour voir ce qu'elle a fait au bambin. Les deux conjoints des filles lisent un magazine, à peine préoccupés par l'action aux alentours. Je vois Rachel apostropher son chum de longue date, Jonathan, qui n'a pas remarqué que son fils avait été grafigné sauvagement par une Violette agressive. Ou plutôt un cactus...

J'entends des pleurs de toutes parts, une amie qui gronde sa fille à un mètre de nous et une autre qui part vers les toilettes, son fils sous le bras, pour éponger le liquide rouge qui coule sur le plancher. Je ressens un pressant désir de m'éloigner de cet exaspérant tumulte. Consciente qu'une occasion en or de m'esquiver vient de se présenter, j'agis sur-le-champ.

— Eh bien, je crois que le moment est mal choisi pour les présentations. Je suis désolée, Paule, mais on doit vraiment se rendre à notre avion. On se reparle à ton retour de vacances ! Salue Rachel de notre part, et amusez-vous en Jamaïque !

Je fais un signe de la main à leurs copains un peu plus loin et constate alors que bébé Rose pleure désormais dans les bras de son père, l'empêchant ainsi de poursuivre la lecture de son précieux magazine. « Pas si certaine que les vacances seront reposantes », penséje avant de me diriger à notre barrière. Béa aperçoit le sourire soulagé qui illumine mon visage.

— Tu t'imaginais vraiment devenir belle-mère de deux enfants qui ne sont pas les tiens? me demandet-elle en voyant ma réaction devant ce pow-wow de bébés.

— Non, mais j'aurais quand même été prête à essayer pour lui...

— Peut-être, mais je te connais, tu n'aurais pas tenu deux jours avec ces petits morveux qui courent partout !

Je glousse discrètement. Elle éclate de rire.

— Je crois que je vais un peu mieux maintenant, dis-je avec une pointe de bonne humeur dans la voix.

— Bon, tant mieux parce qu'on a une longue journée devant nous. Je peux ajouter quelque chose ?

— Oui...

— Je crois que John t'aime, mais qu'il est trop peureux pour faire quoi que ce soit. Tu mérites ta propre histoire. Pas une qui est à moitié commencée.

— Je vais m'en remettre, tu penses ?

— Oui, je te le promets ! Je vais te le trouver, moi, ton homme idéal !

— Bah !

Je ne la crois pas une seconde, mais je suis bien heureuse que ses encouragements aient amélioré mon humeur.

9

Chapitre 9

Montréal (YUL) – Cancun (CUN)

– Bonjour à tous, je m'appelle René et je serai votre directeur de vol aujourd'hui.

Je donne un coup de coude à Béa pour qu'elle me regarde. Elle sourit, car elle sait très bien ce que mon geste signifie. Rupert, notre colocataire, a passé la nuit dernière avec ce René. Nous savons qui il est, mais lui ne nous connaît pas. Il continue.

— Nous opérons le 234-235 en direction de Cancun. Le temps de vol prévu est de quatre heures trente-cinq pour l'aller et de quatre heures quinze pour le retour, nous informe-t-il en parlant sur le bout de la langue.

Je ne sais pas ce que Rupert lui trouve de si mignon pour avoir mis de côté sa philosophie anti-VéoAir. « Ne coucher avec personne de la compagnie », a-t-il toujours dit. Tout compte fait, j'aurais dû la mettre en application, cette règle.

— Avant de choisir les positions, j'aimerais vous mentionner que Nicole, ici présente, en est à son premier vol en tant qu'agent de bord, alors nous allons tous ensemble lui donner un gentil coup de main. Rappelezvous votre premier vol et soyez compréhensifs, elle ne peut pas tout savoir dès la première journée, précise René d'un ton paternel.

En ce qui me concerne, je me souviens très bien de mon premier vol. J'étais loin de me douter de ce qui m'attendait. Comme première expérience, j'ai détesté. C'était pourtant un Vancouver-Londres qui allait me permettre de demeurer en Angleterre pendant soixante-douze heures ! Tout s'avérait donc merveilleux, sauf que je n'avais pas prévu que certains agents de bord pouvaient manquer légèrement de patience avec les nouveaux. C'était peut-être dû au fait que nous étions une centaine à joindre la flotte pendant la même période. Bref, personne ne s'était offert pour m'enseigner sommairement le fonctionnement des services à bord. Je ne savais pas où me mettre. Je ne comprenais pas non plus le jargon d'aviation, tous ces mots qui ne trouvent leur sens que dans un avion.

J'étais perdue.

— Tu me passerais les *kimtofs* ?

— Les quoi ?

— Les *kimtofs* !

— C'est quoi, des *kimtofs* ?

Soupir. J'ai rapidement appris que le mot *kimtofs* désignait de grandes serviettes absorbantes.

— J'ai besoin de *crewcups* ! me lançait une autre.

— Des quoi ?

— Des *crewcups* !

— Euh...

Deuxième soupir.

— Les verres en styromousse pour le café ! Va m'en chercher !

Décidément, je ne parlais pas encore le même langage que le reste de l'équipage. Pourquoi *crewcups* et pas verres à café ? Mystère et boule de gomme. Et que

dire de ce satané *Holloware*...

Je me souviendrai toujours de cette hôtesse qui m'avait apostrophée en panique pour que je lui donne les pots à café. J'ignorais où ils étaient, alors je lui avais demandé.

— Ils sont où exactement ?

Elle m'avait regardé comme si j'étais idiote. Sa bouche s'était entrouverte légèrement, prête à aboyer.

— Ben, dans le *Holloware*, voyons !

Le *Holloware* ? Je n'avais aucune idée de quoi elle parlait et j'hésitais à lui avouer mon ignorance. Je m'étais mise à lire les étiquettes des compartiments de nourriture, mais ne voyais rien qui ressemblait au mot *Holloware*. Je n'avais donc pas le choix de l'interroger.

— C'est quoi un *Holloware* ?

Elle m'avait dévisagée, ébahie, mais toujours en conservant son air de supériorité.

— Ben voyons ! T'as pas fait ta formation ?

Bien évidemment que je l'avais faite ! Mais ils avaient survolé très brièvement le côté *day to day* et s'étaient consacrés entièrement à la sécurité. Je ne me rappelais même pas qu'ils aient mentionné l'existence d'un compartiment appelé *Holloware,* qui, en l'occurrence, contenait des plateaux et des pots à café.

On m'avait enseigné des choses plus importantes, comme ouvrir une porte en cas d'urgence ou comment survivre à un amerrissage, ou encore, comment débloquer les voies respiratoires d'un passager. Servir du café pendant la turbulence, et ce, sans brûler personne, ne faisait pas partie de mes compétences lorsque j'ai reçu mon diplôme d'agent de bord. Je l'ai appris sur le tas. Cette Nicole va en apprendre, des choses, aujourd'hui. Par solidarité, je m'en fais un devoir de les lui enseigner. Et puis, ça me tiendra l'esprit occupé.

* * *

— Alors, Nicole, tu faisais quoi avant VéoAir ? lui demandé-je depuis l'autre côté du chariot tout en servant un verre d'eau à une passagère.

— J'étais adjointe juridique. J'en avais assez de travailler comme une cinglée du lundi au vendredi, chuchote-t-elle en avançant la tête au-dessus du conte- nant à glaçons.

Je me contente d'émettre un « oh ». Je n'ai pas la moindre idée de ce que peut bien faire une adjointe juridique.

— Ouin, en tout cas, tu n'as pas appris à servir du Pepsi au tribunal, ça, c'est certain.

Elle hausse les épaules et renverse encore du liquide sur le chariot. Un sourire en coin, elle me lance un clin d'œil pour m'assurer qu'elle maîtrise la situation. Mais à la voir servir les passagers ainsi, elle a assurément besoin de mon aide.

Arrivée à l'arrière de l'avion, Béa me boude, car elle aurait aimé travailler sur le même chariot que moi. Au lieu de cela, j'ai décidé de jouer à l'humanitariste.

— On a juste à changer de positions pour le retour, lui dis-je. Nicole travaillera avec Michelle, et moi avec toi. Ça ne vous dérange pas trop ? lancé-je en regardant mes collègues.

— Non, pas du tout. On fera ça au retour, me répond Michelle.

Béa sourit et je poursuis ma tâche d'instructrice.

— Nicole, viens ici que je te file des trucs de pro, lancé-je à la blague, tout en déposant sur le comptoir une canette de Pepsi et de Pepsi Diète.

La *galley*, cette cuisine située à l'arrière de l'avion, est silencieuse. Tous se demandent ce que je m'apprête à lui enseigner. Je commence.

— Si tu veux servir tes passagers sans perdre de temps, il faut que tu saches qu'il ne faut jamais déposer des glaçons dans le fond du verre avant de verser le Pepsi. Ça va faire trop de mousse et tu en auras pour une heure à attendre qu'elle disparaisse.

Nicole me regarde, incrédule.

— N'essaie pas de comprendre le pourquoi du comment, tu perdrais du temps. Mets-le en application, c'est tout !

Béa intervient pour y mettre du sien. Elle ouvre une canette de Pepsi et commence à le verser dans un verre. Aucune mousse exagérée ne se crée. Ensuite, elle y dépose des glaçons.

— Liquide *first*, glaçons ensuite. *Got it ?* s'exclamet-elle en attendant une confirmation de la part de notre hôtesse en herbe.

— Oui, c'est très clair, les filles. Et le Pepsi Diète sur le comptoir ? Il me cache un secret, lui aussi ?

— Lui, il faut s'en méfier ! lui confié-je tout en le tendant à Béa pour qu'elle nous fasse une seconde démonstration.

Nicole semble captivée. Que peut dissimuler un Pepsi Diète de si terrible pour effrayer une hôtesse de l'air ? D'un coup d'ongle, Béa ouvre la canette. Je n'ai jamais compris comment elle parvenait à utiliser cette technique sans abîmer ses magnifiques ongles. Sa manucure est parfaite alors que moi, j'ai tous les ongles cassés. À l'ouverture, pas de réaction. Rien.

— Et ? insiste Nicole.

— Cette petite canette semble être sans danger, hein ? Mais c'est fou ce que l'expansion des gaz peut engendrer dans un avion. Regarde bien, dit Béa pour faire monter la tension dans la *galley*.

Elle verse le liquide dans le verre. Une goutte, deux gouttes, trois gouttes jusqu'au milieu du verre. Nous observons attentivement la scène en silence. Brusquement, une éruption de mousse blanche s'active. Le comptoir s'enduit d'une écume collante. L'inondation est incontrôlable. Je déteste le Pepsi Diète !

— Voilà ! Tu comprends maintenant pourquoi il faut s'en méfier ?

— Oh que oui ! Mais comment faire alors ? Je n'ai pas le goût de subir une éruption de Pepsi Diète chaque fois qu'on m'en demande un...

— Nous non plus ! Voici le truc.

Je m'approche d'elle pour lui chuchoter la solution à l'énigme. Même Béa se demande ce que je pourrai bien lui livrer comme astuce alors qu'il n'y a vraiment aucun moyen de s'en sortir mis à part verser tout doucement le liquide, millilitre par millilitre. Nicole attend une réponse.

— À tous ceux qui t'en demanderont, tu réponds que tu n'en as plus, déclaré-je avec assurance.

— Vraiment ? Je peux faire ça ? s'ébahit Nicole en découvrant le pouvoir qu'elle possède.

— C'est toi le boss, Nicole. Tu choisis ce que tu sers à tes passagers. Et il se trouve que, dans cet avion, le Pepsi Diète n'existe pas, renchérit Béa, maintenant consciente du jeu auquel je joue.

— Parfait ! Ce sera beaucoup plus facile ainsi !

Merci, les filles !

Elle nous a vraiment crues ! Comme journée d'initiation, c'est bien commencé. J'ai hâte de voir la petite nouvelle refuser tous les Pepsi Diète qu'elle se fera demander, alors que moi, de mon côté, j'en servirai. Elle finira bien par s'en rendre compte. Je me demande jusqu'où nous pourrons aller avec nos blagues. C'est le temps de mettre le commandant dans le coup...

* * *

En sortant du poste de pilotage, je me sens soulagée d'un poids énorme. C'est comme si toute ma tristesse d'avant vol avait été remplacée par de l'espoir. Jouer des tours à Nicole me change les idées. Elle me pardonnera d'avoir mêlé tout le monde à ma plaisanterie.

Je m'assois sur le strapontin en face de René, le directeur. Il est en train de remplir ses papiers : rapport de vol, où s'inscrivent nos noms, nos numéros d'employés et tout le tralala. Rien qui me donne envie d'occuper cette position. Je l'observe un instant. J'essaie de voir ce que Rupert lui trouve de si sexy. Maigrichon et imberbe, René se croise les jambes de façon efféminée, la peau de ses mains est pâlotte, et je pense même qu'il porte un vernis transparent sur ses ongles. Il est gai, il n'y a pas de doute là-dessus. Curieux de savoir qui a pris place devant lui, il lève les yeux et repousse ses lunettes de marque sur son nez. Il ne dit rien et replonge dans ses papiers. « Je ne l'imagine pas du tout avec Rupert. » Je fouine.

— Tu es fatigué ?

— Un peu. Pourquoi, ça paraît tant que ça ? zozotet-il en posant sa main sur sa poitrine.

— Bof. Je devine, c'est tout. Tu es sorti hier, c'est ça ?

— Non. J'ai passé la soirée avec quelqu'un d'extraordinaire ! m'avoue-t-il en rougissant, visiblement charmé par sa dernière conquête.

Rupert a de toute évidence fait bonne impression. Si seulement il regagnait confiance en l'amour ! Ça lui ferait le plus grand bien d'être avec un amoureux. Ne sachant pas si les sentiments du directeur de vol sont réciproques, je décide de ne pas dévoiler mon identité à René ni celle de Béa. Mon interlocuteur s'ouvre à moi.

— Je te le dis, je n'ai jamais rencontré un gars aussi doux que lui. Sa voix est douce, sa personnalité est douce, sa peau est douce, même son pé...

— Woh ! Je comprends ! Il est doux de partout ! Je n'ai pas besoin de détails...

— Ah ! Désolé, soupire-t-il, la tête dans les nuages.

Voilà une bien drôle de manière de décrire quelqu'un. Doux ? Rupert est doux jusque dans ses culottes ? Je n'aurais peut-être pas dû fouiner. Je m'empresse de lui mentionner la vraie raison de ma visite et retourne à mes occupations.

* * *

— Mesdames et messieurs, nous avons amorcé notre descente vers l'aéroport de Cancun. Nous vous demandons de bien boucler votre ceinture et de ranger vos bagages pour l'atterrissage. Merci !

La pression augmente dans mes oreilles. Je pince mon nez et souffle pour équilibrer.

— Cette technique, Nicole, il faut que tu l'utilises aussitôt qu'on entame la descente. Si tu attends trop longtemps, il faut éviter de souffler parce que tu risques de perforer ton tympan. C'est la même technique qu'en plongée sous-marine.

— Ouais, la manœuvre de Valsalva, m'apprend-elle d'un air détaché.

— Eh bien, tu en connais, des choses, toi ! Merci pour l'information.

J'équilibre à nouveau la pression dans mes oreilles et, avant de partir vérifier la cabine, je récupère un plateau vide pour le donner à Nicole.

— Est-ce que tu pourrais aller porter ça à René en avant, s'il te plaît ?

Ma victime, prête à exécuter les tâches les plus ingrates depuis le début du vol, me sourit et s'empresse de m'obéir. Lorsqu'elle franchit le rideau et accède à la *galley* avant, René a l'air très occupé.

— Ah ! Dieu merci, tu es là ! On a un problème urgent ! Peux-tu appeler le commandant ? Il va t'expliquer ce qu'il faut faire avec ça, parce que moi, je dois rester ici pour protéger le poste de pilotage.

Se sentant désormais importante, elle n'hésite pas une seconde à décrocher l'interphone pour appeler les pilotes.

— Oui, c'est le commandant qui parle.

— Euh... bonjour, monsieur le commandant, bégaye-t-elle en s'imaginant parler à un dieu. Le directeur de vol m'a dit que vous aviez besoin de mon aide...

— En effet, j'ai vraiment besoin de toi... Nicole, c'est ça ?

— Oui. C'est bien mon nom, bredouille-t-elle.

— Écoute, Nicole, nous avons un léger problème. Les roues ne sortent pas. Il va falloir les débloquer manuellement.

— Les roues ne sortent pas ?

Nicole ne comprend visiblement pas l'urgence du problème. Le commandant reformule.

— Le train d'atterrissage, Nicole ! Les roues qui nous permettent d'atterrir sur la piste ne sont pas descendues.

— Oh ! En effet, c'est très urgent.

Son visage se crispe et ses longs cils battent à la vitesse de l'éclair. René semble absorbé par une tonne de papiers à remplir. Pas le temps d'aider Nicole avec la situation. Le commandant poursuit.

— Comme je disais, la seule possibilité qu'il nous reste pour sortir le train est de le faire manuellement. C'est pour ça que j'ai besoin de toi.

— Et qu'est-ce que je dois faire ? demande-t-elle avec toute la volonté de sauver cet avion d'un possible écrasement.

— Il va falloir que tu ailles au milieu de l'appareil, juste au-dessus des ailes, rangée 17, et que tu sautes pour débloquer le levier qui retient les roues.

— OK... Je saute comment ?

— Tu sautes haut et fort. Ne t'arrête surtout pas. Tu vas entendre un bruit sourd quand les roues sortiront.

— OK... J'y vais !

— Nicole ! reprend le commandant.

— Oui ?

— Bonne chance !

Elle repose le combiné au mur et regarde ensuite René, mais elle ne dit rien. Pas un mot. Elle soupire en guise d'encouragement et se dirige en plein milieu de la rangée 17. Là, devant les passagers, elle pose solidement les pieds dans l'allée et se met à sautiller. Un petit saut discret ici et là, mais aucun bruit sourd ne se fait entendre. Elle décide donc d'y mettre de l'entrain. Les passagers la regardent, perplexes. Nicole continue à sauter en faisant voguer sa queue de cheval d'un côté et de l'autre. « Sortez, saleté de roues ! » doit-elle penser. Béa se tord de rire depuis le premier sautillement, et moi, je reste planquée de l'autre côté de l'allée, près de la rangée 17, prête à applaudir. Soudain, la voix de René se fait entendre au micro.

— Mesdames et messieurs, nous aimerions vous informer que la jeune femme qui saute dans l'allée vient de se faire initier comme agent de bord. Nous lui souhaitons la bienvenue chez VéoAir !

10

Chapitre 10

Cancun (CUN) – Montréal (YUL)

Les Mexicains ne traînent pas sur le ménage. L'avion n'avait pas encore atterri que l'équipe de nettoyage attendait déjà dans l'escalier, prête à monter à bord. Nicole nous a pardonné de l'avoir ridiculisée devant les passagers. La pause se termine, et René lance le nouvel embarquement. Nous venons tout juste de servir une centaine de vacanciers en provenance de Montréal, et il faut recommencer la même sérénade auprès de ceux qui y retournent. J'engloutis mon sandwich et cours aussitôt me refaire une beauté dans les toilettes.

Lorsque les premiers passagers se pointent le bout du nez à bord, je me redresse les épaules et je souris en espérant qu'ils ne noteront pas la sueur qui perle sur mon front due à la chaleur du Sud. Je reste plantée près des sorties d'urgence en saluant courtoisement les gens. Je les examine discrètement. J'analyse leurs tenues, leurs bronzages, leurs coupes de cheveux. Ouf, en voilà un qui porte une permanente. Ce n'est pas réservé aux femmes, ça ? Ce sont peut-être des boucles naturelles. Oups, celle-ci s'est fait colorer des mèches en rose et en mauve. Ça devrait être interdit, ce genre de teinture multicolore.

Je continue d'observer mes vacanciers tout bronzés. Je suis renversée de nouveau. Des tresses ! Un océan de tresses ! Pas n'importe quelle sorte de tresses, des nattes mexicaines retenues par de minuscules élastiques fluorescents, et ce, sur la tête d'une femme à peau blanche. Ses cheveux sont probablement tressés depuis des lunes, car je peux apercevoir une couronne de frisottis hérissés qui entoure sa tête. Une loi devrait empêcher de ramener ça au Canada. Interdit de rapporter des coquillages. Interdit, les pommes et le beurre. Interdit, les mini tresses mexicaines ! Un jour, j'en ferai une affaire d'État. Ou pas.

Béa s'avance puis vient à mes côtés au milieu de la cabine.

— Tu as l'air perdue dans tes pensées. C'est encore John ?

Négatif. Depuis que nous sommes partis de Montréal, je n'ai pas repensé à John. Ma cure commence.

Je le sens.

— Non, je regardais juste le monde, tu sais...

— Oui, je sais. Justement, tu as remarqué la gang de gars en arrière avec leurs chapeaux de cow-boy ?

— Non. Comment j'ai pu manquer ça ! Ils sont assis où ?

— Dans notre section. Ils ont l'air sur le *party*. Je te promets qu'on ne s'ennuiera pas avec eux.

— Merde, ça sent la gang de gars soûls !

— Tu n'as qu'à en juger par toi-même, me lance- t-elle en ricanant et en m'attirant à l'arrière.

Je n'ai pas le temps de descendre l'allée qu'un des cow-boys m'interpelle.

— Heille ! On peut-tu avoir une p'tite bière ?

J'ai envie d'ignorer sa question, mais je décide de m'arrêter à sa rangée pour les examiner, lui et ses amis. Ils sont six et semblent être dans la trentaine. Ils portent tous, sans exception, un chapeau de paille entouré d'un bandeau noir où il est inscrit « Corona » en lettres jaunes. « Ça aussi, il devrait être interdit de rapporter ça au Canada », pensé-je. L'intéressé reformule sa demande.

— Alors, cette bière ? Elle s'en vient ou pas ?

Il me fait un faux sourire pour tenter de m'amadouer. Ses amis l'imitent, sauf un. Monsieur X semble embarrassé.

— Désolé. Ils sont un peu sur le *party*, se justifie-t-il.

74

— J'avais remarqué, dis-je, moqueuse. Corona, je suppose ?

Mon instinct d'hôtesse vise juste.

— Ouais ! Des Corona ! s'exclament-ils tous en chœur, à l'exception encore de Monsieur X.

— Apparemment, je ne peux rien y faire ! dit-il poliment avant de rire aux éclats en me regardant intensément.

Son rire me gêne, et je rougis. Il faut m'enfuir.

— Les bières viendront seulement après le décollage. Désolée !

Je m'éclipse à l'arrière de l'appareil et rejoins Béa. Ce gars m'intimide, et je ne sais pas pourquoi. Impossible que ce soit son chapeau de paille qui m'ait charmé. C'est autre chose. Ses yeux azur tel un trou bleu du Belize ? Son air sympathique de gentil garçon ? Son teint juste assez basané ? Béa remarque mon changement de couleur.

— Tu es rouge ! Qui est assez beau pour te faire rougir autant ?

— Chut ! Personne, voyons !

J'agite la main pour la faire taire et pars me cacher derrière le rideau. Béa revient à la charge.

— Personne ? Tu es sûre ? Je te l'avais dit que les cow-boys nous tiendraient occupées pendant tout le vol, me titille-t-elle comme si elle avait prévu le coup.

— De quoi tu parles ?

— Tu ne vois pas de QUI je parle ? Je trouve que vous iriez très bien ensemble.

— Arrête ! Ils sont quétaines, avec leurs chapeaux, et je suis loin d'être intéressée par une gang de gars soûls.

— Et si je te disais que c'est un enterrement de vie de garçon et que leurs chapeaux font partie du spectacle ?

Elle soulève le menton, pose son index près de sa bouche et se met à donner de petits coups sur ses lèvres comme pour compter les secondes qui passent. Elle attend une réaction de ma part. Je connais mon amie. Elle désire me remonter le moral en essayant de me trouver un homme à charmer. Elle devra reconsidérer son plan parce que je suis toujours avec John, à ce que je sache. Et, même si ce Monsieur X est le seul beau gars dans cet avion, il reste un passager. Je ne fais pas de beaux yeux à mes protégés. Béa insiste.

— J'ai l'air du genre de fille à te mentir ?

— Pour me forcer à rencontrer un nouveau gars... Oui !

— Tu as peut-être raison, mais souviens-toi... *The best way to get over a man is to...*

— *... get under another !* complété-je.

Ce qui revient à dire qu'il n'y a rien de mieux qu'un homme pour nous en faire oublier un autre. Je me vois mal appliquer cette règle. Par contre, ce cow-boy a bien réussi à me faire rougir. J'en suis moi-même surprise. Peut-être que Béa avait raison à propos de l'enterrement de vie de garçon...

* * *

Quelque part au-dessus des États-Unis, nous commençons le service des repas aux passagers. Avant de nous avancer dans l'allée, je m'assure que Béa, ma collègue de chariot pour ce vol, est sur la même longueur d'onde que moi.

— On s'entend pour bœuf bourguignon et pâtes végétariennes ?

Elle me regarde, perplexe. Je m'explique.

— Le bœuf est toujours le moins populaire et c'est celui que nous avons en plus grande quantité. Ne dis surtout pas « Alfredo », sinon c'est sûr qu'ils vont tous en vouloir.

— Dac, approuve Béa en poussant le chariot.

Il n'y a pas si longtemps, je détestais distribuer les repas aux passagers. Je finissais toujours par me faire engueuler à la fin du service par un individu insatisfait qui n'avait pas eu la chance de choisir entre la viande et les pâtes.

Dans un avion, comme tout est calculé, il n'y a que le nombre exact de repas pour le nombre de passagers. Les trois quarts contiendront par exemple du poulet, et l'autre quart, des pâtes. Il se peut donc que les dernières personnes servies reçoivent malheureusement ce qu'il reste. En général, les gens n'en font pas de cas, mais il y en a toujours un qui semble prêt à monter au front pour réclamer son dû. Difficile, la vie, hein ? Elle est plus simple pour moi depuis le jour où une agente de bord m'a filé un judicieux conseil.

— Scarlett, si tu ne veux pas te retrouver avec des passagers mécontents, il va falloir que tu saches présenter ton produit, m'a-t-elle expliqué.

Elle me faisait penser à une vendeuse de plats Tupperware, avec ses cheveux blonds montés en chignon, un *eyeliner* couleur émeraude sous les yeux. J'avais l'impression qu'elle s'apprêtait à me confier l'astuce du siècle. Elle a poursuivi.

— Si je te donne le choix entre le poulet *parmigiana* et les pâtes végétariennes, tu choisis quoi ?

— Le poulet.

— Et si je te donne le choix entre le poulet et les pâtes sauce rosée avec légumes ?

— Je prendrais les pâtes, ai-je répondu, comprenant sa démonstration de marketing.

Apparemment, cette astuce d'hôtesses de l'air, transmise de génération en génération, ne m'avait pas été soufflée à l'oreille lors de mes premiers vols. Mieux valait tard que jamais. Depuis ce jour, je m'applique à l'utiliser.

L'astuce semble fonctionner, car Béa et moi servons maintenant les dernières rangées et tous ont reçu leur choix préféré. Ma collègue court à l'arrière et revient avec un plateau rempli des repas restants, quelques portions de bœuf et une montagne de pâtes. Désormais, il va falloir dénigrer le bœuf et avantager les pâtes. C'est le temps d'impliquer Alfredo dans le coup.

— Vous aimeriez le bœuf ou les fettucines Alfredo ?

— Les fettucines ! me répond l'une, complètement exaltée de choisir les pâtes.

Pour améliorer mes chances de succès, je répète le choix à voix haute et m'assure ainsi d'inspirer les autres passagers. Digne d'un Pavarotti, je m'exclame.

— Ah ! Les fettucines Alfredo ! Et pour vous, monsieur ?

Évidemment, il choisit les fettucines. Je suis aux anges. Béa recule ensuite le chariot pour me permettre de servir les passagers suivants. Elle l'arrête à la hauteur de Monsieur X. Je continue à faire la distribution. Lorsque j'arrive enfin à lui, il ne me reste que des pâtes. Le bœuf n'existe plus. Disparu. « Ce n'est sûrement pas une gang de gars déguisés que ça ennuiera », me dis-je, et je pose sur leurs tablettes respectives les plateaux qu'il me reste. Je ne mentionne pas qu'un seul plat est maintenant disponible. Je préfère jouer l'hypocrite plutôt que de devoir m'expliquer. Je m'empresse ensuite de filer en douce en avançant le chariot, mais Béa m'en empêche.

— Attends un peu ! Je n'ai pas terminé ! Tu es pressée ! s'objecte-t-elle.

J'obéis en grimaçant. Monsieur X perçoit mon expression. Il sourit et profite de l'occasion pour me taquiner.

— Et le bœuf bourguignon dans sa sauce au vin rouge, il est passé où ?

Ses yeux perçants sont stupéfiants. Je n'ai jamais vu des yeux aussi bleus. Ils sont magnifiques, mais surtout intimidants. Je rougis pour la seconde fois et tente de me protéger en lui coupant le sifflet sèchement.

— Non. Plus de bœuf. Juste des pâtes.

Je desserre le frein du chariot et le pousse contre Béa pour qu'elle s'écarte. Elle me fait de gros yeux en reculant. Je remarque que ma collègue a distribué tous les plateaux restants. Assurément, elle a fait exprès pour me laisser plantée devant ce beau Monsieur X. En plus, il semble avoir compris mon astuce marketing. « Pas si fou que ça, le cow-boy. »

* * *

Après les repas, nous préparons les chariots pour le ramassage des plateaux. Nous y déposons les boissons chaudes qui n'ont pas encore été offertes. Comme je n'aime pas récupérer les plateaux sales et que Béa n'aime pas servir le café, nos tâches respectives s'établissent d'elles-mêmes. Je m'installe alors de mon côté de chariot en faisant face aux passagers et Béa s'active de l'autre côté. Je ne mentionne pas à mon amie que j'ai deviné sa tactique d'entremetteuse, mais je veux éviter de me faire prendre à nouveau.

— Café, thé, de l'eau ? demandé-je à un couple de tourtereaux.

L'homme plisse les yeux. La femme m'ignore en continuant de regarder son film. J'avance mon corps dans leur direction pour qu'ils comprennent que je leur parle et répète ma question en désignant le pot de café.

— Café, thé ?

— S'il vous plaît, me confirme poliment l'homme en se redressant sur son siège.

Il attend que je lui serve une boisson, mais laquelle ?

Je m'arme de patience et reformule.

—Vous voulez du café ou du thé ?

— Du café.

Je verse le liquide chaud dans une tasse et la lui tends d'une main en lui demandant ce qu'il met dedans.

— Une crème, m'informe-t-il.

Je réponds à sa requête et sers le prochain passager.

— Café, thé ?

Cette fois-ci, je n'ai pas besoin de répéter et tous les passagers de la rangée me donnent leur commande. Pour être plus rapide, je verse deux cafés à la fois. Pendant que le liquide s'accumule dans le contenant, je remarque dans mon champ de vision une tête tournée dans ma direction. C'est mon monsieur aux yeux plissés qui me dévisage. Concentrée à ne pas faire de dégât, je poursuis ma besogne sans broncher. L'homme s'impatiente. Le voilà qui lève la main dans les airs tel un élève de première année qui veut parler à l'institutrice. Si je ne le regarde pas maintenant, il m'appellera à voix haute d'ici une seconde. Je cesse de bouger pour ne rien renverser et braque mes yeux sur lui en baissant la tête. « Un instant, monsieur, j'arrive », tenté-je de signaler. Toutefois, le non verbal n'est pas un langage qu'il comprend : il ne tarde pas à me faire sa requête. Ça presse.

— Un sucre !

Je soulève le menton pour lui signifier que j'ai compris et je distribue les cafés demandés. Je ramasse ensuite un sachet de sucre et me prépare à me diriger vers l'homme pour le lui remettre, mais avant, je réfléchis.

Je connais ce genre de passager et je doute qu'il ne veuille qu'un seul sachet de sucre. Peut-être deux. Et, tant qu'à y être, autre chose. Décidée à économiser des allers-retours au chariot, j'empoigne quelques crèmes, des laits, des sachets de sucre et des bâtonnets, juste au cas. Je m'avance vers lui.

— Voilà, monsieur, dis-je en lui servant deux sachets de sucre.

Je le regarde ensuite pour m'assurer qu'il a tout ce qu'il lui faut. Il poursuit.

— Vous avez un bâto...

Je lui tends le bâtonnet. Il sourit.

Puis-je partir maintenant ? Je n'en suis pas si certaine, car sa femme me fixe. Ah ! Son film est fini. Elle est maintenant prête à me parler.

— Je prendrais un café, moi aussi.

Je regarde Béa. Elle a parcouru la moitié de la cabine, et moi, j'en suis à la cinquième rangée. Je sers le café illico à la femme et lui tends des crèmes, lait, bâtonnets et sucres.

— Gardez tout, lui dis-je, souriante, en m'éclipsant.

Je comprends pourquoi Béa n'aime pas servir le café. Je reste positive et poursuis ma besogne en m'efforçant de sourire.

Béa recule le chariot et le bloque à la rangée 34. J'ai si hâte d'en finir avec ce service que je ne remarque même pas à quelle hauteur elle a mis le frein. Pour ma part, j'ai changé de tactique en ce qui a trait à ma tâche. Désormais, je me contente de regarder mes protégés et de remuer les lèvres pour mimer les syllabes CA et FÉ ainsi que THÉ. Je ne m'acharne pas à me faire comprendre. On me regarde, je sers. On m'ignore, tant pis. J'émets à peine un son. Que je suis astucieuse !

Béa a terminé le ramassage. Elle m'aide de son côté de chariot à servir les dernières boissons chaudes. J'arrive à la gang de gars. Ils dorment, la bouche ouverte, sauf un.

— Vous voyagez beaucoup ? me demande Monsieur X, apparemment intrigué par mon travail.

— Euh... Oui.

— Vous êtes souvent à Montréal ?

Veut-il m'inviter à sortir ? Peut-être pas. Peu importe, ce n'est ni l'endroit ni le moment pour me faire la conversation.

— Non, jamais à Montréal.

Béa intervient.

Ce n'est pas vrai ! Elle est souvent là, se hâte- t-elle de corriger.

Espèce de fouine ! Je rougis de honte. Monsieur X éclate de rire. Cette situation me rend mal à l'aise. J'appuie sur le frein pour le relâcher et tente de pousser le chariot pour m'échapper. Béa m'en empêche et réenclenche le frein. Je lui fais de gros yeux. À son tour, elle écarquille les yeux et désigne le siège de Monsieur X.

— PARLE-LUI ! articule-t-elle silencieusement.

Je réplique à mon tour. Elle lit sur mes lèvres mon message.

— JE SUIS AVEC JOHN !

Elle insiste.

— IL EST AVEC SA FEMME !

Je suis prise au piège, et elle n'a pas tout à fait tort. Je cède.

— Hum, vous ne portez pas votre chapeau Corona ? Il vous faisait pourtant bien...

Ma ravisseuse de l'autre côté du chariot roule les yeux. C'est vrai que j'aurais pu trouver mieux à dire. Il ne s'en offusque pas.

— Soyons honnêtes. Il est horrible, ce chapeau. Vous ne croyez tout de même pas que je porterais ça pour vrai ? me demande-t-il en arquant ses larges sourcils brun foncé.

Ce vouvoiement me semble inapproprié. Malgré cela, il demeure poli et je me décoince peu à peu.

— Ouf ! soupiré-je. Je suis contente de l'entendre.

Nous esquissons un sourire réciproque. Et puis, silence. Je ne parle plus. Lui non plus. Étrangement, aucun malaise ne plane à l'horizon. À l'inverse, un sentiment de bien-être m'envahit avant que Béa, de toute évidence satisfaite de notre interaction, débloque le frein du chariot.

— Tu vois que j'avais visé juste, s'exclame-t-elle en me frappant l'épaule une fois que nous sommes cachées derrière le rideau.

— On a à peine échangé deux mots...

— Ouais, mais ce silence voulait dire : « Je te trouve très mignonne et j'aimerais avoir ton numéro de téléphone ! » fabule-t-elle en sautillant de bonheur.

— Tu hallucines.

— Non ! Pas du tout !

— Eh bien, s'il veut mon numéro, il n'a qu'à me le demander.

— Tu pourrais le lui donner, toi.

— Ah ça, non ! Ce sont les gars qui font ça.

— Que tu peux être vieux jeu !

— Tu ne voulais pas m'aider à trouver mon homme idéal ?

— C'est exactement ce que je fais !

— Alors, qu'il me demande mon numéro, parce que c'est ce que mon homme idéal ferait, conclus-je, entêtée.

* * *

— Il part ! s'affole Béa.

— Il ne s'intéressait pas assez à moi, dans ce cas.

— Merde, Scarlett ! Il t'a montré des signes d'intérêt et tu t'es contentée de lui parler de son foutu chapeau !

— Calme-toi ! Ce n'est pas la fin du monde !

— Oui, ça l'est. Il était parfait pour toi, je le sentais, s'attriste-t-elle.

C'est vrai qu'il n'était pas mal du tout. Ma meilleure amie a toujours eu le flair pour les gars. Je suis déçue autant qu'elle, mais je ne veux pas le lui montrer. Je me contente de regarder Monsieur X s'éloigner dans l'allée jusqu'à atteindre la porte de sortie. Il ne s'est même pas retourné pour me saluer ou pour me remercier de l'avoir servi. C'est vrai que je ne lui ai donné aucune chance. De toute façon, je ne voulais pas jouer dans le dos de mon commandant, même si, en théorie, je devrais couper les ponts. Je ramasse ma valise sans dire un mot. Béa chigne en arrière.

— Ah ! Que je suis déçue ! Tu as vu ses yeux ?

Oui, je les ai vus…

— Et sa voix ! Une voix grave qui t'aurait soufflé ton nom à l'oreille en te poussant férocement contre le mur… décrit-elle pour stimuler mon imagination.

— Oui, confirmé-je, de plus en plus consciente d'avoir laissé filer un beau parti.

— Et son corps ! Grand. Athlétique. Rien à voir avec John, qui te dépasse d'un millimètre.

— Bon, t'exagères, Béa ! John n'est pas si petit que ça !

Il ne faut pas comparer. Mon commandant n'est physiquement pas mon idéal, mais il m'attire comme jamais. Tout de lui me rend folle de désir. L'amour ne s'explique pas.

— Si tu lui avais donné ton numéro, Scarlett, on n'aurait pas cette discussion en plein milieu de la file, continue-t-elle pour me culpabiliser avant de se présenter devant un douanier.

Après avoir déclaré le rien que j'avais à déclarer, je rejoins mon amie dans l'aire des bagages. Elle m'attend, les bras croisés.

— Arrête, là ! À te voir t'en faire comme ça, je commence vraiment à me demander si tu ne le voulais pas pour toi, ce numéro...

— Voyons, tu sais bien que non. J'ai des tonnes de *prospects*, moi !

Elle a raison. Beaucoup de *prospects*, mais peu d'élus. À l'inverse, je cherche l'élu. Intérieurement, je sais que John ne portera jamais ce titre. « Monsieur X avait le profil, pensé-je, peinée. Il y en aura d'autres », me dis-je pour me réconforter.

Béa cesse de tourner le fer dans la plaie. Ça ne sert plus à rien, de toute façon. Néanmoins, je ne peux m'empêcher d'être déçue, un peu pour elle, et surtout pour moi. Je m'en veux de m'être fermée autant. Il méritait sans doute une chance.

La porte vitrée s'ouvre sur l'aire d'arrivée. Les proches des passagers attendent derrière la bande rouge qui délimite le passage. Comme d'habitude, Béa et moi empruntons le chemin de gauche pour rejoindre l'arrêt d'autobus au bout du couloir. Normalement, je ne détourne jamais le regard pour sonder la foule, mais là, je m'amuse à m'imaginer que ce Monsieur X m'attend quelque part pour me demander mon numéro de téléphone. Je le cherche parmi tous ces gens. Béa remarque ma distraction.

— Qu'est-ce que tu as à regarder partout comme ça ?

— Hum, je me demandais s'il ne m'aurait pas attendu à la sortie...

— Qui ça ? Le cow-boy ?

— Oui, le cow-boy ! dis-je, honteuse d'y avoir pensé.

— Sérieux ?

Béa éclate de rire. Elle rit de moi et de ce que je viens de lui avouer. Elle ne se gêne pas pour me faire savoir sa façon de penser.

— Tu es pathétique ! Tu le sais, ça ?

— Non ! Pas du tout !

— Oui ! PATHÉTIQUE ! Tu croyais vraiment qu'après ton attitude de méchante sorcière, il allait t'attendre à la sortie ?

— Pourquoi pas ? Je lui ai quand même parlé ! Ça aurait pu arriver !

— Dans les films, Scarlett ! Dans les films !

Je demeure muette, consciente d'avoir quelque peu divagué. Ma meilleure amie n'ose pas en rajouter et poursuit sa route à travers la foule. Je lui emboîte le pas et fixe son *carry-on* qui roule devant moi. J'aime bien les étiquettes que Béa y a apposées. Il y en a une qui dit : « Quand je ne suis pas dans l'allée, fichez-moi la paix ! » Le genre de devise que Béa assume entièrement. Alors que je me plais à couvrir mentalement ma valise de ces badges soulignant nos frustrations d'hôtesse de l'air, un sourire s'affiche sur mon visage. Je n'aurais qu'à parader avec mon bagage et tous les passagers resteraient sagement calés dans leur siège.

Béa s'arrête brusquement. Je trébuche quasiment sur son *carry-on*. Elle reste figée. Elle n'a probablement pas encore avalé sa pilule pour le cow-boy.

— Ça va, Béa, j'ai compris. Je rêvais en couleurs, dis-je pour l'empêcher de me sermonner à nouveau.

— Peut-être que j'avais tort, finalement...

— Non, ça va, j'avais encore des attentes trop grandes ! Tu as raison.

— Non ! Non ! Scarlett, tu ne comprends pas !

— Quoi ?

Elle se retourne et me fait face. Elle n'affiche pas un brin de fatigue, et je jurerais que Béa va s'envoler au Mexique au lieu d'en revenir. Elle redresse les épaules comme pour m'indiquer de faire de même. Je ne comprends toujours pas pourquoi elle me demande de me tenir droite. Elle s'empresse de parler.

— Tu ne rêvais pas... Regarde !

Elle s'écarte du passage pour me faire remarquer ce qui se cache au loin derrière elle. Un homme se tient près du mur. Un charmant cow-boy qui tient un magnifique bouquet de fleurs. Il me sourit et me fait signe d'avancer. Je tremble de gêne, mais m'exécute.

John n'existe plus. Pas maintenant, en tout cas.

11

Chapitre 11

Montréal (YUL) – Varadero (VRA)

–Aïe, j'ai des gaz ! nous informe Rupert depuis le fond de la *galley*.

— Chut ! Scarlett nous rrrraconte son histoire ! *She's telling me her storrrry !* dit Silvia, une agente de bord d'origine italienne.

— Mais j'ai mal au ventre !

— Heille ! Je ne veux pas te sentirrrr ! Va péter dans les toilettes ! *Not here ! Go fart in the washroom !* lui conseille-t-elle sans gêne.

Rupert baisse la tête et fait la moue avant de se diriger au cabinet. « Qu'il peut être bébé quand il veut ! » me dis-je. Il n'est pas malade. Il n'a qu'un surplus d'air dans le ventre. J'ai l'impression que, chaque fois que quelqu'un d'autre que lui raconte une histoire, il s'amuse à faire diversion. Il est tellement habitué à recevoir de l'attention avec ses anecdotes à coucher dehors qu'il n'apprécie guère partager le projecteur. C'est vrai qu'on ne s'ennuie jamais avec Rupertporte-malheur. On n'a qu'à lui demander ce qui est arrivé sur son dernier vol pour occuper les discussions toute la soirée. J'appréhende toujours le pire avec lui.

— Comme je disais, poursuis-je, il m'a tendu le bouquet de fleurs et m'a demandé quand il pourrait me revoir.

— Que c'est rrrromantique ! *It's so rrrrromantic !* s'exclame Silvia.

— Oui...

— Alors pourrrrquoi tu fais cette tête-là ? Ça s'est mal passé, cette *date* ? *You'rrrre looking at me like something went wrrrrong...*

— En fait, la *date* n'a pas encore eu lieu... Je ne l'ai juste pas rappelé !

— Quoi ? Tu es folle ! *You'rrrre crrrrazy or what ?*

— Je n'y arrive pas. Je fréquente quelqu'un, lui avoué-je.

Silvia me regarde, étonnée. Son fard à paupières « mauve étincelant jusqu'aux étoiles » de CoverGirl remonte jusqu'à ses sourcils. Sa bouche en cœur recouverte d'un rouge à lèvres « violet trop épais » de Rimmel forme un cercle parfait sous l'effet de la surprise. Je ne suis pas de celles qui se confient à leurs collègues, mais ma confidente est le genre de fille qui réussit à nous tirer les vers du nez en un tour de main. Heureusement, elle est aussi du genre à oublier aussitôt ce qu'on vient de lui dire, plus préoccupée à nous raconter sa vie.

— Wow, ton mec doit être vrrrraiment spécial, plus *hot* que le cow-boy ! *This guy must be perfect for you to say no to a cowboy !*

Pour une raison qui m'est inconnue, Silvia s'applique à traduire tout ce qu'elle me dit. Comme si elle voulait s'assurer de bien se faire comprendre. Ou est-ce seulement sa façon de s'exprimer ? S'il fallait qu'elle se mette à ajouter sa langue maternelle, la conversation s'éterniserait. Quoiqu'elle s'éternise déjà...

— Je le prrrrendrais bien, moi... hum... comment il s'appelle déjà ? *What's his name again ?* me demandet-elle en s'appuyant sur le comptoir de la *galley*.

— Ethan. Il s'appelle Ethan.

— *Well ! I would love yourrr Ethan !* Je l'aimerais bien, moi ! Un vrrrai gentleman ! *A trrrrue gentleman ! Bringing you flowers like that !*

— Des fleurs ? C'est tout ce que tu demandes d'un homme ? Ouin, tu n'es pas compliquée...

— Bien sûr, il va falloir qu'il ait un bon salaire, *a nice salarrry because I will take carrrre of the kids.* Je vais rrrrester à la maison et prrrrendre soin des enfants. C'est de même que ça va marrrcher chez nous. *The man goes to work and the woman stays home !* C'est l'homme qui trrrravaille !

— OK...

— Qu'il ait aussi une bonne job, *a good job, carrrr included.* Un beau char avec ça.

— Autre chose ?

— Écoute, j'ai un gros *lifestyle, you know* ! J'ai besoin de luxe. *I need luxury* ! Je ne peux pas être avec n'importe qui !

À l'entendre, je comprends rapidement que Silvia ne fréquenterait pas un homme marié et que, si elle était à ma place, elle aurait déjà composé le numéro du charmant Ethan aux yeux d'ange. Mais Silvia n'a pas vécu l'histoire d'amour que John et moi avons vécue. D'un autre côté, je me demande ce que j'attends pour terminer une histoire qui n'a jamais commencé et qui ne commencera jamais... Mon questionnement est interrompu et Silvia cesse de parler lorsque Rupert ouvre la porte des toilettes.

— N'allez pas là-dedans tout de suite ! Ça pue ! nous avertit-il pour notre protection.

Je sors mon Febreze, toujours enfoui dans mes bagages, et en répands aussitôt à l'intérieur du cabinet. Il y a de ces situations qui ne réussissent plus à nous surprendre. On devient plutôt compréhensif et à l'aise d'en parler, et ce, même si on ne connaît pas personnellement nos collègues. Car, comme agents de bord, on a tous vécu ce ballonnement qui nous force à évacuer d'épars filets d'air d'une rangée à l'autre en parcourant l'allée.

L'astuce est celle-ci : pour éviter d'être démasqué, mieux vaut accuser quelqu'un d'autre. Et quoi de mieux qu'un bassin de passagers comme coupables potentiels ? On ne risque pas de se faire prendre. Après des heures passées dans un avion pressurisé à 38 000 pieds d'altitude, il est quasiment impossible de ne pas gonfler. Enfin, tout le monde gonfle et expulse de l'air, sauf moi, bien entendu...

La descente commencée, nous préparons la cabine pour l'atterrissage. Je parcours une première fois l'allée pour vérifier que tous les bagages sont rangés adéquatement sous les sièges. Je suis ralentie par une dame qui me remet un crayon emprunté à une agente de bord. Je suis surprise de voir qu'elle n'a pas décidé de le garder. Reste à trouver à qui il appartient. Je me rends jusqu'à l'avant et demande à Marie, une collègue ayant plusieurs années d'ancienneté :

— C'est ton stylo ?

— Non. Je ne donne que ceux du Hilton.

Cette affirmation pique ma curiosité.

— Qu'est-ce qu'ils ont, ceux du Hilton, tu ne les aimes pas ?

— Non. Ils s'accrochent mal au blouson, alors je les donne aux passagers.

Décidément, Marie s'y connaît en qualité de stylos. Elle doit passer beaucoup plus de temps que moi dans les hôtels pour en avoir fait une étude aussi approfondie.

— Ça paraît que tu es souvent en *layover*, toi !

— Oui, tout le temps. Encore aujourd'hui, d'ailleurs.

— Tu descends à Varadero ?

— Pour deux jours en plus !

— Chanceuse ! lui lancé-je, envieuse.

Je n'ai pas consulté l'itinéraire de vol, je ne savais donc pas qu'un groupe d'agents de bord séniors descendaient pour passer la nuit à Cuba. Ils seront remplacés par d'autres qui nous attendent probablement déjà à l'aéroport. Je lui souhaite de s'amuser pour moi et pars à la recherche de la mystérieuse propriétaire d'un stylo du Crown Plaza.

En arrivant en arrière, je trouve Rupert, déjà attaché à son strapontin, prêt à atterrir. Il se tient le ventre comme s'il allait mourir.

— Ça ne va pas mieux, Rupert ?

Je m'approche de lui pour lui frotter le dos.

— Il a mangé quelque chose de mauvais, mais il ne sait pas quoi. Il n'arrête pas de courir aux toilettes, m'explique Susan, une autre sénior qui descend également à destination.

— Tu as mangé quoi avant le vol ?

Mon colocataire lève les yeux. Il est tout pâle. Depuis qu'on a amorcé la descente, tous les gaz qui avaient pris de l'expansion dans son ventre veulent s'échapper, car la pression augmente de plus en plus au fur et à mesure que nous perdons de l'altitude. Les maux de ventre s'accentuent, mais se calmeront une fois que nous aurons atterri. Rupert n'en est pas si sûr.

— Je ne me suis jamais senti autant prêt à exploser. J'ai mangé trois yogourts avant le vol, est-ce que ça pourrait être ça ?

— Oui, c'est possible. On atterrit dans cinq minutes. Au sol, ça va passer.

J'essaie de le réconforter. Il sourit. J'entends son ventre gargouiller quand les roues sortent en dessous de nos pieds. Avec tout ça, j'en oublie le stylo qui traîne dans ma poche de veston et qui encore une fois deviendra ma propriété.

* * *

Après avoir souhaité de bonnes vacances à mes passagers, je m'installe au soleil, dans l'escalier donnant sur la porte arrière. La chaleur me permet de décompresser. J'ai forcé Rupert à s'asseoir à l'extérieur pour respirer l'air frais. Il reprend des couleurs peu à peu. Le ménage terminé, la routine recommence et il est déjà temps de remonter à bord. Je vois alors s'avancer dans la cabine nos nouveaux collègues pour le vol de retour. Tous me semblent familiers, mais une personne parmi le groupe attire davantage mon attention. Je plisse les yeux pour éclaircir ma vision. Et puis, soudain, je maudis Rupert-porte-malheur. Je savais bien que quelque chose allait arriver !

Un malaise m'envahit. Je redeviens une espionne dont l'identité ne peut être dévoilée. Je sais qui elle est, mais elle n'a aucune idée de qui je suis. Ou plutôt de ce que je fais.

— Bonjour, tout le monde, dit-elle, sans intonation dans la voix.

Elle dépose sa valise dans un compartiment et s'empresse de se faire un café.

— Je remplace Susan à l'arrière, annonce-t-elle. Je m'appelle Debbie.

Je note dans sa voix un manque apparent d'énergie. Je ne cherche pas à savoir pourquoi, car moins d'interactions j'aurai avec la femme de John, mieux je me sentirai. Après m'être présentée à nouveau à elle, je retourne à mes occupations. Elle ne semble pas se souvenir de notre dernier vol ensemble : ce jour où elle m'a sermonnée pour lui avoir « volé » sa salade. De vieux souvenirs resurgissent dans mon esprit. Je tente de les ignorer. Mon malaise s'accentue. À mon grand désespoir, *Freaking*-Debbie me perturbe. Secrètement, je la jalouse. Je la déteste. Je l'envie. Je m'éloigne dans la cabine.

En fermant les compartiments, je sens grandir la haine en moi. « Sans cette *Freaking*-Debbie, John serait avec moi ! » Je pousse sur un bagage de toutes mes forces pour enclencher le loquet de fermeture du panneau. Comment puis-je vouloir continuer à mentir ainsi ? Je ne suis pas celle qui a une famille, je suis l'étrangère qui veut la briser. Ce n'est pas moi, ça ! Par professionnalisme, je tente de redevenir zen.

Une fois tous les passagers à bord, je retourne m'asseoir sur mon strapontin pour le décollage. Je me crois prête à travailler l'esprit en paix. « Tout ira bien », me dis-je. Lorsque je franchis le rideau, *Freaking*-Debbie n'est pas là. Je ne la vois pas non plus dans la cabine. Rupert me fait signe qu'elle se cache à son tour dans les toilettes. Il en profite pour me chuchoter :

— Tu vas pouvoir travailler avec elle ?

— Est-ce que j'ai le choix ?

— Non, pas vraiment. Tu dois être forte et oublier qui elle est.

— Ne t'inquiète pas pour moi. C'est déjà fait, mensje avant de détourner mon regard vers le cabinet, d'où proviennent d'étranges sons. Elle va bien ?

— Elle vomit.

Quoi ? Mon cœur s'affole. Elle est enceinte ! Je veux m'effondrer sur-le-champ. Mon ami remarque mon air paniqué et intervient avant que je ne m'évanouisse.

— Calme-toi ! Elle a juste trop bu hier. Mojitos et *cuba libre*...

— Ah ! dis-je, soulagée.

La chasse d'eau s'enclenche et *Freaking*-Debbie revient parmi nous. Elle a l'air particulièrement maganée. De gros cernes se dessinent sous ses yeux veineux. Dans ma mémoire, elle s'affichait davantage comme une maman douce et tranquille que comme une consommatrice de mojitos. Je doute que, quand nous aurons décollé, son état s'améliore. En vol, c'est toujours pire. Par compassion, je lui tends un Ginger Ale dégazéifié.

— Ouin, la soirée a été dure...

— J'en avais vraiment besoin, affirme-t-elle avant d'être aussitôt interrompue par l'assourdissante annonce du commandant pour le décollage.

J'en profite pour m'esquiver jusqu'à mon strapontin sans lui poser d'autres questions. Elle avait peut-être besoin de décrocher des enfants et de son merveilleux mari... Bah ! Je ne veux pas le savoir ! Je ne voulais que l'aider à récupérer un peu d'énergie. Par contre, cela n'a apparemment pas fonctionné, car une fois en montée, je vois son teint virer au vert. Elle semble faible, presque endormie, laissant son corps pencher vers l'avant, retenu uniquement par deux courroies de sécurité bien tendues sur chacune de ses épaules. Je donne un coup de coude à Rupert pour qu'il la regarde. Je n'avais pas remarqué qu'il dormait aussi. Il bondit sur son siège.

— Quoi ?

— Désolée, dis-je en m'empressant de le dévisager pour lui signifier que ce n'est pas le moment de dormir.

— J'ai mal au ventre !

« Qu'est-ce qu'ils ont tous à être malades aujourd'hui ? » Peut-être qu'un virus flotte dans l'air. Un virus rupérien ? Et quoi encore ? Une attaque terroriste ? La présence de *Freaking*-Debbie me suffit, merci.

Le signal des ceintures s'éteint et nous pouvons circuler dans la cabine. Avant de me diriger à l'avant pour distribuer les cartes de déclaration pour le Canada, je tente de guérir Rupert à l'Alka-Seltzer. Il engloutit les comprimés dilués dans le verre d'eau que je lui donne et patiente à l'arrière, le temps que la solution fasse effet. Pendant ce temps, *Freaking*-Debbie retourne se cacher dans les toilettes. Son cas semble empirer. Cruellement, je ne m'en inquiète pas.

En distribuant les cartes de douanes, je suis distraite par un couple qui attire mon attention. Ils se bécotent près d'un hublot. Ils doivent avoir à peine vingt ans. À cet âge, j'étais aussi amoureuse. Mon premier amour, le plus beau de tous. On croit que rien ne nous séparera, qu'on est à jamais faits l'un pour l'autre. Et puis, on grandit, chacun de son côté, sans se retrouver.

Je continue d'avancer vers eux. Entre chaque passager à qui je tends une carte, je jette un regard discret dans leur direction. Le jeune homme donne un baiser dans le cou de la jeune femme pour l'embrasser langoureusement ensuite. « Un peu déplacé dans un avion. » Je m'approche encore. Une couverture les recouvre, et je remarque la main de l'adolescente en dessous, près de la ceinture de son copain. Je suis saisie.

Que fait-elle au juste ? J'ose espérer que ce n'est pas ce que je pense. Je m'approche du couple pour leur remettre la carte. En me voyant, les deux tourtereaux s'immobilisent. La jeune femme détourne le regard pour porter son attention sur le paysage que nous survolons. Son copain, embarrassé, récupère le papier que je lui tends. De retour dans la *galley* arrière, je m'assure d'aviser l'équipage de ce que je viens de voir.

— Je crois qu'on va surveiller 37 A–B parce que je viens de les prendre en train de faire des cochonneries sous une couverte, dis-je à mes collègues en train de préparer les chariots.

Ils acquiescent. Je remarque que Rupert manque à l'appel. Silvia me montre les toilettes. Décidément, ce n'est pas trois yogourts qui peuvent le rendre si malade. À moins qu'ils aient été périmés. Mais encore... Je cogne à la porte.

— Rupert ? Ça va là-dedans ?

Pas de réponse. Trois petits coups.

— Rupert ?

Je m'inquiète. Trois autres petits coups. Pas de réponse. Je tourne instinctivement la poignée, mais elle est verrouillée. Je frappe maintenant à grands coups de poing.

— Il s'est peut-être évanoui ! m'alarmé-je en regardant mes collègues, qui observent la scène.

Je n'attends plus et déverrouille la porte de l'extérieur grâce au mécanisme de secours.

— Ah ! Non ! s'exclame Rupert, me faisant presque faire un arrêt cardiaque.

Ce que je découvre de l'autre côté m'horrifie. Rupert, les fesses à l'air, devient tout rouge. Il est là, avec ses papiers absorbants, tentant de nettoyer une certaine substance répandue sur le plancher.

— Mais qu'est-ce qui s'est passé ? lui demandé-je en refermant à moitié la porte pour cacher la scène.

— Pourquoi tu as ouvert la porte ! ?

— Pour voir si tu n'étais pas mort ! Tu n'avais qu'à me répondre ! J'ai cogné, tu sauras !

— OK ! Ben là, tu vois, je ne suis pas mort, juste malade comme un chien.

— Remonte tes culottes, je vais te donner le nécessaire pour nettoyer, lui ordonné-je en chuchotant à travers l'ouverture pour que personne ne m'entende.

J'agis comme si de rien n'était devant le reste de l'équipage, qui mange du popcorn en regardant l'action. Je ramasse des gants de plastique, un gel antibactérien, de l'eau chaude et une tonne de serviettes absorbantes et je tends le tout au pauvre malade dans les toilettes. Silvia, la fouine, m'interroge.

— Il va bien ? *Is he ok ?* Il a besoin d'un antibiotique, d'un eupeptique, d'ibuprrrofène ? *Name it !* Je l'ai dans ma sacoche. *I have everrrrything !*

— Tout va bien, Silvia, merci.

— Tu es cerrrrtaine ? *Are you surrrrre ?* J'ai du Cyprrrro, de l'Advil, des Doliprrrane...

— C'est correct, insisté-je.

— Tant mieux, parce qu'on est prêts pour le service, m'informe *Freaking-Debbie* sans la moindre parcelle d'énergie.

Je me joins à elle en laissant Rupert tout seul avec sa besogne. Pendant le service, je me détache complètement de ce que ma collègue représente pour moi : une ennemie. Je tente de rester de marbre et de plutôt déplacer mon attention vers autre chose, comme le couple de tourtereaux du 37 A-B. Depuis les premières rangées, j'aperçois le bout de leurs têtes qui se font aller d'un côté et de l'autre. Leurs ébats amoureux ont repris. Ils se croient vraiment tout permis, ces deuxlà, et ils pensent peut-être que, comme nous sommes occupés dans l'allée, nous ne les avons pas remarqués. « Je vous ai à l'œil », me dis-je avant de constater le teint livide de *Freaking*-Debbie.

— Tu te sens bien ?

— Non, pas vraiment.

— Fais une pause alors, proposé-je pour m'en débarrasser.

— OK, donne-moi une minute.

« Prends tout ton temps ! » Depuis l'allée, j'aperçois Rupert sortir du petit coin tandis que *Freaking*-Debbie y entre. « Cette toilette en aura vu de toutes les couleurs aujourd'hui », me dis-je tout en servant un verre d'eau à un passager.

Quelques rangées plus loin, mon attention est dirigée à nouveau vers les tourtereaux qui s'activent près du hublot. Ils s'embrassent langoureusement. Chaque coup de langue produit un bruit de succion. J'ai l'impression de revivre la scène dans *Cry-Baby*, quand Johnny Depp, alias Wade Walker, donne un cours de *french kiss* à la belle blonde, Allison, sauf que, présentement, je n'ai pas le goût de remplacer l'élève. « Il faut que ça cesse », tranché-je, me faisant un devoir de leur montrer les bonnes manières.

Freaking-Debbie ne revient pas et Rupert arrive pour la remplacer. Il semble plus en forme et, en moins de deux, nous atteignons la rangée 37.

— Heille, les jeunes !

Les mouvements de langue cessent enfin. Le jeune homme replace la couverture sur ses jambes, pour cacher son érection, sans doute. Heureusement, je ne fais que déduire l'évidence, car à mon grand bonheur, je n'ai aucune preuve de ce que j'avance. Les deux accusés demeurent muets, me regardant comme si j'étais une méchante maîtresse d'école. Je décide de ne pas abuser de mon pouvoir soudain. La situation est déjà assez gênante.

— Je suis certaine que vous avez eu toute la semaine pour vous minoucher à Cuba, alors s'il vous plaît, un peu de respect. OK ?

Les tourtereaux ne gazouillent plus. Ils hochent la tête pour me montrer qu'ils ont compris. Rupert et moi terminons de servir les derniers passagers et entrons dans la *galley* avec le chariot.

— Snif, snif, fait *Freaking*-Debbie, accotée sur le comptoir.

— *What's going on ?* Qu'est-ce qu'il y a ? lui demande Silvia.

— Rien. Ça ne va pas, c'est tout.

— Tu veux un petit remontant ? Advil, Motrrrin, Tylenol ? *Name it ! I have it !*

— Non, non, merci, Silvia, c'est que... hésite-t-elle.

« Mais qu'est-ce qu'elle a encore ? Elle doit en avoir bu, des mojitos, pour perdre autant le contrôle d'ellemême. » Je voudrais m'éloigner, mais ses pleurs me retiennent. Je veux savoir. Ces larmes sont des larmes de tristesse, de désespoir, de quoi ? Que s'est-il passé ? Je m'inquiète pour John et je me résous à rester pour connaître la vérité. Rupert désapprouve mon choix en roulant les yeux et se sauve à l'avant de l'appareil.

— Je n'arrive pas à le croire ! sanglote-t-elle.

— Allez, dis-moi, *tell me.* Ça va te fairrre du bien.

Really, it'll make you feel better.

Ma curiosité fait des siennes. « Allez, *Freaking*Debbie, crache le morceau !

» Tout en lui tournant le dos, je recule pour m'approcher d'elle et poursuis hypocritement mon nettoyage de chariot. Je tends l'oreille.

— Snif, snif ! continue-t-elle en tentant de reprendre son souffle.

« C'est peine perdue, elle ne dira rien. » Désespérée, je range le chariot pour aller rejoindre Rupert à l'avant. Alors que je m'éloigne, elle larmoie à nouveau. À mon grand étonnement, elle se confie enfin à Silvia. Je fige.

— Mon mari me trompe ! s'écrie-t-elle.

— *NO WAY ! Are you surrre ?* Tu es sûrrrre ?

— Oui et non.

— Mais pourrrrquoi tu dis ça alorrrrs ? *Why do you say that ?*

— Il est distant depuis quelque temps, il s'occupe des enfants, mais pas de moi !

— Voyons, ça ne veut rien dirrrre, *it doesn't mean anything* !

— Une femme sent ces choses-là, Silvia ! Je le sais, c'est tout !

À ces mots, une boule se forme dans ma gorge. Je suis à la fois remplie de joie et de compassion. *Freaking*-Debbie pleure encore plus fort. Malgré le fait que je vienne d'apprendre que John m'est exclusif, je me sens plus ingrate que jamais.

Devant moi, j'aperçois le couple de tourtereaux s'avancer main dans la main jusqu'au cabinet de toilette. Se croyant invisibles, ils s'empressent d'y entrer en verrouillant la porte derrière eux. Je ne tente pas de les en empêcher. Et puis, au bout d'un moment, un sourire en coin se dessine sur mon visage. Je repense à ce que cette toilette a enduré aujourd'hui. Mes deux tourtereaux ne lui apporteront qu'un peu de bonheur.

12

Chapitre 12

Montréal (YUL)

−Je ne peux pas te parler maintenant, John, je reçois des invités. Je vais devoir raccrocher.

— Tu ne peux pas laisser aller notre histoire comme ça, intervient-il pour m'empêcher de couper la conversation.

— Pourquoi pas ? Ça fait déjà six mois que je te dis que j'en ai assez ! Voir ta femme pleurer m'a fait comprendre que je n'arriverais pas à me pardonner d'avoir brisé ta famille.

— Tu me niaises, j'espère ?

— Non, pas du tout.

— C'est tellement ironique ! Il n'y a pas trois mois de cela, tu me faisais une scène pour que je la laisse !

— J'ai réalisé bien des choses depuis.

— Comme quoi ?

— John, on a eu cette conversation il y a une semaine. On pourra s'en reparler, mais pour le moment, je dois raccrocher, j'ai un repas à préparer.

— Tu ne peux pas me laisser, Scarlett, on n'a jamais rien commencé.

— Ne sois pas méchant. C'est ma fête aujourd'hui, l'aurais-tu oublié ?

— Désolé... Amuse-toi avec tes amis. On continuera cette conversation une autre fois. Je t'embrasse.

Je n'arrive pas à répondre quoi que ce soit, mis à part un « Bye » sec et forcé. J'ai décidé de penser à moi pour une fois et d'en finir avec cette relation qui ne me rend que terne et amère. J'en ai assez de m'adapter à sa vie, à son horaire et de « passer en deuxième », comme il me l'a si bien dit. J'ai l'impression que le meilleur m'attend. D'ailleurs, j'ai enfin pris la décision de composer le numéro d'un certain cow-boy rencontré sur l'un de mes vols il y a un mois.

Comme c'est mon anniversaire, j'ai pensé l'inviter à mon petit souper privé entre colocataires, car si ça ne clique pas entre nous deux (je doute que ça soit le cas), d'autres seront au moins là pour sauver la soirée. Rupert profite donc de l'occasion pour nous présenter officiellement René, le directeur de vol qu'il fréquente. Quant à Béa, elle vient tout juste de rencontrer un nouveau mec et l'a invité à se joindre à nous. Elle n'a pas eu le temps de m'en parler. Je sais seulement qu'il se prénomme Simon et qu'il ferait, selon elle, un très bon copain à long terme.

Pour que tout soit parfait, j'ai pensé être l'hôtesse de ma propre soirée et veiller à ce que la table soit bien mise et que le vin coule à flots. Ne sachant pas quoi cuisiner, j'ai proposé que nous rassemblions simplement sur la table des produits étrangers que nous avons rapportés de nos voyages. « Un repas éclectique digne d'une hôtesse de l'air. » J'ai déposé sur le comptoir plusieurs aliments que nous avions entreposés au congélateur pour les préserver.

Ethan n'est pas encore arrivé et je commence à m'inquiéter, car dehors une tempête fait rage. La nervosité me gagne. « Il lui est peut-être arrivé quelque chose... » Pour me calmer, je verse du vin à mes invités et je ne tarde pas à m'en servir un verre.

— Un vin rouge que j'ai acheté en Espagne cet été, dis-je fièrement en regardant ma montre.

— Délicieux, lance Simon. On le retrouve ici, tu crois ?

— Peut-être, mais il doit être doublement plus cher.

— Scarlett a raison, intervient René, c'est fou comme les bouteilles sont plus chères ici qu'en Europe.

— Ce n'est pas pour rien que j'en rapporte chaque fois que je pars ! dis-je en plaçant ma longue natte tressée en queue de poisson sur mon épaule.

Béa, tout en déposant le panier de pain sur la table, se joint à la conversation.

— Attends ! Tu n'en rapportes pas tout le temps, seulement lorsque tu as le droit, me corrige-t-elle.

Surprise par son commentaire, je m'apprête à lui rafraîchir la mémoire, mais elle m'en empêche.

— Scarlett, lorsqu'on part moins de quarantehuit heures hors du pays, on ne rapporte pas de bouteilles de vin parce qu'on n'a pas le droit, selon la loi canadienne.

Mes sourcils s'arquent. Je suis vraiment étonnée de l'entendre dire ça. Depuis quand ma meilleure amie respecte-t-elle les règles ? Et puis, on a toujours eu le droit de rapporter des bouteilles de vin, sauf qu'il fallait payer les taxes. Je contemple notre cellier, dont nous sommes si fiers. Il est rempli de bouteilles toutes aussi bonnes les unes que les autres. Je me prépare à argumenter, mais je suis interrompue par un bruit sourd provenant de l'extérieur.

— Ah ! C'est lui ! C'est lui ! fais-je, énervée.

Je m'avance près de la porte. Personne n'a encore cogné, mais je suis déjà prête à ouvrir.

— Calme-toi, Scarlett, il va te prendre pour une détraquée et va partir en courant, me prévient Rupert en me repoussant pour me remplacer.

Je retourne près de la table, le cœur battant. Je n'arrive pas à croire qu'un autre homme que John puisse me faire vivre autant d'émotions. J'entends aussitôt frapper à la porte et, au même moment, la sonnerie de mon téléphone retentit. Un message s'affiche. Avant de voir Rupert accueillir mon beau cow-boy, je jette un coup d'œil rapide à mon iPhone : « J'ai laissé ma femme. Je t'aime ! »

Des montagnes russes soulèvent mon cœur dans les airs, me le retournent à l'envers pour ensuite le faire redescendre d'un trait. John va me rendre folle ! Depuis le temps que j'attends cette nouvelle, et pourtant, elle n'a pas l'effet escompté. Je tente d'oublier temporairement ce que je viens de lire, car devant moi se tient un gars aux yeux d'ange qui, je le sais, en vaut vraiment la peine.

— Salut, mon cher ! l'accueille Rupert en se déhanchant dans le hall d'entrée. Tu es tout enneigé !

Mon colocataire est déjà sous le charme et s'applique rapidement à retirer la neige collante qui s'est déposée sur le manteau de mon invité. Je m'approche de lui, me hisse sur la pointe des pieds pour atteindre ses deux joues glacées. Elles piquent, j'aime ça.

— Bonne fête, Scarlett ! J'espère que je n'arrive pas trop en retard. Il y a une de ces tempêtes...

— Pas du tout, Ethan ! On t'aurait attendu toute la soirée ! lui lance Rupert spontanément.

— Rupert ! intervient Béa en s'avançant vers nous.

— Je blague, je blague, dit-il en retournant auprès de René, qui lui, affiche une moue discrète.

— Rupert a raison, chuchoté-je, gênée. Je t'aurais attendu toute la soirée...

* * *

Les présentations faites, je range mon téléphone dans ma chambre, sur ma table de chevet. Je ne veux pas l'entendre, s'il sonne à nouveau. J'ignore le message de John pour le moment et regagne la fête, l'esprit tourmenté. J'étale quelques fromages dans une longue assiette blanche que je dépose au centre de la table. Sur une planche de bois, je tranche un saucisson en rondelles.

— C'est un chorizo espagnol que Rupert a rapporté de Madrid l'autre jour, expliqué-je.

Mon colocataire bondit du fond de la cuisine.

— Non, je n'ai pas rapporté ça ! Ce ne serait pas toi, plutôt ?

Il me fait douter. C'est peut-être moi qui en ai glissé un incognito dans ma valise.

— Je ne sais pas qui l'a ramené, mais on l'a acheté en Espagne.

Depuis le début de la soirée, Simon, le copain de Béa, s'est tenu tranquille en buvant son verre de vin. Il m'a l'air ennuyeux, et je ne suis pas certaine de l'aimer. Ethan a bien tenté de lui faire la conversation, mais ça n'a mené nulle part. Je suis donc surprise de le voir ouvrir la bouche pour nous parler.

— Si je comprends bien, quelqu'un a rapporté ce saucisson illégalement de l'Espagne ?

— Oui, c'est ce que j'ai dit. L'Espagne.

Il ne répond pas et regarde Béa en riant jaune. Que peut-il donc trouver de si drôle à cette réplique ? « Il est étrange, ce gars-là », pensé-je avant de changer de sujet.

— René, tu disais que tu planifiais un voyage ?

— Oui, je pars début mai au Portugal pour deux semaines, zozote-t-il en se tournant vers Rupert.

— Tu devrais partir avec lui ! proposé-je.

— Oui, j'y pense, avoue-t-il timidement.

Je sais que c'est peut-être tôt pour planifier un voyage avec son nouveau copain, mais ça fait un bail que je n'ai pas vu Rupert aussi bien avec quelqu'un. Et puis, c'est si beau, le Portugal ! Ethan semble partager mon opinion.

— C'est magnifique, le Portugal. Tu prévois quoi comme itinéraire ?

— Lisbonne, Porto et l'Algarve, explique René, les yeux pétillants. Tu connais ?

— Oui, un peu. J'y suis allé pour le travail l'an passé et j'en ai profité pour faire un peu de *kitesurf*. Très beau pays !

— Wow ! C'est cool, ça ! s'exclame Béa, en me tapant l'épaule. Scarlett, ce n'est pas ce sport-là qu'on a fait l'autre jour à Cabarete ? Tu étais très bonne en plus...

— Ouais, c'est bien ça, confirmé-je, encore intimidée par la présence d'Ethan.

— La République dominicaine est une belle place pour en faire ! Tu as aimé ?

Le regard qu'il pose sur moi vaut mille mots. Je vois que je lui plais, et ce, sans même qu'on se soit vraiment parlé. Je pourrais être également sous le charme, mais ce message que je viens de lire brouille les cartes. Après avoir partagé avec Ethan mon désir de me perfectionner dans ce sport, je redirige la conversation vers René.

— Tu comptes visiter le Portugal en voiture ?

— Si Rupert m'accompagne, oui, ajoute-t-il en lui serrant le bras.

Nous sommes avides de connaître ce que monsieur porte-malheur dira et nous tournons tous vers lui un regard attentif en espérant qu'il accepte l'invitation. Il se défait de l'emprise de René et le pousse pour le taquiner.

— J'aimerais beaucoup t'accompagner !

Cette nouvelle étape qu'il s'apprête à franchir lui fera le plus grand bien. L'atmosphère est détendue, et je pars chercher une autre bouteille de vin. Depuis le cellier, j'entends René expliquer à Rupert les possibilités qui s'offrent à eux.

— On pourrait commencer par Porto et descendre jusqu'en Algarve.

— Je te suis !

— Et on pourrait visiter la vallée du Douro en bateau... Apparemment, c'est vraiment cool !

— Ou en voiture, pour faire des pauses dans les vignobles... suggère Rupert en lui lançant un clin d'œil coquin.

« Sacré Rupert, toujours les idées ailleurs », pensé-je.

— Vous rapporterez du bon porto ! proposé-je avant de faire une pause calculée. N'oublie pas, tu n'as droit qu'à deux bouteilles, pas plus !

Je pouffe de rire. Ethan aussi, sans doute pour m'encourager. Quant aux autres, ils rient jaune. « Qu'est-ce qu'ils ont tous à être aussi constipés ? » m'offusqué-je intérieurement. Simon s'empresse de rétorquer.

— Tu as vraiment un blocage avec cette loi, toi.

Béa, encore plus coincée qu'au début de la soirée, intervient pour m'empêcher de répondre.

— Non, non, elle n'a pas de problème avec ça, pas vrai, Scarlett ? me demande-t-elle, comme si je n'avais pas le droit de défendre mon point de vue sur ce sujet.

Pourtant, j'en ai justement un, « blocage ». Pourquoi mentirais-je ? Je suis certaine que, d'ici un instant, Simon adhérera à mon opinion. Je tente de le convaincre.

— Pour être totalement honnête, je n'aime pas la façon dont les douaniers appliquent leurs lois stupides. Certains abusent de leur autorité, et ça m'enrage !

Béa s'étouffe avec sa gorgée et commence à tousser. Rupert et René, main dans la main, observent la scène, captivés. Quant à Ethan, il semble admirer mon assurance.

— Je crois que certains douaniers pourraient avoir un peu plus de considération pour les membres d'équipage, continué-je.

— C'est-à-dire de vous laisser rapporter du vin même si vous êtes partis moins de quarante-huit heures hors du pays ? demande Ethan, qui n'était pas encore arrivé lorsque la question a été soulevée.

— Entre autres. Il me semble que, le fait d'avoir traversé l'océan Atlantique deux fois en quarantecinq heures, ça devrait permettre de rapporter deux bouteilles de vin sans payer de taxes, surtout quand on s'est épuisés à servir des passagers exigeants.

— La loi, c'est la loi, décrète sèchement Simon.

Mes yeux s'agrandissent. Quel pauvre argument ! Je commence à bouillir. Béa s'immisce aussitôt entre nous deux.

— Scarlett ne se sent pas très bien aujourd'hui.

Hein, Scarlett ?

— Non ! Au contraire, je me sens très bien !

Pourquoi dit-elle que je ne me sens pas bien ? Personne ne connaît l'origine de mon irritabilité. Je ne lui ai pas fait mention de ce dernier message de John. Je suis plutôt joyeuse d'avoir un bras qui frôle celui du bel Ethan. Sans compter qu'il a réussi à me faire rougir chaque fois qu'il s'est adressé à moi. Je suis bien décidée à faire valoir ma vision des choses, et je reformule mon argument. Béa insiste pour clore la discussion.

— Ça ne sert à rien d'expliquer ton point de vue, Scarlett. Simon a raison. Il faut respecter la loi, ajoutet-elle, telle une fillette obéissante.

Celle qui s'est déjà chicanée avec un douanier est en train de me dire que, la loi, c'est la loi ? Je sais très bien où elle voulait se la mettre, la loi, quand elle en a eu pour deux ans à se faire fouiller après chaque vol pour une affaire de pomme oubliée. Je tente de lui rafraîchir la mémoire.

— Béa, c'était combien encore, ton amende, pour avoir oublié une pomme canadienne dans ton *carry-on* ?

— Euh...

— Cinq cents dollars, c'est ça ?

— Euh...

Elle se tourne vers Simon, gênée.

— C'est cher payé pour une pomme oubliée dans le fond d'un sac et qui en plus provenait du Canada. Si ce n'est pas manquer de jugement et de considération pour une pauvre hôtesse de l'air, je ne sais pas ce que c'est, conclus-je.

Simon esquisse un sourire en coin. J'ai l'impression qu'il se donne un air de supériorité. Il prend une profonde respiration et me sert un lancer rapide et glissant.

— Tu crois que, parce que tu as fait le tour du monde et que tu es fatiguée, tu mérites un passedroit ? Monsieur ou madame qui voyage l'est aussi quand il arrive à la porte d'embarquement. Il a dû subir les points de fouille, faire sa correspondance à toute vitesse ou au contraire est resté enfermé dans un aéroport pendant cinq heures. Il a montré sa carte d'embarquement à quatre reprises. Il s'est farci pour la millième fois la chorégraphie des agents de bord. Il s'est fait interrompre son film pour que vous annonciez votre foutu *Duty Free*. Il n'est pas moins fatigué que vous et il doit lui aussi se conformer à la loi. Les agents de bord n'ont pas un statut au-dessus des autres voyageurs, termine-t-il en me retirant sitôt au marbre.

« Ce gars est idiot », pensé-je. Aurait-il oublié que sa *date* travaille dans un avion ? Qu'elle vit avec deux autres agents de bord, dont l'un fréquente également un membre d'équipage ? Et au cas où il ne l'avait pas remarqué, nous sommes tous autour de cette table avec lui. Simon doit l'ignorer, car il conserve encore son air haïssable, fier de sa réplique. Je n'ai pas dit mon dernier mot. Rupert et Béa tentent de mettre fin à ce duel d'opinions.

— Ça suffit, vous deux ! s'écrie Rupert.

— Tout le monde a droit à son opinion, Scarlett, renchérit Béa en levant la main vers moi pour m'empêcher d'ajouter quelque chose.

Je ne comprends pas ce qu'ils ont tous à vouloir me faire porter le chapeau. Depuis le début de la soirée, on me corrige chaque fois que j'ouvre la bouche. Rupert a toujours détesté les douaniers, pourquoi reste-t-il soudainement tranquille dans son coin avec René? Je n'ai pas l'intention de tirer ma révérence. Je réfléchis.

Je revois notre interaction. Les arguments de Simon, ses réactions. Pourquoi cet intérêt à défendre la réputation des douaniers ? Que peut-il vouloir en tirer et dans quel but ? Et puis, tout à coup, une idée germe dans mon esprit. À moins que... Non ! C'est impossible ! Pas Béa !

Je me redresse et pose mes deux mains sur le comptoir. Je m'apprête à retourner au bâton et à frapper un coup de circuit. J'ai flairé l'intrus parmi nous, il est temps de dévoiler son identité.

— Simon, toi qui es si rusé, tu sais ce qu'un douanier pense d'une hôtesse de l'air lorsqu'elle se présente à son comptoir ?

Il réfléchit un court instant en regardant le plafond.

— Facile ! m'annonce-t-il.

À le regarder, j'ai l'impression d'avoir jeté un os à un chien tellement il semble content de connaître la réponse.

— Elle arrive d'où encore, celle-là ? déclare-t-il, en étalant ainsi toute l'envie qu'il cache en lui.

— HA ! m'écrié-je, épatée par le succès de ma ruse. Tu es douanier !

Je saute de joie. Ethan est séduit par cette prouesse et laisse échapper à nouveau ce rire sincère qui a pour effet de colorer instantanément mes pommettes d'un rouge vif. J'ai enfin démasqué l'espion qui tentait de s'infiltrer dans le camp des gentils ! Les autres ne semblent pas aussi enchantés que nous.

Je remarque que Béa me lance des flèches avec ses yeux depuis l'autre côté de la table. Elle s'est rapprochée de son douanier, comme pour lui montrer son indifférence quant à sa jalousie évidente envers notre métier. Rupert et René arborent un sourire en coin et soulèvent tous deux les épaules pour me faire constater l'évidence : tous le savaient sauf moi !

13

Chapitre 13

Montréal (YUL) – Punta Cana (PUJ)

En répondant au téléphone à 4 heures du matin, je réalise la grosse erreur que je viens de commettre. Depuis au moins deux ans, je ne suis plus sur appel ou en réserve, mais ça n'empêche pas la compagnie de m'appeler si elle manque de personnel pour combler les vols de la journée. C'est un peu comme jouer au chat et à la souris. Si on me laisse un message, j'ai le droit de ne pas rappeler. Par contre, si je réponds, je suis piégée et je dois accepter l'affectation. À moins, bien sûr, d'être en Saskatchewan ou trop ivre... sauf que ce n'est malheureusement pas mon cas, car grâce à ma petite scène d'hier, la soirée s'est terminée plus tôt que prévu. Je suis la reine du cassage de mon propre *party*. À entendre cette chère voix au bout du fil, je sens que la journée va être longue.

— Bonjour, Scarlett, c'est Annie au *crew sked.* On est en procédure de *draft* et on aurait besoin de toi ce matin pour récupérer un vol en retard pour Punta Cana.

Je repose brusquement ma tête sur l'oreiller, en colère de devoir me lever d'ici une seconde. Soudain, je sens une chaleur à ma gauche et m'aperçois rapidement qu'il y a un gars dans mon lit.

— Euh... oui... dis-je à mon bourreau, en tentant de me remémorer les événements de la nuit dernière.

— Le vol est en retard depuis hier soir à cause de la tempête, alors le plus vite tu pourras être à l'aéroport, le mieux ce sera. Décollage prévu pour 7 heures.

Ah oui, la tempête ! C'est pour ça qu'Ethan est allongé à côté de moi. Hier soir, depuis la fenêtre, je n'arrivais pas à voir le trottoir. Il aurait été dangereux de le laisser partir par un temps pareil. Même chose pour René et Simon-le-douanier. On a donc tous sagement rejoint nos quartiers. Béa a sans doute exigé à l'ennemi des explications quant au sens de son commentaire envieux concernant notre métier. Il a, je l'espère, reconquis son cœur pendant la nuit. Ainsi, elle me pardonnera peut-être de m'être emportée et d'avoir semé la discorde parmi les invités.

— Ethan, je vais devoir me lever. Je dois aller travailler, dis-je doucement, consciente d'avoir déjà troublé son sommeil en répondant à ce satané téléphone.

— Ouin, je ne me suis jamais fait chasser à une heure pareille... Mademoiselle l'hôtesse de l'air n'y va pas de main morte avec moi, blague-t-il en soulevant la couverture.

Je remarque le relief de ses côtes qui saillent à travers sa pilosité masculine. Ses abdominaux discrets, cachés sous cette peau encore bronzée, me disent : « Viens te coller. » Des souvenirs de notre premier baiser jaillissent dans mon esprit. C'était si doux, si lent. Moi qui adore embrasser, j'ai l'impression d'avoir trouvé mon double. Dès que nos lèvres se sont touchées, j'ai chassé instinctivement John de mon esprit. C'était comme si cet instant m'était réservé, qu'il n'avait pas le droit d'y entrer.

À mon grand désespoir, ce matin, mon commandant est revenu parmi nous. Il vogue à présent quelque part dans la pièce. Je m'efforce de le chasser en embrassant Ethan une dernière fois avant de me préparer.

— Tu es bizarre. Tu vas bien ?

— Oui, ça va. Je n'ai pas envie d'aller travailler, mens-je, consciente d'avoir l'esprit brouillé par John pour la millième fois.

— Je vais te laisser te préparer, dit-il en s'habillant à la hâte.

Si j'avais su que ce moment allait être le dernier avec lui, j'aurais peut-être fait les choses autrement. Je l'ai laissé filer en ajoutant seulement : « Je te rappelle à mon retour. » Il a senti ma distance. Il n'est pas dupe. La veille, j'avais compris ses intentions : rien de compliqué. Or, il s'avère que, depuis un certain temps, ma vie est compliquée, mon cœur est tourmenté. Je suis loin d'être prête, et il le sait.

De retour dans le salon, je reste campée au milieu de la pièce, pensive.

— Qu'est-ce que tu fais plantée là ? me lance Rupert, à moitié habillé.

— Qu'est-ce qui se passe, Scarlett ? On dirait que tu as vu un fantôme, ajoute aussitôt Béa en ouvrant la porte de sa chambre.

— Ben voyons, il y a un *party* dans le salon ? ajoute ironiquement René, la tête posée sur l'épaule de mon colocataire.

— Euh... non ! Et vous autres, qu'est-ce que vous avez à vous lever à cette heure-là ?

— René et moi venons d'être *draftés*, dit Rupert en bâillant à s'en décrocher la mâchoire.

— Hein ! Moi aussi ! lance Béa, étonnée.

— Ce ne serait pas pour un Punta Cana en retard par hasard ? leur demandé-je en espérant que ce soit le cas.

— Oui ! Comment tu sais ça ?

— Devine ?

* * *

Le blizzard avait enfin passé lorsque nous avons pris la route à bord du même véhicule. Simon- le-douanier s'est proposé pour nous conduire à l'aéroport. La tension entre nous avait disparu. Je me suis même surprise à l'imaginer en relation à long terme avec Béa. Il faut dire que nous étions sur le qui-vive pendant le trajet. Les routes déneigées pendant la nuit avaient été balayées à nouveau par le vent, et Simon, désormais pilote de course automobile, a dû mettre plein gaz pour traverser les longues traînées de neige durcies au sol. Ça en était inquiétant, de le voir repartir seul au volant de sa Passat Volkswagen. D'ailleurs, je remarque en marchant rapidement vers la barrière que Béa semble préoccupée.

— Tu l'aimes bien, Simon, hein ?

— Te dire non serait te mentir...

— Je suis désolée pour hier, Béa. John m'a un peu perturbée.

— Bon, qu'est-ce qu'il a fait encore ?

— Avant, je veux que tu me dises que tu me pardonnes, exigé-je en faisant la moue pour l'amadouer. Finalement, il est gentil, ton douanier !

Béa sourit et attrape mon bras. Je comprends qu'elle ne m'en veut pas. Je suis soulagée et lui annonce la nouvelle.

— John a laissé *Freaking*-Debbie...

— Quoi ? C'est une bonne ou une mauvaise nouvelle, ça ?

— C'est ça, le problème... Je ne le sais pas !

— C'est ce que tu attendais, non ?

— Oui, mais là, je viens de rencontrer Ethan ! Il me fait de l'effet.

— Fallait s'y attendre, Scarlett. C'est toujours quand l'un décide de tourner la page que l'autre se réveille enfin, m'explique-t-elle avant d'être interrompue par des applaudissements.

— Enfin ! On va pouvoir partir, dit un homme.

— On va peut-être réussir à le voir, notre soleil de la République ! s'écrie un autre.

Étrangement, je ne décèle pas la moindre parcelle d'arrogance dans ces propos. La foule est hystérique, mais pas enragée comme je l'aurais pensé. En réalité, un bref coup d'œil à travers la fenêtre suffit pour comprendre que la colère n'aurait pas arrangé les choses. Les véhicules de déneigement s'affairent sur la piste pour retirer une tonne de neige empêchant depuis la veille tout décollage. À ce qu'il paraît, notre avion était sur le point de partir quand l'aéroport a été fermé. Les passagers ont patienté une heure dans l'appareil toujours stationné à la barrière avant de retourner dans l'aire d'attente jusqu'à ce que la tempête se calme. Maintenant que les autorités aéroportuaires ont donné le feu vert aux décollages, les appareils s'alignent sur la piste l'un à la suite de l'autre.

En arrivant à la porte d'embarquement, je constate que les anciens membres d'équipage qui étaient censés travailler pendant le vol la veille sont toujours là. Comme personne ne connaissait la durée de la fermeture, ils ont été contraints de demeurer sur place, car si la tempête cessait enfin, il fallait partir dans l'immédiat. Malheureusement pour moi ou heureusement pour eux, toute cette attente a grugé leur temps en devoir et il n'est désormais plus légal pour eux de travailler sur le vol.

René reçoit une dernière mise à jour des événements par son homologue qui, pour son plus grand plaisir, est enfin relevé de ses fonctions.

— Une fois la porte fermée et tous les passagers à bord, les services au sol ont commencé à reculer l'avion, mais aussitôt, le commandant a reçu l'ordre de retourner à la barrière. La tempête était tellement intense que les autorités ont décidé de fermer l'aéroport, c'était plus sécuritaire.

— Une bonne bordée de neige comme on n'en a pas eu depuis longtemps, ajoute René.

— Pour une fois que ce n'est pas moi qui ai vécu ça ! me lance Rupert en faisant référence à sa réputation de porte-malheur.

— Ne parle pas trop vite, toi ! le préviens-je, consciente que tout est encore possible, car comme le dicton le dit si bien : « Tant que les roues ne sont pas rentrées, on n'est pas parti.»

* * *

— Mesdames et messieurs, bienvenue à bord de ce vol de VéoAir qui partira sous peu vers Punta Cana ! annonce René, plein d'entrain.

Tous les passagers applaudissent, heureux de commencer enfin leurs précieuses vacances. Les gens s'exclament en lançant d'éclatants « WOUHOU ! » et en soulevant les bras vers le plafond. Je suis agréablement surprise par cette bonne humeur qui flotte dans l'air. À croire qu'ils ont tous dormi sagement dans leur lit douillet pendant la nuit. Ou peut-être ont-ils englouti un élixir de bonheur, sous la forme de quelques verres d'alcool ? Étonnamment, je crois que les cocktails n'ont rien à voir là-dedans.

Les portes ont été fermées plus tôt que prévu et nous nous dirigeons maintenant vers l'aire de dégivrage. C'était inévitable, car comme l'appareil a été contraint de demeurer longtemps au sol, une abondante quantité de neige s'est accumulée sur le fuselage. Des flocons particulièrement collants et lourds se sont déposés sur les ailes. Il faut donc retirer toute cette neige avant de parcourir la piste, car elle pourrait ne pas s'envoler lorsque nous prendrons de la vitesse. Et pas question de prendre le risque de s'écraser en bout de piste à cause de l'avion qui serait trop lourd ou parce que le profil aérodynamique de l'aile est compromis par un givre indésirable. Autant l'asperger immédiatement d'une solution miracle. Ce n'est pas quinze petites minutes supplémentaires qui tortureront les passagers davantage.

Assise sur mon strapontin, j'observe le peu qui s'offre à moi. Je fais face à quelques compartiments avec l'inscription VéoAir embossée dans le métal. Deux fours argentés sont verrouillés par des loquets de sécurité. À leur gauche, un passage mène jusqu'au poste de pilotage. Je n'entends pas un son s'en échapper. L'unique bruit perçu à l'intérieur de la cabine est celui des jets de liquide de dégivrage projetés contre le fuselage de l'avion. Puis, le silence, et nous roulons à nouveau vers la piste. Une annonce se fait entendre. Elle rappelle aux passagers les consignes de sécurité. Le décollage est imminent, alors je resserre ma ceinture de sécurité, baisse la tête, tandis que, à vive allure, nous nous envolons.

En montée, je revois la nuit qui vient de passer. Ethan est dans ma chambre, en train de retirer son t-shirt blanc. J'ai les jambes qui ramollissent en le voyant se rapprocher de moi pour m'enlacer, me réchauffer. Et même si mon corps a envie de réclamer toute son attention, nous nous contentons de quelques baisers.

Malheureusement, ce matin, la réalité m'a rattrapée : une autre histoire d'amour n'est pas encore terminée. Il faudra la vivre pour savoir si elle se termine ou pas. En regardant par le hublot circulaire de ma porte, je ne vois que de la brume et des nuages. Nous sommes encore trop bas en altitude pour que le ciel bleu me fasse oublier le blizzard au sol. Néanmoins, le commandant éteint le signal des ceintures pour que nous puissions circuler dans la cabine.

Je n'ai pas le temps de me détacher que Rupert arrive à l'avant. Il m'ignore complètement et se poste en plein milieu de la *galley*. Il est blanc comme un drap, on jurerait qu'il a vu un fantôme. Il s'adresse immédiatement à René, chef de cabine et donc première personne à être mise au courant lors d'un problème pendant le vol.

— René ! Il y a du feu sur l'aile !

Quoi ? ! Je fige et reste bien collée sur mon strapontin. Je tends l'oreille, car René, bien qu'il ait parfaitement entendu la première fois, se croit soudainement sourd.

— Hein ? Peux-tu répéter, Rupert, je n'ai pas bien entendu...

— FEU ! J'ai dit FEU, René ! Il y a du FEU sur l'aile !

— OK, calme-toi. Quelle aile ?

— La droite ! *The right one !* Celle à tribord !

— Il faut que tu te calmes maintenant. Viens me montrer !

Ils partent ensemble dans la cabine. Avant d'appeler dans le poste de pilotage, un directeur doit s'assurer d'avoir recueilli toutes les informations importantes concernant le problème. Pendant que Rupert et René s'avancent dans l'allée, je me cache derrière le rideau et j'observe la scène.

Pendant que Rupert-porte-malheur montre discrètement l'endroit exact où le feu fait rage, je visualise cette aile remplie de kérosène s'enflammer pour calciner en peu de temps trois cents personnes. René se penche vers une rangée et s'allonge au-dessus des trois passagers qui le dévisagent, les yeux ronds comme des boules de billard. Évidemment, ce sont eux qui ont remarqué les flammes et rapporté l'observation à un membre de l'équipage. Le directeur regarde à travers le hublot, et moi, je me vois déjà bien morte, brûlée, en train de m'éparpiller en cendres quelque part audessus des frontières américaines.

Les voilà qui reviennent ! À voir la vitesse à laquelle René s'avance vers la *galley*, je déduis le verdict : il n'est pas positif...

Il traverse le rideau. Il a l'air en transe. Il est sûrement en mode « survie », mais, extraordinairement calme, il appelle dans le poste de pilotage.

— Salut, Henry, c'est René. Écoute, je pense qu'on a un problème. Il y a des passagers qui ont remarqué des flammes sur l'aile. Je viens d'aller vérifier et, effectivement, il y a bien des flammes.

Le commandant lui pose des questions.

— La droite. En bout d'aile. Oui... Près des volets. C'est ça, derrière le moteur. Oui... OK !

Il raccroche l'interphone et nous regarde. Rupert et moi blanchissons à vue d'œil.

— Le premier officier va sortir pour aller vérifier, nous informe René.

« Si le pilote sort du cockpit pour voir par lui-même l'aile, c'est encore moins bon signe », pensé-je. La porte blindée s'ouvre immédiatement et l'homme à la chemise aux galons dorés se dirige d'un pas rapide vers l'aile droite. René l'accompagne. Je jette un regard apeuré à Rupert. Il me fixe sans dire un mot, mais je suppose qu'il se maudit lui-même d'être un tel porte-malheur.

Dans mon scénario imaginaire, les recherches persistent pour retrouver la carcasse de l'avion. Ma mère et mon père ne s'en remettront jamais. Leur fille chérie venait tout juste d'avoir trente et un ans la veille. Si jeune pour quitter ce monde. Je n'ai pas pu leur dire un dernier adieu. John va peut-être s'en vouloir d'avoir autant attendu pour laisser sa femme. Ethan va rester sur sa faim. Je tente de me ressaisir : l'avion est encore en entier, bien en train de voler, il n'y a pas eu d'explosion. « Il me semble que des flammes et une aile remplie de kérosène ne font pas bon ménage et n'allouent pas autant de temps pour réfléchir... »

Le premier officier retraverse le rideau à peine une minute plus tard. Son teint est demeuré le même qu'avant sa visite en classe économique. Positif ?

René suit derrière. Il a la langue à terre, probablement à cause de la nervosité ainsi que des allers retours exécutés en un temps record. Malgré tout, sa coiffure tient encore parfaitement en place. Un vrai bichon frisé dans un concours de beauté, sauf qu'il sourit et essuie lui-même la sueur qui perle sur son front. Encore positif ?

— Il n'y a pas de feu, annonce le pilote, l'air soulagé.

— Comment ça, il n'y a pas de feu ? s'énerve Rupert pour se faire rassurer. Je l'ai vu de mes propres yeux !

— C'est le glycol orange qui s'échappe encore des ailes... Même couleur que des flammes.

— Quoi ? Le liquide de dégivrage ? demandé-je, curieuse de savoir comment un liquide appliqué au sol n'a pas encore été éliminé par 800 kilomètres à l'heure de puissance.

— En théorie, il aurait dû s'enlever au décollage...

— En tout cas, ton glycol vient de me faire une de ces peurs ! dis-je en riant.

— Ouf... J'aimerais pas te voir dans un cockpit, toi ! me lance-t-il pour me taquiner, ou plutôt pour me montrer l'immensité de son sang-froid.

On ne sait jamais ce qui se pointe au bout de son nez... surtout pas quand ce nez est celui d'un avion.

14

Chapitre 14

En vol (20 000 pieds avant d'atterrir à PUJ)

–Je n'arrive pas à croire qu'on a juste fait la moitié de notre journée, lance Béa en appliquant un *gloss* à la framboise avant l'atterrissage. Je resterais bien ici, moi.

— Voyons ! Qu'est-ce que tu pourrais bien vouloir faire ici ? Le sable est bien trop blanc !

— Ha ! Ha ! Je ne sais pas, moi... rien faire, justement !

— Eh bien, j'ai une mauvaise nouvelle à t'annoncer, Béa chérie... On ne reste pas !

— Merci pour l'info... De toute façon, je n'ai pas ma robe de plage ni mon maillot de bain. Il m'aurait aussi fallu des sandales sexy pour aller danser.

— Tu vois comme la vie est bien faite !

— Mal faite, tu veux dire...

— Mal ? Tu as quand même rencontré ton beau
Simon grâce à ton travail. C'est cool, ça...

— Très cool ! m'avoue-t-elle, sur un nuage en pensant à son douanier.

Plusieurs disent que l'amour des premiers mois est le meilleur. Des papillons nous parcourent l'estomac, notre cœur dévale à répétition des montages russes et nos petites hormones s'excitent pour un seul regard. À l'inverse, j'aime celui qui grandit, lorsque la confiance s'installe et que l'on se bâtit une vie ensemble. L'homme que l'on aime nous connaît alors mieux, nous comprend mieux et nous fait l'amour, je l'espère, comme un dieu. Je laisse Béa voguer sur son nuage, quoique nous sommes littéralement dans un nuage...

Le signal nous indiquant que l'avion effectue maintenant son approche finale vers notre destination se fait entendre. René rappelle aux passagers les dernières consignes de sécurité. Je parcours ensuite l'allée pour vérifier la cabine. Les bagages sont-ils bien rangés sous les sièges ? Les ceintures sont-elles bien attachées ? Les tablettes et les dossiers sont-ils bien relevés ? Au passage, je rencontre Rupert, qui s'assoit sur son strapontin. Je l'informe que j'ai vérifié sa section. En avançant pour regagner mon siège, je m'assure de vérifier les dernières rangées.

Ma ceinture bouclée, je contemple depuis mon hublot l'océan bleu qui s'étend en contrebas. Le turquoise s'étire à perte de vue sans laisser apparaître une seule inégalité, indice d'un vent quasi inexistant. J'entends la trappe du train d'atterrissage s'ouvrir pour laisser sortir les roues. « Bientôt, nous allons atterrir », pensé-je, et je ne remarque pas que le panneau « SORTIE DE SECOURS » au-dessus de ma porte n'est toujours pas allumé, ce qui indique dans ce type d'appareil que les roues sont effectivement sorties.

Subitement, les moteurs bourdonnent plus fort, une poussée se fait sentir et nous regagnons de l'altitude. La sonnerie spécifique au poste de pilotage se fait entendre, et René décroche l'interphone.

— Oui, c'est René. (Pause) Oui, je comprends. (Il me lance un regard furtif.) OK. (Pause) Bien compris. (Pause) Tu le fais ou c'est moi ? (Pause) Parfait. J'avertis tout le monde.

Il raccroche.

— Quoi encore ? ! lancé-je de l'autre bout de la *galley*.

— Réponds à ton interphone, je vais faire un « appel conférence ».

Son ton n'est pas rassurant. Je décroche le combiné dès que je perçois la sonnerie.

— C'est Scarlett à la porte avant droite.

— C'est Béa en arrière.

— Ariane, à la porte centrale gauche.

— Rupert à la porte centrale droite.

Les autres membres d'équipage s'annoncent à leur tour. Le directeur de vol, maintenant certain d'avoir notre attention, poursuit aussitôt d'une voix calme.

— Le commandant vient de m'appeler. Il dit que, selon ses instruments, le train d'atterrissage avant ne serait pas verrouillé, donc il ne sait pas s'il est vraiment sorti...

René se trouve dans mon champ de vision, et sa nervosité me semble évidente. Il décroise les jambes, replace l'interphone sur son autre oreille, enfonce ses lunettes sur son nez et continue.

— Dans un instant, on va descendre vers l'aéroport pour passer à basse altitude près de la tour de contrôle. Ils vont nous dire si le train est au moins sorti. Ensuite, selon le verdict, on va s'ajuster. Tant qu'on n'a pas plus de détails sur l'état des roues, on reste assis sur nos strapontins. Le commandant va faire une annonce aux passagers pour les informer de la situation. Il n'y a aucune raison de s'inquiéter pour le moment, nous annonce-t-il d'un ton placide, alors que, selon moi, cette affirmation est plutôt alarmante.

Après avoir raccroché, je jette un bref coup d'œil à mon directeur. J'ai remarqué qu'il zozotait plus que d'habitude. « Sous l'effet du stress, le naturel revient vite au galop », me dis-je.

Pendant que l'appareil recommence à descendre, la voix du commandant se fait entendre à travers la cabine.

— Mesdames et messieurs, ici votre commandant. Comme vous l'aurez remarqué, nous avons repris de l'altitude et volons maintenant aux alentours de l'aéroport. Nous avons noté un problème mécanique au niveau du train d'atterrissage...

Les passagers s'étonnent à voix basse comme pour ne pas enterrer la voix au micro. J'entends des « hein ? » murmurés dans les rangées voisines. Je me réjouis de mon ancienneté, qui m'a permis de choisir une position à l'abri des regards des passagers.

— Pour des raisons de sécurité, nous devons descendre près de la tour de contrôle afin qu'ils vérifient l'état du train. Je vous tiendrai informés en temps et lieu. Merci de votre compréhension.

Comme si de rien n'était, l'appareil change de direction et se dirige vers la tour de contrôle. J'imagine alors un Dominicain, des jumelles dans les mains, tentant d'examiner depuis son mirador le dessous de l'avion. Le soleil l'aveugle, il change d'angle pour mieux voir, il se dit « *Dios mio !* Que la fenêtre est sale ! » et conclut, après plusieurs tentatives d'observations, qu'une série de roues très importantes manquent effectivement à l'appel. L'avion remonte enfin et je chasse cette idée de mon esprit. J'entends une fois de plus le timbre spécifique au poste de pilotage retentir dans la cabine. René décroche l'interphone.

— C'est René ! répond-il à la hâte. (Pause) Oui, je comprends. (Soupir de désespoir) OK. (Pause) Trente minutes ? Compris. (Pause) Pas de relocalisation des passagers ? Parfait. Merci. Je te rappelle quand la cabine est prête.

« Ça sent mauvais ! » pensé-je, et je décroche pour la deuxième fois mon interphone pour savoir dans quel pétrin nous sommes.

— Bon, le train est sorti, mais il y a encore cette indication qui dit qu'il n'est pas verrouillé, nous informe d'entrée de jeu le chef de cabine, qui demeure curieusement impassible. En gros, ça veut dire qu'à l'atterrissage il pourrait se replier sur lui-même, et on piquera du nez. Il va falloir préparer la cabine pour une éventuelle évacuation. Jusqu'à maintenant, ça va ?

Tels des robots, nous approuvons machinalement. Je ne revois pas mon corps qui gît parmi les débris d'avion. Ma mère n'est pas non plus en train de pleurer sur ma tombe. Je me surprends plutôt à réviser en boucle les situations d'urgence pour lesquelles je me suis exercée au simulateur cette année. Je suis en mode automatique, prête à agir. La voix de René est claire et aucun son ne réussit à me distraire de ses paroles.

— Comme il se peut que l'on pique du nez, le commandant va tourner autour de l'aéroport pour brûler le plus de carburant possible. On va atterrir dans trente minutes. Tous les passagers doivent rester à leur place. C'est lui qui va les informer d'ici une minute de la situation. Maintenant, à vos positions, ordonne-t-il.

Je me libère aussitôt des larges courroies qui serrent chaque côté de ma poitrine. Je ramasse une carte de sécurité et m'avance dans l'allée. Bien droite, j'appréhende les réactions des passagers lorsqu'ils entendront le commandant leur annoncer la mauvaise nouvelle.

J'ai une vue d'ensemble sur la cabine. Rupert m'a affiché une mine dépitée lorsqu'il s'est posté en milieu d'allée avec sa carte de sécurité à la main. Béa, tout au fond, avait plutôt l'air concentrée, sans expression. Quant à mes autres collègues, ils ont rapidement rejoint leur position respective dans l'allée.

— Mesdames et messieurs, ici de nouveau votre commandant. Je viens d'être avisé que les roues avant sont effectivement sorties...

Les passagers s'exclament de soulagement. Je demeure de marbre, prête à observer sous peu leurs regards de joie se transformer en regards de terreur. Les cris stridents de femmes meurtriront certainement mon tympan alors qu'elles agripperont les bras de leurs maris. Des bébés pleureront sous l'effet de l'agitation. Le commandant poursuit, et l'euphorie est anéantie.

— ... malheureusement, nos instruments indiquent toujours que les roues ne sont pas bien verrouillées. Par précaution, votre équipage doit vous préparer au cas où nous devrions évacuer une fois au sol. Je vous demande de rester calmes et d'écouter attentivement leurs instructions. Merci !

À mon grand étonnement, le silence règne. Les passagers attendent sûrement la suite. « C'est tout ? Juste ça comme explications ? » semblent-ils se dire. Oui, juste ça. Nos deux pilotes ont d'autres chats à fouetter pour le moment, et c'est maintenant à l'équipage de prendre la relève. René ne traîne pas et avec un sangfroid inégalé commence à lire le plan d'action pour un atterrissage d'urgence. Pendant ce temps, comme nous l'avons si souvent répété, nous effectuons les démonstrations de sécurité. Sauf que, pour une fois, nos spectateurs nous portent une attention soutenue.

Chaque phrase prononcée par le directeur est transformée en geste exécuté par l'équipage. Je revérifie que les bagages sont bien rangés, que les ceintures sont bien attachées. René demande aux passagers de retirer les cravates et de ranger tous les objets pointus, incluant les crayons, qui pourraient blesser autrui.

Nous démontrons la position d'urgence. Je m'accroupis dans l'allée pour entourer mes jambes de mes bras et baisser la tête. Je leur enseigne aussi une seconde façon pour se protéger en cas d'impact. Je bloque ma tête entre mes bras tendus, qui sont croisés l'un sur l'autre. Je m'assure que tous les passagers l'appliquent à la perfection en déposant les bras contre l'appui-tête du siège devant eux. Tous l'exécutent sans broncher.

Je montre ensuite où sont situées les sorties d'urgence en prenant soin d'indiquer celles qui se trouvent devant les passagers et non derrière, car je sais qu'en état de panique un passager se dirigera toujours instinctivement vers ce qui se trouve devant lui. Finalement, j'écoute les dernières explications du directeur de vol aux passagers. Il leur précise de sauter dans la glissière les bras croisés et de ne rien apporter. Cette dernière précision me laisse perplexe, car je suis consciente que plusieurs passagers n'hésiteront pas à prendre leurs bagages même si ces objets sans vie risquent de leur coûter la vie.

Le temps s'écoule rapidement, et après avoir revérifié chaque rangée, je cours à l'arrière avant qu'il ne soit trop tard.

— Béa ! m'écrié-je, perdant soudainement mon sang-froid en la voyant.

Elle cesse de retirer les rideaux, qui doivent être enlevés pour ne pas bloquer les sorties, et me prend dans ses bras.

— J'ai le goût de pleurer, m'avoue-t-elle, tremblotante.

Je n'ose pas lui confier que je ressens la même envie et j'essaie plutôt de la rassurer.

— Ça va bien se passer. Le train va rester en place.

— Tu crois ?

— Oui, j'en suis certaine. Le commandant a rappelé René et il lui a dit que le train se rétracte dans le sens inverse que celui où on atterrit. Donc, en touchant le sol, les roues devraient se bloquer d'elles-mêmes, inventé-je en pensant à des informations que j'ai lues quelque part sur Internet.

— Ah... OK !

— Je dois retourner à ma porte, mais avant, je voulais te dire que je t'aime...

— Moi aussi, Scarlett !

C'est fait, je n'ai pas pu m'empêcher de tomber dans le sentimental. Et si ça tournait mal ? Il faut être réaliste : un oiseau d'acier ne survole pas de près le sol pour se percher avec grâce sur la piste. Non ! Un avion qui s'écrase, IL S'ÉCRASE ! Il se pose avec dureté en produisant un « BOUM » fracassant ! Si les choses tournent mal et que ce gros nez glisse sur le sol, je peux m'attendre à ouvrir ma porte A) dans le champ de blé d'un latino en panique ou B) peut-être en bout de piste, là où j'ai vu cette eau turquoise tout à l'heure. Voilà que je m'affole encore. Je ne dois pas laisser mon imagination s'emballer.

En remontant l'allée, je cherche Rupert-porte- malheur pour lui déclarer mon amour sincère, mais il n'est pas sur son strapontin. J'arrive à l'avant et il est là, en panique, tenant la main de son amoureux, René.

— Comment veux-tu que je ne perde pas mon sang-froid devant tous ces passagers qui me scrutent à la loupe, la peur dans les yeux !

— Je sais, Rupert, mais il va falloir que tu te calmes. C'est toi qui dois ouvrir cette porte, si nous devons évacuer.

— Je sais, je sais ! Donne-moi deux minutes...

Il prend une profonde respiration. En levant les yeux, il m'aperçoit dans le coin de la *galley*, près de ma porte.

— Scarlett !

Je m'approche aussitôt de lui. Je lui flatte le dos et, en faisant un clin d'œil discret à René, je mens à nouveau pour le rassurer.

— Tout va bien aller, Rupert. Le commandant a rappelé tout à l'heure et a dit que le train se rétracte dans le sens inverse de celui où on atterrit. En touchant le sol, les roues devraient se bloquer d'elles-mêmes.

— Ah oui ?

— Oui ! Les chances que tu doives ouvrir ta porte sont minces. Calme-toi, maintenant, et retourne t'asseoir à ton strapontin.

Mon mensonge fonctionne et mon colocataire reprend ses esprits. Il donne un baiser discret à René, se retourne, m'embrasse sur la joue, s'encourage luimême en proclamant : *I am Superman !* Il se dirige ensuite vers sa porte. René et moi échangeons un dernier regard, puis je regagne mon siège, je m'attache et je prévois mentalement les prochaines étapes.

1) Avant l'impact, la voix du commandant se fera entendre au micro : *BRACE ! BRACE ! BRACE !* ordonnera- t-il. 2) Je me mettrai à crier : « PRENEZ LA

POSITION D'URGENCE ! PENCHEZ-VOUS ! »

3) J'entendrai des passagers hurler au meurtre à travers la cabine. 4) Je répéterai, le cœur battant : « PENCHEZVOUS ! » 5) Les passagers crieront encore plus fort. Et peut-être Rupert aussi... 6) L'appareil volera tout près du sol, et le commandant redressera au maximum le nez de l'avion pour qu'il touche en tout dernier lieu la piste. 7) Une voix robotisée se mettra à parler dans le cockpit. Je l'entendrai en sourdine à travers la porte blindée : *ONE HUNDRED FEET ! FIFTY ! THIRTY !*

TEN ! annoncera-t-elle aux pilotes. 8) Je ferai pipi dans ma culotte ! 9) Les roues arrière toucheront le sol et BOUM ! Une étape de faite ! 10) Le nez sera encore bien soulevé. Je me questionnerai. Les roues vont-elles se replier ? Le nez va-t-il toucher le sol, glisser sur la piste en faisant jaillir des milliers d'étincelles et s'enflammer avec moi juste au-dessus ? 11) BOUM ! Ça y est ! Je vais m'évanouir !

15

Chapitre 15

Punta Cana (PUJ)

–Ha ! Ha ! Ha ! Si t'avais vu la tête que tu m'as faite avant d'atterrir !

— Tu blagues, j'espère, Rupert ?

— Pas du tout ! Ton teint était grisâtre, comme celui d'un homme en pleine crise cardiaque.

— Je ne peux pas croire que tu me dises ça ! Toi, tu étais au bord des larmes en tenant la main de René et tu ne voulais plus retourner à ton strapontin ! Tu l'as déjà oubliée, celle-là?

— Euh... Oublie mon commentaire, je blaguais...

C'est fou comme une situation d'urgence peut vous décharger instanta-nément une dose extrême d'adrénaline pour vous plonger soudainement dans un état de transe. Nous sommes maintenant sains et saufs, mais nous éprouvons tous à notre façon des pertes de mémoire en ce qui concerne l'événement que nous venons de vivre, il y a de cela à peine deux heures. Les souvenirs referont surface sans aucun doute, sauf que, pour le moment, nous sommes encore drogués par les émotions.

Comme hypnotisée, j'ai exécuté machinalement ce pour quoi j'ai été engagée. Tout ce qui me revient, c'est ce « BOUM » qu'a produit le train avant en touchant le sol. Un « BOUM » pas trop fort, juste habituel. J'ai su immédiatement que nous allions rester sagement assis à nos sièges et que je n'aurais pas à ouvrir cette damnée porte. J'ai néanmoins continué à crier mes ordres et commandements aux passagers, consciente que, tant que l'appareil roulait sur la piste, tout était possible.

Pourtant, le faible impact des roues contre le sol m'a tiré un soupir de soulagement. J'ai su que la glissière n'allait pas se déployer sous mes yeux, que je ne la verrais pas se gonfler en cinq secondes et qu'aucun passager n'aurait à y sauter.

Pendant que des hurlements stridents faisaient presque éclater les vitres des hublots, je suis restée sur le qui-vive et j'ai attendu impatiemment le signal du commandant. Et puis cette voix rassurante a annulé l'évacuation, et tous les passagers sont descendus comme d'habitude par les escaliers. Cette fois-ci, par contre, ils ont été accueillis par un escadron de pompiers à bord de leurs camions. Un accueil comme ils n'en avaient jamais eu.

C'est d'ailleurs par ces mêmes escaliers que tout l'équipage est descendu sur le tarmac après avoir appris que l'avion était cloué au sol jusqu'au lendemain matin, car la pièce nécessaire pour réparer l'indicateur des roues n'arriverait que demain.

— Bonne fête, Scarlett ! s'est alors écriée Béa, exaltée de pouvoir passer la nuit à Punta Cana.

— *Yeah !* me suis-je également exclamée en entendant la nouvelle.

— Euh... Il y a quelqu'un qui a apporté son kit de survie ? Parce que moi pas... a demandé Rupert à l'équipage en entier, commandant et premier officier inclus.

Tous se sont regardés avec une expression de doute peinte sur leur visage. C'est alors que j'ai revu mon sac rouge en tissu contenant une paire de sandales, un maillot de bain, une robe de plage, une petite culotte ainsi qu'un pyjama, posé par terre dans le coin de ma chambre. Je n'oublie jamais d'apporter mon kit de survie, mais il fallait que je le fasse le jour où j'en aurais eu besoin ! J'ai jeté un coup d'œil à mes collègues, et mes inquiétudes se sont dissipées. Au moins, nous étions tous dans le même bateau !

* * *

— *Let's go, gang* ! lance René à l'équipage en brandissant sa carte de crédit au nom de la compagnie pour nous inciter à nous décider.

— Donne-moi deux minutes, je veux au moins me trouver des sous-vêtements de rechange, dit Ariane, une hôtesse dont la manucure suggère un certain raffinement.

— Retourne tes petites culottes, voyons ! lui conseille Rupert avant d'être fusillé du regard.

— Ben quoi ? Une nuit, tu n'en mourras pas ! se justifie-t-il.

Elle ignore sa remarque et continue sa quête active. Je doute qu'elle trouve ce qu'elle cherche, car ce n'est pas dans la boutique d'un *resort* de la République dominicaine que sont vendus les plus beaux vêtements.

Sur les tablettes, deux choix de bermudas : ceux dont l'imprimé est couvert de jolis dauphins ou ceux qui sont constellés de noix de coco. Au moins, l'assortiment des t-shirts est plus complet. Les modèles sont répartis par genre et divisés en sections : homme et femme, ensuite adulte, enfant et bébé. Côté look, c'est tout à fait unique et très recherché comme design... En gros, on peut lire pratiquement la même chose sur chaque t-shirt, sauf que le style varie légèrement de l'un à l'autre.

J'ai bien hésité entre le « PUNTA CANA ROCKS » et le « PUNTA CANA – DOMINICAN REPUBLIC », mais j'ai finalement opté pour celui qui témoignait d'un peu plus d'« attitude ». Mon t-shirt blanc avec l'inscription « BEACH BUM PUNTA CANA » a fait fureur, et tous les membres d'équipage ont pris le même. Une vraie équipe, il n'y a pas à dire !

— Tu ne vas pas mettre ça pour vrai ? m'étonné-je en voyant le bikini jaune fluorescent que Béa tient dans ses mains.

— Oh oui, ma chère ! C'est le seul qui me fait ! Pas question que je reste assise sur ma chaise à contempler cette mer bleue qui m'appelle depuis qu'on est arrivées. Allez, choisis-en un !

— Quand tu n'as pas le choix, tu n'as pas le choix ! dis-je en attrapant un bikini à paillettes rose bonbon sur l'étagère.

* * *

— Heille ! Vous ne seriez pas les hôtesses sur mon vol de ce matin par hasard ?

L'homme bedonnant barbotte à deux mètres de Béa et moi. Son visage ne me dit rien, mais je le crois sur parole. Après un vol aussi mouvementé, inévitablement, il reconnaît nos visages. Par contre, je dois avouer que je déteste lorsque mes passagers me reconnaissent, surtout lorsque je nage en pleine mer, vêtue du plus affreux bikini que j'ai eu à porter de ma vie. En crawlant plus loin, je lui confirme qu'il a sûrement raison. Il renchérit.

— On a vu aujourd'hui que, dans le fond, vous ne faites pas juste servir du Pepsi ! Hein ?

Il rit. Au moins, il ne nous en veut pas pour le retard d'hier ni de lui avoir fichu la trouille en plein vol. Il est de toute évidence heureux d'être arrivé dans son tout inclus. Béa paraît choquée par son commentaire et me regarde, ébahie. « Il nous demande vraiment ça ? semble-t-elle dire. C'est évident qu'on ne fait pas juste ça ! »

Je doute qu'elle se retienne pour l'inviter à s'expliquer. Comme je le craignais, elle crawle maintenant dans sa direction, pose les pieds sur le sable blanc et, en se laissant ballotter par la houle, elle lui demande :

— Est-ce que vous voulez dire que vous pensiez qu'un agent de bord n'est là que pour servir du Pepsi ?

— Ben oui, avoue-t-il sans gêne.

— OK...

Béa avale sa salive. Je crois qu'elle a vécu sa part d'émotions pour aujourd'hui et qu'elle n'a plus les idées claires. « Allons-nous-en », lui ordonné-je mentalement en lui tirant le bout du doigt pour qu'elle me suive. Apparemment, elle n'est pas décidée à partir, prête à décharger le stress qu'elle vient de vivre sur un pauvre passager ignorant.

— Eh bien, on emmène aussi des passagers comme vous en vacances, déclare-t-elle en retenant la colère qui menace de s'échapper.

— Hum, ce sont les pilotes qui nous emmènent dans le Sud, pas vous !

Monsieur Bedonnant n'a décidément pas froid aux yeux. Son commentaire vient de réveiller un volcan, et l'eau commence à bouillir autour de Béa. Des bulles remontent jusqu'à la surface. Ma meilleure amie meurt d'envie de lui dire sa façon de penser, mais je lui donne un léger coup de pied sous l'eau pour l'en empêcher.

À la rescousse, je tente d'éduquer cet homme qui sautille devant nous et qui, entre chaque bond, nous offre une vue imprenable sur son énorme panse.

— Vous savez que, sans agent de bord, aucun avion ne peut décoller avec des passagers ? précisé-je.

— Ça veut dire « bye, bye » les vacances ! ajoute Béa, moqueuse.

— Ben voyons ! Mon chum Guy a un Cessna, et j'embarque avec lui des fois. Il n'a pas d'hôtesse à bord, rétorque-t-il, avant d'ajouter sans retenue : quoique, une fois, il y a une fille qu'on a fait venir pour s'occuper de nous pendant le trajet...

Silence. Seules des éclaboussures projetées sur la surface de l'eau se font entendre. Monsieur Bedonnant sautille toujours autant, mais semble maintenant perdu dans ses pensées, quelque part à bord d'un Cessna libertin. Je fais signe à Béa de nager vers la plage. Ce n'est pas le genre de conversation que je m'attendais à engager avec l'un de mes passagers. Nous voyant nous éloigner, il revient à la réalité.

— Bye, bye, les hôtesses ! À la semaine prochaine ! J'ai hâte que vous me serviez mon Pepsi ! lance-t-il, la bedaine dans le vent.

Béa, sur le bord de l'éruption depuis un moment déjà, s'arrête net. J'ai l'impression qu'elle va bondir comme un poisson volant et atteindre en pleine figure cet homme dégoûtant. Elle se met plutôt à tousser. Elle a peut-être avalé de l'eau salée en nageant rapidement pour rejoindre la plage. Elle tousse fort, comme si elle devait expulser un gros morceau d'une substance inconnue coincé dans son œsophage.

— Béa, ça va ?

Monsieur Bedonnant, soudainement attentif à la scène, ouvre grands les yeux. Il s'avance tranquillement, inquiet.

— Ça va ? s'écrie-t-il, légèrement paniqué.

Et puis, à mon grand soulagement, Béa parvient enfin à expulser ce qui a failli l'étouffer. Elle prend une grande et profonde respiration et tousse un dernier bon coup.

— Kof ! Imbécile ! Kof !

Elle sourit, visiblement contente d'avoir chassé ce mot qu'elle mourait d'envie d'expulser. Satisfaite, elle s'adresse gentiment et avec un professionnalisme exagéré à Monsieur Bedonnant, qui sans aucun doute n'a rien entendu.

— Maintenant, ça va, le rassure-t-elle avant que nous regagnions nos chaises à l'ombre.

* * *

— *¡ Señor ! Un gin tonic con Bombay Gin por favor*, lancé-je au serveur derrière le bar.

— Tu fais ta difficile...

— Si tu veux que je danse toute la soirée, Béa, c'est le Bombay Gin qui m'aidera. Sinon, c'est le mal de tête assuré si je bois leur gin maison.

— *¡ Dos !* crie-t-elle alors, convaincue.

Ça fait une éternité que je n'ai pas passé une nuit à Punta Cana. J'ai toujours aimé danser, mais curieusement, je ne le fais que dans le Sud. En attendant mon verre, j'observe la piste de danse. Pas de doute, cette soirée sera mémorable. Rupert se déhanche langoureusement avec René. Il se colle derrière lui et pose les mains sur les hanches de son copain. Ce couple de tourtereaux s'agence à merveille. L'un porte les bermudas parsemés de dauphins, et l'autre, ceux aux noix de coco. Rupert a choisi un t-shirt de taille *small* pour mouler ses formes et René l'a imité. Et que disent les t-shirts ? BEACH BUM PUNTA CANA !

D'ailleurs, mes autres collègues portent également fièrement leur « Beach Bum » en dansant sur la piste. Les pilotes ont choisi les bermudas aux noix de coco. Un plaisir pour les yeux ! Quant à mes collègues féminines et moi, nous avons choisi un paréo agencé avec le haut de nos maillots. Après trois gin tonic, j'assume totalement mon choix.

Déjà une heure que nous sommes arrivés et nous n'avons pas cessé de danser. L'ambiance est festive, car un autre équipage de Toronto s'est joint à nous. C'est comme s'il n'y avait que le personnel de VéoAir dans cette discothèque. En fait, j'ai l'impression que c'est exactement le cas.

J'ai besoin d'une pause, alors je m'approche du bar pour commander une bouteille d'eau. Je m'assois sur le tabouret près du comptoir. À ma gauche se trouvent deux pilotes : Henry, le commandant sur mon vol d'aujourd'hui, et un autre qui m'est inconnu.

— L'histoire se termine bien, finalement, hein ? dis-je à Henry.

— Ouais, pas pire ! Je pensais bien qu'avec un problème du genre on allait rester ici pour la nuit.

— Moi, je pensais plutôt y laisser ma peau ! avoué-je en riant.

— Ça ne m'a même pas traversé l'esprit.

— Vraiment ?

— Pas eu le temps. Trop de choses à gérer et, surtout, le train était sorti. Plus rassurant, je suppose.

— Ouais, sous l'effet de l'adrénaline, tu ne penses à rien d'autre qu'à faire ce qu'il y a à faire, ajoute l'autre pilote.

— Désolée, fais-je, je ne me suis pas présentée. Je m'appelle Scarlett.

— Olivier !

— Tu es arrivé aujourd'hui toi aussi ?

— Oui, vers midi.

— C'est qui, ton équipage ?

— Je ne les connais pas personnellement, mais si tu les cherches, ils sont là à sauter comme des fous sur le *dance floor* ! précise-t-il en s'esclaffant et en les montrant du doigt.

Je ris avec lui, consciente d'avoir probablement eu l'air aussi folle qu'eux, il y a de cela deux minutes. Je commande un autre gin tonic.

— Tiens, au moins, je le connais, lui ! lance Olivier en fixant l'entrée de la discothèque.

— Une chance que tu le connais ! s'exclame Henry. C'est ton commandant !

Les deux gars se mettent à rigoler ensemble. Je ramasse mon *drink* sur le comptoir et fais un 180 degrés depuis mon tabouret pour voir de qui ils parlent. Et puis, je fige. Mon cœur arrête de battre un millième de seconde pour pousser ensuite à grands coups de masse contre ma poitrine. J'ai chaud. Il remarque ma surprise et je remarque aussi la sienne. Il ne s'attendait pas à me voir ici. En fait, je ne suis pas censée y être. Me voyant incapable de dire quoi que ce soit, arrivé à côté de moi, il prend les devants.

— Salut, Scarlett, soupire-t-il, visiblement heureux de me voir.

— Salut, John...

Rien d'autre ne sort. Je ne sais plus quoi penser.

— Beau t-shirt... me taquine-t-il pour m'arracher un sourire.

— Ouf ! Tu ne veux pas connaître l'histoire.

— T'inquiète pas, je la connais déjà. Comment vas-tu ? Tu n'as pas eu trop peur, j'espère?

— Juste un peu...

Je détourne la tête. Je suis déjà sous l'emprise de son charme, mais je tente de ne pas le lui montrer. Me voyant distante, il s'excuse auprès de ses collègues pour m'attirer en retrait. Ma main demeure dans la sienne jusqu'à la sortie du bar.

— Allons nous promener, j'ai besoin de te parler.

À mon grand désespoir, je meurs d'envie de le suivre. J'approuve d'un mouvement de la tête, et rapidement, il me guide vers la plage. Nous prenons place sur deux chaises oubliées pour la nuit. J'entends les vagues déferler sur la rive. Une douce brise me fait frissonner.

— Tu veux ma chemise ? m'offre-t-il gentiment.

— Merci, ça va, dis-je en fixant les étoiles au ciel.

— Je sais que tu m'en veux de ne pas avoir agi plus vite, mais j'avais des choses à régler.

Il pose sa main sur ma cuisse. Je la repousse aussitôt.

— Non, John ! Je t'en veux d'avoir agi uniquement parce que j'ai décidé de m'en aller ! Tu ne l'aurais jamais fait sinon... C'est ce qui m'attriste.

— Je n'étais pas prêt. Maintenant, je le suis.

— Et tu as pensé à moi ? À ce que je ressentais ? Tu es si certain que j'ai encore envie de continuer ? J'ai le droit de décider, moi aussi !

— Tu as le droit de faire ce que tu veux, Scarlett. Je ne suis plus avec Debbie, et ça restera comme ça, que tu reviennes à moi ou pas.

— Vraiment ?

— Oui, vraiment. Je n'étais pas heureux avec elle.

Le bonheur est ailleurs. Je le sais maintenant.

— Tant mieux.

Je détourne le regard, encore plus confuse qu'avant. Des branches de palmier virevoltent dans le vent, leurs silhouettes illuminées par un croissant de lune. John se lève et s'approprie un coin de ma chaise. Il pose à nouveau une main sur ma cuisse. Je ne la chasse pas.

— Scarlett, si tu me laisses t'aimer, tu feras de moi le plus heureux des hommes.

— Même sans ta femme dans le décor, John, je n'arrive pas à voir comment nous pourrions être ensemble.

— Pourquoi ?

— Un jour, tu m'as dit que tes enfants étaient ta priorité et que je passerais toujours en deuxième. Tu crois que c'est alléchant, ça, passer en deuxième, au lieu de bâtir une famille ensemble ?

— J'ai fait une erreur en te disant ça et je m'en excuse. Je me sentais coupable vis-à-vis des enfants.

Je n'aurais pas dû laisser notre relation s'envenimer.

— Hum...

— On peut se voir pour le moment lorsque je n'ai pas mes garçons. Un jour, tu pourras les rencontrer et nous serons réunis pour de bon. Je vais vivre au chalet pour un bout, tu pourras venir dès que tu seras en congé.

— Hum...

Je prends un tas de sable et laisse les grains glisser entre mes doigts. Mon silence lui fait peur. Il me sort le grand jeu.

— Te voir aujourd'hui me prouve que les sentiments que j'éprouve envers toi sont encore plus forts que je ne l'avais imaginé. Laisse-nous au moins une chance pour voir jusqu'où l'amour que l'on a l'un pour l'autre va nous mener. Je ne vais pas te laisser partir ainsi. Je t'aime trop et je sais que toi aussi.

Son discours est balayé aussitôt par la brise marine qui sale peu à peu ma peau. Je le veux encore dans ma vie, et il lit ma réponse dans mes yeux. Il s'approche alors pour m'embrasser. Je flaire son odeur et je ressens un désir fou de toucher ses lèvres. Au son des vagues, je m'abandonne à lui. Caché dans un coin sombre, sous un palmier, il me fait l'amour. Une écorce rugueuse m'écorche le dos à chaque mouvement. Mais je ne ressens aucune douleur, le plaisir est trop grand.

16

Chapitre 16

Montréal (YUL) – Panama City (PTY)

—Comment tu as pu avoir ça sur ton horaire ? Tu as fait un échange de vols ? me demande ma collègue en entrant dans l'avion.

Diane, l'hôtesse insomniaque, bascule la tête en attente d'une réponse. Ses cheveux ébouriffés semblent avoir souffert le martyre, et je me doute qu'elle a encore couru pour se rendre à l'aéroport.

— Non, imagine-toi donc que j'ai eu ça sans rien demander. Je suis la *language qualified* sur le MalagaMontréal, réponds-je.

— Hein ? Tu parles espagnol ?

— Oui.

— Vraiment ?

— Bien oui...

— Tu as des parents latinos ? Tu n'as pas une tête de latino, il me semble.

— Voyons, Diane, une langue, ça s'apprend !

Elle n'a pas l'air de me croire. J'essaie de changer de sujet.

— En passant, toi aussi tu es assez junior...

— Ouais ! J'ai fait un échange avec une vieille sacoche. Elle voulait rester à la maison. Je suis tellement contente ! Il fallait absolument que j'aille chez Primark faire des emplettes.

— Cool ! Comme ça, je ne serai pas la seule junior avec une gang de sacoches.

Je n'en reviens pas moi-même d'avoir obtenu ce long-courrier. Car, bien que je sois agente de bord depuis bientôt six ans, je suis encore au biberon dans l'aviation. Étant donné mon ancienneté, il m'arrive donc rarement, voire jamais de passer du temps dans le Sud, mis à part cette mésaventure à Punta Cana, il y a deux mois. Aussi, je vole rarement vers l'Europe en hiver, mais quelquefois de jolies surprises me sont offertes, comme en ce mois d'avril, où un huit jours a fait surface. Au programme : Panama City, Calgary, Londres et Malaga. Tous des vols directs.

Pendant que la directrice nous transmet les informations du vol, j'observe mes collègues un à un. En général, je me fais rapidement une idée de l'ambiance qui régnera entre nous, mais curieusement, aujourd'hui, rien. Aucune idée. J'ai déjà volé au moins une fois avec chacun d'entre eux, mais je n'ai jamais eu la chance de tisser des liens. Heureusement, j'ai déjà demandé à Rupert de me faire le point sur les potins concernant mes collègues. Ils sont tous très différents, selon lui, mais également sympathiques. C'est rassurant. J'ai tout de même envie d'avoir l'avis de John. Il est assez sénior. Il les connaît peut-être et me fournira plus d'informations. Discrètement, je sors mon iPhone et m'empresse de lui écrire avant d'effectuer mes vérifications prévol.

« Dans l'avion. Mis à part Diane l'insomniaque, équipage inconnu. Qu'est-ce que tu en penses ? Denise Thivierge. Mario Poulin. Alain Lessard. Robert Dutil. Harriette comme directrice... »

Comme avant chaque embarquement, je vérifie ma section et, en premier lieu, mon strapontin. Des scénarios catastrophes envahissent soudainement mon esprit. Peut-être les séquelles de ma dernière urgence ? Aujourd'hui, tandis que je m'assure que ma ceinture de sécurité s'attache bien, une idée me passe par la tête. « Je me demande si je resterais accrochée à mon strapontin si ma porte s'arrachait en plein vol... Pas de chance que ce siège tienne ! » Une idée absurde, car en vol, ma porte n'a aucune chance de s'ouvrir même si je soulève moi-même la poignée. À moins qu'une explosion crée un trou dans le fuselage ? Je chasse cette idée en entendant la sonnerie de mon téléphone retentir.

« Ouf, bonne chance ! » me répond mon beau commandant.

Assez minimaliste comme réponse. « Fidèle à luimême », pensé-je avant de le pousser à s'expliquer par un « ? ».

Je grogne intérieurement, car j'aurais aimé qu'il me fournisse des explications sans que j'aie à les lui demander explicitement. « Mon premier message l'invitait pourtant clairement à donner son opinion », me dis-je. Des points de suspension s'affichent dans la fenêtre de texte. Il m'écrit.

« Diane va encore être en retard. Alain et Robert, connais pas. Denise, joli sourire. Mario, un bon gars. Harriette, tu es tranquille, tu es une fille. »

À nouveau, il pique ma curiosité. Tout ce que Rupert m'a dit au sujet d'Harriette, c'est qu'elle rencontre des hommes à chaque escale. John semble en savoir davantage. Je l'incite une fois de plus à donner des détails, et pendant ce temps, je cours dans l'allée pour vérifier si chaque siège de passager est muni d'un gilet de sauvetage. De retour à mon sac à main, j'ai un nouveau message.

« Envahissante ! Toujours en train de rentrer dans le poste pour venir se frotter sur nous. Content de ne pas piloter aujourd'hui. Bon vol, ma belle ! »

« Merci pour les infos... Amuse-toi avec les enfants cette semaine ! xxx »

Je ferme mon téléphone, consciente qu'il est temps de travailler et que John ne répondra pas à mon dernier envoi. Je suis déçue de notre interaction. Je suis celle qui court depuis tout à l'heure d'une rangée à l'autre, mais j'ai l'impression que c'est plutôt John qui est occupé, alors que je sais que ce n'est pas le cas. Il est actuellement seul au chalet et ses deux garçons le rejoindront ce soir pour le souper. En voyant les passagers monter à bord, je tente de me ressaisir. Passer une semaine avec des collègues que je connais peu ne peut s'avérer que mémorable.

* * *

— ¿ Qué le gustaría beber para empezar ? nous demande le serveur panamien.

— ¡ Cerveza ! dit Mario, le seul homme hétéro parmi l'équipage.

— Ah non, moi, je veux du vin blanc, ajoute Alain d'une voix féminine. Scarlett, tu peux lui dire que je veux du blanc ?

— Oui, oui. Moi aussi, je vais en prendre avec toi. Quelqu'un d'autre en veut ?

La chaleur du Sud n'étant pas idéale pour un rouge, tous approuvent le blanc, et je passe la commande au serveur.

— Son vin, Scarlett... il est froid ? me demande ensuite Alain.

— Sûrement. Du vin blanc, c'est servi froid... — Demande-lui ! Juste pour être sûre.

Alain semble inquiet. On jurerait qu'il a dix ans d'âge mental malgré ses cheveux poivre et sel. Je m'empresse de répondre à sa requête pour le calmer.

— *Una pregunta... ¿ Su vino blanco está frío ?*

— *¡ Por supuesto !* me confirme le serveur avec un sourire.

— Il dit que oui.

— Il est froid un peu ou bien froid, froid ? Parce que moi, je le veux presque glacé, sinon c'est dégueulasse ! — Hum... tu veux vraiment que je lui demande ça ?

— Oui, s'il te plaît ! insiste-t-il.

Mon cher anxieux agite la tête de haut en bas tout en regardant à tour de rôle mes collègues assis autour de la table. Il essaie de nous vendre son opinion. Qu'il soit froid, moyennement froid ou bien froid, à mon avis, au Panama, une fois le liquide versé dans le verre, les degrés de sa température remontent assez vite. Alain a l'air du genre d'homme excessivement soucieux des détails. Je l'ai remarqué dans l'avion. Sur son chariot, il a déposé les bâtonnets dans un verre et a pris soin de piquer minutieusement quelques citrons. Puis il a ouvert les serviettes en accordéon afin qu'elles se distribuent convenablement. Je me contente alors de lui sourire et exécute sa demande.

— *Disculpe señor. Ultima pregunta. ¿ Su vino está bien frío ?*

— *Pues si, frío, señora...* — *Sí entiendo, ¿ pero bien frío, no ?*

— *Está frío...* répète-t-il en comprenant mal le sujet de mon interrogation.

Maintenant, c'est moi qui ai l'air d'une capricieuse. Je regarde Alain, qui scrute le serveur intensément en quête d'un indice qui dévoilerait un mensonge de sa part. Ma patience a ses limites.

— *Por favor, traenos un recipiente con hielo para el vino. Gracias,* conclus-je en accordant une pause au serveur.

— Bon, Alain, il va t'apporter un pichet de glace. Tu veux un thermomètre avec ça ? dis-je en faisant rire tout le monde.

* * *

Quelques verres de blanc plus tard, le serveur réapparaît. Vêtu d'une chemise blanche, un nœud papillon noir attaché au cou, il dépose discrètement les plats principaux sur la table. Je le remarque brièvement en oubliant de le remercier, trop absorbée par les histoires d'Harriette, la directrice de vol.

— Demain, à Calgary, j'ai un rendez-vous ! lance-t-elle.

Assise au bout de la table, elle nous dévoile sa vie intime sans que nous en ayons fait la demande. Tous l'écoutent attentivement pour ne pas l'offusquer, mais aussi en y portant un réel intérêt. Ce doit être notre côté « potineux » d'agents de bord... Il n'y a qu'Alain qui roule des yeux aux deux minutes ; il a sûrement déjà entendu ces mêmes histoires des milliers de fois.

— C'est avec qui, ce rendez-vous ? demande Denise.

— Aucune idée. Je sais seulement qu'il s'appelle Devon Klane.

— OK... Et vous allez manger où pour votre première *date* ?

— Nulle part. Il me rejoint dans ma chambre d'hôtel, et moi, je vais aller souper seule après, précise-t-elle.

— Attends une minute ! intervient Diane à brûlepourpoint. Tu l'invites dans ta chambre pour...

— DU SEXE, DIANE ! s'exclame Mario, qui s'est déjà fait une très bonne idée de la scène.

— Hein ? Mais tu ne sais même pas qui il est ! Tu as au moins vu une photo ?

Tout comme Diane, je suis sous le choc, mais je me contente d'écouter en silence. Les autres membres de l'équipage participent activement à la discussion, et j'ai l'impression que ce n'est pas leur première fois avec Harriette. Les confidences se poursuivent et, pendant que ma directrice des prochains jours nous parle de sa vie sexuelle, je l'analyse.

Je me demande quel genre d'hommes elle peut bien dénicher, car pour être honnête, elle ne possède pas des attributs dignes du nombre d'or. Son nez est long et retroussé, et ses sourcils, inexistants, sont dessinés par un fin trait de crayon noir. Elle doit être dans la cinquantaine, et ses cheveux sont d'un artificiel noir d'ébène. Sa silhouette est trapue et ronde. Elle doit habiller une taille HULK, et je me demande de quoi elle avait l'air lorsqu'elle a été embauchée comme agente de bord. Impossible qu'elle ait été aussi « pulpeuse » : elle peut à peine circuler dans l'allée. En fait, j'ai remarqué au cours du vol qu'elle s'y aventure uniquement de côté, son plantureux diamètre dépassant la limite permise pour y évoluer de face.

Les minutes passent, et j'en suis encore à l'observer dans les moindres détails, munie de mes jumelles invisibles. Après analyse, j'arrive à voir ce qui doit séduire les hommes. Elle est armée d'un charme fou. Son regard est pénétrant et ses yeux noisette sont fascinants. Chaque geste est fait avec douceur et exécuté sensuellement. En portant doucement son verre de vin à sa bouche, elle dépose délicatement les lèvres sur le rebord telle une tigresse caressant l'herbe pour ne pas être surprise par sa proie. Ses lèvres sont teintées d'un rouge charnel.

Mon visage doit afficher une expression de stupéfaction, car Harriette se tourne dans ma direction. « Je ne doute pas une seconde que certains hommes y trouvent leur compte, mais je suis bien contente que ce ne soit pas le cas de John », pensé-je avant d'être interrompue dans mon examen approfondi. Elle esquisse un sourire, puis s'adresse à moi.

— Scarlett, tu as l'air en état de choc. J'espère que je ne t'ai pas trop traumatisée avec mes histoires...

— Non, non, Harriette ! Je suis juste curieuse, c'est tout.

— Curieuse de quoi exactement ?

— Euh...

— Allez, ne sois pas timide ! Je suis celle qui en parle ouvertement.

— Je me demande d'abord où tu les trouves, ces gars-là ?

— Sur Internet !

— OK... Mais tu dis quoi, comme description ? « Je suis une femme qui veut juste faire du... » ?

— Ouais ! T'écris quoi ? interviennent Diane et Denise, vraiment captivées par la question.

— Bon, bon, je vais vous expliquer ça en détail, les filles.

— Ben là, pas trop de détails, ajoute Alain.

— Non, non, tais-toi, Alain ! Mets-en à la tonne, des détails ! corrige Mario, qui semble séduit par la maîtresse de cérémonie.

Harriette soulève sa fourchette, pique un ravioli et l'engloutit d'une seule bouchée. Elle se lèche ensuite les lèvres et poursuit.

— Premièrement, je suis mariée et je ne cherche pas une relation.

— Euh... T'es mariée ? m'étonné-je.

— Oui, Scarlett... Mais écoute ! J'aime le sexe, et mon mari aime moins ça. Je n'ai pas le choix ! Quand je pars travailler, je lui dis que je vais m'envoyer en l'air ! Je ne lui ai jamais menti...

— Ha ! Ha ! s'exclame Diane. Tu es hôtesse de l'air ! C'est évident que tu t'envoies en l'air ! Ha ! Ha !

— Mon pauvre mari rigole chaque fois que je dis ça. Il n'a jamais pris mon commentaire au premier degré.

— Tant mieux ! lance Denise, avec une pensée pour le mari.

— Bref, tout ça pour vous dire que je ne cherche pas une relation. Ma description se résume à « sexe pour sexe ».

— C'est tout ? Et tu attires n'importe quel gars ? demandé-je.

— Eh bien, seulement des gars qui aiment des filles comme moi. Parce qu'on ne va pas se le cacher, je suis ronde. Ce n'est pas tous les hommes qui sont attirés par une grosse paire de fesses comme les miennes... Quoiqu'il y en ait beaucoup plus que vous puissiez le penser!

— Ah ! Je te crois ! affirme Mario en riant.

La plantureuse déesse se retourne illico vers le seul hétéro de la table. Rien ne passe sous son radar. J'ai l'impression que, d'ici la fin de la semaine, il y en aura un qui tombera dans son filet.

— Pour ne décevoir personne, je me suis inscrite à des sites réservés aux femmes comme moi. Par exemple, « Ronde et jolie » ou *Large lovers*, précise-t-elle.

— OK... mais une fois que le rendez-vous est fixé, ça se passe comment ? Je veux dire, une fois dans la chambre ? demande sans gêne Mario, en quête de détails juteux.

— Woh ! *TIME OUT !* Je ne veux pas le savoir ! s'offusque Alain.

— Moi non plus ! renchérit Robert.

« Ah ! Qu'il se taise, ce Alain ! » pensé-je. De toute évidence, le reste de l'équipage est avide de connaître la suite. Harriette sourit. Elle meurt d'envie de tout dévoiler. J'ai aussi le goût de savoir. Elle va nous le dire, je le sais. Elle prend une gorgée de vin et avale le liquide en regardant Mario, qui figure maintenant clairement sur sa liste de futures conquêtes. Nous sommes suspendus à ses lèvres.

— Demain, après le vol, je vais appeler Devon pour lui donner mon numéro de chambre. En l'attendant, je vais me doucher. Il m'a déjà dit ce qu'il aime, alors je prévois bien lui faire plaisir.

— Tu vas faire quoi pour lui faire plaisir ? demande Mario, la langue à terre.

— Je vais rester nue sous ma nuisette, et quand il va ouvrir la porte, je vais...

Alain se met à tousser en frappant sur la table.

— CHUT !

Nous nous tournons en bloc vers notre collègue plaignard. « Qu'il parte, s'il ne veut pas savoir ! » Même si nous le fusillons du regard, Alain continue sa petite scène en frappant sur la table. Il a cessé de tousser et vient soudainement d'agrandir les yeux. Il porte sa main droite à sa gorge tout en continuant de cogner devant lui. Tout à coup, nous comprenons.

— Il s'étouffe ! s'écrie Robert, en panique.

Comme agents de bord, nous avons tous suivi une formation afin de savoir comment réagir dans de telles circonstances. L'instinct devrait en théorie prendre le dessus et nous devrions venir en aide à notre collègue, qui vire tranquillement au bleu. Ce soir, au Panama, notre compétence est mise à l'épreuve, et curieusement, pendant quelques secondes, personne ne bouge.

— Ben voyons, il s'étouffe ! renchérit Diane, qui demeure assise sur son siège sans rien faire.

Je fige également, encore en train d'assimiler la situation. Alain, assis en face de moi, ne tousse plus. Ses voies respiratoires sont officiellement bloquées. Il faut agir et vite !

— Débloque-le ! crié-je en regardant Mario, le plus fort d'entre nous, mais aussi le voisin de gauche de l'étouffé.

Mario me fixe, stupéfait, comme s'il venait d'être ramené à la réalité. Il bondit d'un trait en posant les deux pieds fermement au sol. Sa chaise recule d'un mètre derrière lui. Il ramasse son voisin par-derrière et le soulève dans les airs. Son banc tombe sur le plancher, mais je n'entends pas le bruit produit par l'impact sur la surface dure. Je reste concentrée sur l'opération de secours qui se déroule devant moi.

Notre héros presse fortement sur l'abdomen de son collègue. Une fois. Deux fois. Il continue la manœuvre en le secouant de bas en haut. Un coup de plus, mais rien ne sort.

— Plus fort ! hurle Diane au nom de tous.

Mario frappe violemment l'estomac d'Alain. Il se dit sans doute : « Au diable, la côte cassée ! » Il appuie tellement fort que, enfin, des sons commencent à s'échapper par la bouche de notre étouffé. Il recommence à tousser. Le silence règne. Nous l'encourageons mentalement. D'un élan de courage, il éjecte un morceau de viande à peine mâchouillé sur le bord de son assiette. Personne ne parle, comme si nous n'arrivons pas à croire ce qui vient de se passer. Je soupire, soulagée de la tournure des événements.

L'étouffé reprend ses esprits. Il nous regarde un à un et termine en adressant un regard larmoyant à son sauveur, qui vient de se rasseoir.

— Merci... lui dit-il d'une voix rauque.

Mario soupire à son tour, lui donne une grande tape dans le dos, comme le ferait un meilleur ami et, en affichant un sourire taquin, se retourne aussitôt vers Harriette.

— Donc, tu vas être nue sous ta nuisette, il va cogner à ta porte, et ensuite ?

17

Chapitre 17

Calgary (YYC) – Londres Gatwick (LGW)

–Bonjour à tous. Je m'appelle Steven McNamara et je serai votre commandant pour ce vol vers Gatwick. Mon commandant en second s'appelle Joey Roy. Le temps de vol prévu est de huit heures trentecinq, effectué à une altitude de 37 000 pieds. Pas de turbulence prévue.

Le commandant, armé d'un séduisant sourire, nous souhaite un bon vol. C'est vrai qu'il a une belle gueule, mais il est surtout grand et costaud. Il semble que je ne sois pas la seule à avoir remarqué son beau physique, car Harriette vient de lui flatter le bras en le remerciant de nous avoir fourni les informations concernant la traversée. Les deux pilotes sont ensuite retournés dans le poste. Ils ont sans doute pensé : « C'est qui, elle ? » Croyez-moi, les gars, vous le saurez assez vite !

— Bon, est-ce que vous voulez conserver les mêmes positions qu'hier ? nous demande Harriette d'un ton maternel.

— Oui ! nous exclamons-nous spontanément.

Depuis l'attaque du morceau de steak, une complicité règne parmi l'équipage. C'est comme si nos différences de caractère étaient devenues complémentaires. J'ai cessé de juger Alain et ses caprices. J'apprécie même son côté tatillon. Notre vol depuis le Panama vers Calgary s'est très bien déroulé et, ce soir, j'ai encore envie de travailler avec Diane sur le même chariot. En fait, elle n'est pas si perdue que cela. J'ai appris à la connaître et maintenant, lorsque je la sens égarée dans ses pensées, je me dépêche de la ramener à la réalité. J'imagine que c'est l'un des bons côtés de vivre une situation de stress entre collègues, les liens se resserrent. Notre étouffé s'est donc avéré la mascotte de la semaine.

— Mon petit Alain, veux-tu continuer à travailler avec Robert sur ton chariot ? le titille Mario d'un air protecteur.

— Oui, oui, je suis heureux comme ça, mon beau, lui lance-t-il avec un clin d'œil coquin.

— Woh ! Énerve-toi pas ! Je ne suis pas de ton bord ! le prévient l'éternel célibataire.

Nous pouffons de rire, mais rapidement, la directrice nous ramène à l'ordre par obligation. C'est vrai que nous avons un vol à effectuer.

— Allez vérifier vos sections et revenez ensuite signer la feuille pour que je commence l'embarquement. Bon vol, mes chéris ! nous souhaite Harriette, débordante de bonheur.

Nous connaissons tous la raison de son humeur radieuse. Dans le bus privé qui nous a amenés à l'aéroport, elle s'est fait un plaisir de nous parler de sa dernière conquête. Heureusement, elle s'est gardée de nous fournir les détails intimes.

De toute façon, j'avais les idées ailleurs pendant tout le trajet. Je volais déjà dans les nuages, pour être exacte. Un endroit où John m'a rarement transportée depuis que nous avons renoué. Pour être honnête, je n'ai vécu que des déceptions avec lui depuis deux mois, toujours forcée de mentir pour cacher notre relation. Je sais que ce n'est pas encore le bon moment pour s'afficher ensemble. *Freaking*-Debbie est tout de même une collègue, et je l'ai vue pleurer dans l'avion. Je n'avais pas le désir d'empirer son cas. Par respect pour elle, nous avons convenu de dissimuler notre amour. Seulement, quelquefois, je me demande si j'ai pris la bonne décision. Je repense à Ethan et à ses beaux yeux. J'aurais aimé mieux le connaître. Il est arrivé dans ma vie à un très mauvais moment. Hier, avant de m'endormir, j'ai eu une pensée pour lui. Étrangement, comme si je n'avais pas le droit de le faire, John m'a ramenée à la réalité.

J'ai entendu cogner à la porte de ma chambre. Je me suis levée précipitamment du lit. Qui pouvait bien vouloir me parler à une heure pareille à Calgary ? Un Mario en rut ? J'en doutais fortement. J'ai donc regardé à travers le judas de la porte et j'ai aperçu le maître d'hôtel tenant un bouquet de fleurs à la main. Il devait faire erreur.

— *Hello ?* l'ai-je salué par l'embrasure de la porte.

— *Miss Lambert ?*

— *Yes ?*

— *This is for you, ma'am. Have a great night !* m'a-t-il dit en me tendant un bouquet de roses rouges.

J'étais stupéfaite. Des roses rouges ! Je n'ai pas tardé à les déposer sur le bureau pour partir en quête de l'enveloppe contenant sans doute le nom de l'expéditeur. Jusqu'à cet instant, le nom de John ne m'avait pas encore effleuré l'esprit. J'ai plutôt pensé à Ethan... Pourtant, une seconde plus tard, j'ai réalisé qu'il n'avait aucun moyen de savoir dans quel hôtel je séjournais. Quoiqu'il aurait pu demander à Béa de consulter mon itinéraire de vol...

J'ai ouvert de manière expéditive l'enveloppe et, en lisant les mots « Je t'aime, mon amour » et la signature de John en dessous, j'ai ressenti comme un soulagement. « Il m'aime ! » ai-je pensé. Comme si j'en doutais... J'étais folle de joie ! J'ai admiré encore mon bouquet et j'ai compté chaque fleur. Il y en avait douze. Je connaissais bien la signification d'un tel bouquet : l'amour passionnel, l'une des plus belles preuves d'amour. Un bouquet de douze roses rouges pouvait également signifier une demande en mariage. Mon commandant n'en était sûrement pas conscient. Peu importe, il venait de me soulever au ciel. J'ai composé immédiatement son numéro de téléphone, mais son appareil était fermé. Il devait dormir à une heure aussi tardive.

Ce matin, comme c'est le réveil de l'hôtel qui m'a obligée à sortir du lit, je n'ai pas eu le temps d'appeler John pour le remercier. J'aurais pu lui écrire un court message, mais j'avais envie d'entendre sa voix. Un texto ne me convenait pas. Une fois à Londres, je compte bien l'appeler. Ça ne pourra pas nous faire de tort qu'il se languisse un peu de moi.

En déposant ma valise dans le compartiment à bagages, je m'assure que mon bouquet ne s'abîme pas. Il était hors de question que je m'en départisse. Je préfère lui faire parcourir le monde. Ainsi, mon amoureux sera d'une certaine façon présent avec moi jusqu'en Espagne. Bien sûr, j'ai omis de mentionner à mes collègues qu'un bouquet de roses rouges m'avait été offert la veille, ne voulant pas susciter de questions qui me forceraient à inventer une histoire ridicule.

L'embarquement terminé, je parcours une dernière fois l'allée afin de m'assurer que tous les bagages sont rangés sous les sièges. Une dame à l'accent anglais m'interpelle.

— *Excuse me, are you expecting turbulence during the flight ?*

— *Well, fortunately, the captain says not.*

— *Oh, lovely !*[1] soupire-t-elle en donnant deux petites tapes sur le bras de sa voisine.

Je rejoins ensuite mon strapontin en milieu de cabine, le temps que la vidéo de sécurité soit visionnée par les passagers. N'ayant rien à faire, une idée me traverse l'esprit. « C'est toujours lorsque le plan de vol n'en prévoit pas qu'on en a. » Bien sûr, je me garde de partager cette pensée avec Madame *Lovely*.

* * *

Nous volons depuis environ trois heures au-dessus du Nord canadien. Diane et moi servons les plateaux de repas aux passagers. Il me manque des casseroles, alors j'avise ma collègue que je pars en chercher à l'arrière.

— Tiens ! me dit Mario, l'agent de bord responsable de la *galley*, en me tendant un contenant rempli de casseroles.

Je rejoins ensuite Diane, qui n'a avancé que d'une rangée depuis que je suis partie. En déposant le contenant sur le chariot, j'aperçois le signal des ceintures de sécurité s'allumer. La voix d'Harriette se fait entendre au micro.

---

[1] . — Pardon, prévoyez-vous de la turbulence pendant le vol ?

　　— En fait, nous sommes chanceux, le capitaine dit que non.

　　— Oh, merveilleux !

— Mesdames et messieurs, nous traversons une zone de turbulence, s'il vous plaît retournez à vos sièges et attachez vos ceintures de sécurité. Veuillez ne pas utiliser les toilettes pendant cette période. Merci !

L'appareil ne valsant toujours pas de façon anormale, je termine de servir ma rangée. Diane, me voyant continuer, m'interroge :

— On continue quand même ?

— Non, non, je voulais juste servir tous les passagers de ma rangée. Allons ranger le chariot.

Elle semble soulagée que je ne veuille pas poursuivre la distribution. Pourtant, elle connaît autant que moi la procédure. Si le commandant prévoit quelques secousses, il est plus sécuritaire d'interrompre le service le temps nécessaire. Nous suivons donc les règles et sécurisons les chariots à l'arrière. J'informe ensuite Diane qu'en remontant pour m'asseoir à mon strapontin je vérifierai si les ceintures sont attachées.

En parcourant l'allée, je remarque que des verres glissent légèrement sur les tablettes. Des ondes de choc parcourent le liquide à l'intérieur, mais j'arrive à rejoindre normalement mon siège. Une fois ma ceinture bouclée, le calme revient et le commandant éteint le signal. Nous pouvons de nouveau circuler dans la cabine.

Ayant l'impression d'avoir fait un aller-retour à mon strapontin pour le simple plaisir, je redescends l'allée en affichant un sourire gêné. La dame anglaise m'agrippe au passage.

— *You said we were not expecting any turbulence...* — *Yes, but we can't predict it one hundred percent. This was really light turbulence, we shouldn't experience more than that.*

— *Lovely*[2], réplique-t-elle encore, confiante.

Comment lui expliquer que le ciel est un environnement changeant et que, bien que notre route ne prévoie pas nous faire passer dans une zone de turbulence, il se peut qu'en huit heures de vol la situation évolue ? Si,

---

[2]   . — Vous avez dit que vous ne prévoyiez pas de turbulence...
     — Oui, mais c'est impossible à prédire avec certitude. C'était de la turbulence très légère, et nous ne devrions pas en sentir davantage.
     — Merveilleux.

par chance, un avion nous précède, les pilotes en feront mention par radio aux autres appareils. Ce doit être ce qui s'est produit cette fois-ci, étant donné qu'aucune secousse ne s'était fait sentir avant que l'annonce soit entendue. Mon commentaire soulignant que ce n'était que de la turbulence légère semble rassurer Madame *Lovely,* car elle se retrempe les lèvres aussitôt dans le vin rouge, tandis que je retourne à mon chariot.

— Vous êtes rendus où exactement ? demande Mario pour évaluer le temps qu'il nous reste.

— À mi-cabine, précise Alain.

— Nous aussi, dis-je avant d'entendre à nouveau le signal des ceintures de sécurité s'allumer.

— Vraiment ? s'exclame Diane. Il n'aurait pas pu le laisser allumé au lieu de nous faire perdre notre temps comme ça ?

En vérité, certains pilotes n'ont pas la notion du temps, à mon avis. Ils sont là, dans leur coqueron, à regarder le beau ciel étoilé et les aurores boréales du Nord alors que, de notre côté, une fois la turbulence annoncée, plusieurs minutes s'écoulent avant que nous puissions enfin nous attacher. La règle du « quinze minutes » devrait exister : « Pilotes ! Lorsque vous enclenchez le bouton SEAT BELT ON, pourriez-vous au moins le laisser allumé quinze minutes pour que l'équipage n'ait pas l'air d'une gang de crétins ? »

Je retourne m'asseoir à mon strapontin sans même sentir une seule secousse. Cette fois-ci, au moins, j'ai le temps de m'imaginer ma future conversation avec John. J'ai hâte d'entendre sa voix et de lui dire combien il m'a fait plaisir en m'offrant des fleurs. Je m'ennuie de lui. Nous n'arrivons pas à nous voir souvent, car lorsqu'il ne travaille pas, il a les enfants. J'ai bien essayé d'échanger quelques vols pour travailler avec lui, mais ça n'a pas fonctionné. J'ai hâte de rencontrer ses deux garçons, seulement pour me faire une idée de notre future relation. Je lui en ai parlé l'autre jour, mais il m'a dit qu'ils n'étaient pas prêts. Pourtant, je n'ai jamais envisagé de les rencontrer de façon officielle. J'aurais tout simplement pu les croiser à l'épicerie, « par hasard ». Le signal s'éteint et je retourne à l'arrière avec un air embarrassé, car cette fois-ci il n'y a eu aucune secousse.

De retour à mi-cabine, nous poursuivons la distribution des repas. Certains sont désormais tièdes et j'ai honte de les offrir. J'essaie du mieux que je peux de sélectionner les casseroles les plus présentables, consciente pourtant que les dernières rangées se feront offrir les moins avantageuses. Je prie pour que les endormis ne se soient pas réveillés.

— Bon appétit ! *Enjoy !* dis-je avant d'entendre pour la troisième fois le signal des ceintures s'allumer. Diane, on continue, lui lancé-je en roulant des yeux.

Elle approuve en agitant la tête et par le fait même ses multiples couettes rebelles. Nos deux collègues dans l'allée voisine nous imitent et s'activent à servir au plus vite les derniers passagers. À entendre la voix monotone qu'utilise la directrice, j'ai l'impression qu'elle se croit aussi victime d'une mauvaise blague.

— Mesdames et messieurs, comme vous pouvez le voir, le commandant a À NOUVEAU allumé le signal des ceintures. Nous nous excusons pour ce désagrément. Veuillez vérifier UNE FOIS DE PLUS que votre ceinture est bien bouclée...

Comme prévu, l'appareil commence à bouger. À sentir ces légères secousses qui ne feraient pas de mal à une mouche, un jugement me traverse l'esprit : « Un vrai peureux, ce pilote. » Je poursuis ma besogne. Soudain, Mario s'approche de moi pour me parler.

— Harriette fait dire de tout ranger parce qu'on va passer dans une grosse zone de turbulence, me soufflet-il à l'oreille.

Vraiment ? « Hou ! J'ai peur », pensé-je sarcastiquement en continuant de servir les deux rangées restantes. Lorsque je rapporte le chariot à l'arrière, mon collègue responsable de la *galley* m'ordonne de retourner à mon strapontin immédiatement.

— Oui, oui, c'est ce que je fais ! m'offusqué-je, ne comprenant pas sa soudaine impatience.

Quiconque a déjà vécu de la forte turbulence sait qu'il ne faut pas prendre les avertissements à la légère. Et même si un commandant crie au loup deux fois en quinze minutes, la troisième sera peut-être celle qui nous secouera assez fort pour nous faire prier que ça cesse. En ce qui me concerne, je n'ai jamais eu peur en zone de turbulence pour la simple et bonne raison que je n'en ai jamais vécu de la vraie, comme dans les films. Oups, ai-je parlé trop vite ?

— Diane, je vais vérifier ta section en remontant.

Je m'immisce aussitôt dans l'allée, mais je ne parviens à avancer que d'une rangée, immobilisée par une secousse brutale qui m'aspire vers le bas. Je note une pression anormale dans mes jambes, qui poussent fermement contre le plancher. Mes deux genoux fléchissent et, instinctivement, je soulève les bras pour agripper avec force la bordure de soutien sous les compartiments à bagages. La pression s'équilibre ensuite, et j'arrive à avancer peu à peu.

J'ai une envie démesurée de me rendre à mon siège pour m'attacher solidement. Un pressentiment m'avertit qu'il me faudra faire vite, car l'appareil est maintenant secoué d'un côté et de l'autre d'une manière étrangement forte. J'entends des ceintures se boucler. CLIC ! CLIC ! CLIC ! Décidément, je ne suis pas la seule à avoir douté du sérieux de la situation.

Pour atteindre mon but, je garde les deux mains agrippées à la bordure et pose un pied devant l'autre en m'assurant d'ouvrir les jambes pour garder mon équilibre. Je marche comme un canard, mais au lieu d'émettre des coin-coin, je répète à voix haute la consigne :

— Ceintures ! *Seat belts !* Ceintures ! *Seat belts !*

Lorsque j'atteins mon siège et que je m'assois enfin, le degré d'intensité des secousses vient de monter d'un cran. Une force invisible me pousse contre mes courroies de sécurité, et ma tête valse de chaque côté. Je feins le parfait bonheur en voyant toutes ces paires d'yeux rivées sur moi. Bien que je meure d'envie que cette agitation se termine, la peur ne me gagne pas. Tout ce que je redoute est l'inévitable conséquence d'après le tumulte...

Comme des pantins tirés par des ficelles, mes passagers suivent en parfaite synchronisation les mêmes mouvements. À gauche et à droite. À droite et à gauche une seconde fois. Un cri par-ci, un cri par-là. Je resserre mes courroies en sentant mon postérieur se soulever dans les airs. Une annonce se fait entendre.

— Mesdames et messieurs, ici votre commandant. Nous traversons actuellement une zone de turbulence et nous venons de demander l'autorisation de changer d'altitude. La situation devrait s'améliorer sous peu.

J'entends les moteurs vrombir pour atteindre une altitude supérieure. Les secousses s'accentuent. Je tiens fermement mon siège en cuir, ce qui rend mes mains moites. Des bras de passagers s'élèvent vers le plafond. On me demande de venir. Il est hors de question que je me détache. Je refuse de mettre ma propre sécurité en danger. J'ose espérer que toutes les pochettes contiennent des sacs à vomi. C'est ce qui m'effraie le plus. Je n'ai nullement le désir de sentir cette horrible odeur se répandre à travers la cabine. Je ne m'agenouillerai pas non plus pour ramasser les dégâts, mais fournirai plutôt le nécessaire aux malchanceux.

Nous montons toujours, mais je ne remarque aucune amélioration du point de vue des secousses. Les coups persistent à un rythme effréné comme le ferait une locomotive à vapeur en circulant trop vite sur les rails d'un chemin de fer. De ma porte, je regarde à l'arrière de l'appareil, là où Diane est assise. J'arrive à peine à lire le mot « EXIT » au-dessus d'elle, car ma vue est brouillée par les vibrations.

Une main attire à nouveau mon attention. C'est celle de Madame *Lovely*. Je me doute que la panique l'a gagnée depuis belle lurette. Je soulève alors mon bras pour lui signifier que j'ai noté sa détresse. Néanmoins, je demeure sagement attachée à mon siège, ce qui, de toute évidence, ne la satisfait pas. Elle se lève et s'avance vers moi en tenant les sièges des passagers. Sa démarche rapide m'informe qu'elle n'en a pas pour longtemps avant d'expulser tout ce vin rouge qu'elle a ingurgité depuis le début du vol.

Consciente que les secondes sont maintenant comptées, j'ignore à mon tour les consignes de sécurité et la laisse se diriger vers les toilettes qui se situent derrière mon strapontin. En fait, j'étire plutôt le bras pour lui ouvrir la porte, car voir un passager venir ainsi vers soi sème aussitôt une sombre inquiétude chez un agent de bord. Si cette dame ne parvient pas à atteindre le cabinet de toilette à temps, où va-t-elle involontairement déverser le tout ? Par expérience, je sais que la réponse est : quelque part près de moi...

Elle presse le pas, me dépasse et atteint la cloison derrière mon siège. Je soupire de bonheur en l'imaginant déjà à l'intérieur du cabinet. Un strapontin est toujours installé près des toilettes et s'avère être une cible parfaite pour une attaque « vomissante ». En période de turbulence, je demeure clouée à mon siège, et les risques que ce vilain design d'avion joue contre moi sont très présents.

Me croyant hors de danger, je dévie la tête en direction de la cabine. Dans mon champ de vision arrière, Madame *Lovely* chancelle vers l'entrée et pose une main sur le cadre de la porte. Pourquoi n'entre-t-elle pas ? Je me retourne rapidement, mais n'aurai pas le temps d'achever ma rotation : la dame s'immobilise, se penche vers l'avant et, pour éviter de déverser le contenu de son estomac sur le mur, sur le plancher ou sur moi, elle pose instinctivement ses deux mains sur sa bouche en pensant peut-être : « Je vais réussir à contenir le tout dans mes mains ! » Vraiment ? Eh bien, NON ! NON ! et NON ! C'est impossible !

À une vitesse impressionnante, un liquide chaud plein de grumeaux jaillit en un trait rectiligne vers sa première destination : les paumes de Madame *Lovely*. En revanche, son trajet ne s'arrête pas là. Et où se termine-t-il ? Exactement là où je l'avais tant redouté : sur le mur, sur le plancher, sur le coin de mon strapontin... et sur moi. BEURK !

18

Chapitre 18

Malaga (AGP)

— Scarlett, tu vas à l'épicerie ? me demande Diane après avoir récupéré sa clé de chambre.

— Je vais aller jogger avant. Tu veux que je t'explique où c'est ?

Après avoir donné les directions du Corte Inglés à Diane et Denise, je monte à ma chambre. Il est 14 heures et nous venons d'effectuer une mise en place avec British Airways vers le sud de l'Espagne afin d'entreprendre demain la dernière portion de vol de notre itinéraire. J'ai hâte de retourner à la maison pour revoir mon commandant. J'ai réussi hier soir à le joindre depuis l'hôtel à Londres. J'avais tant d'histoires à lui raconter !

— John ! Tu ne croiras jamais ce qui vient de m'arriver ! me suis-je exclamé en entendant sa voix.

— Tu as reçu un bouquet de fleurs à ta chambre à Calgary ?

— Oui ! Oui ! Merci ! Tu m'as tellement fait plaisir ! ai-je continué sans lui révéler la dégoulinante raison de mon énervement.

— Je suis content que tu les aies aimées. Et mon mot ?

— Tu le sais, John...

— Je veux te l'entendre dire, a-t-il insisté.

— Je t'aime !

— Bon, j'aime mieux ça.

J'ai senti un sourire s'afficher sur son visage. J'ai décidé de profiter de ce moment de tendresse entre nous et d'omettre de lui mentionner ma mésaventure avec Madame *Lovely*. De toute façon, je n'aurais pas eu assez de mots pour décrire convenablement combien cette odeur âcre m'avait piqué les narines en se répandant sur mon uniforme.

— Tu reviens demain ?

— Non, dans deux jours. Demain, je vais à Malaga.

— Super ! Tu veux venir me rejoindre au chalet après ton vol ?

— Euh... tu n'as pas les garçons ?

— Non, Debbie vient les chercher demain soir. J'ai quatre jours pour toi, m'a-t-il annoncé, tout heureux.

— Je dois regarder ça. Si je n'atterris pas trop tard, je pourrais monter tout de suite après.

— Bon, tiens-moi au courant alors. Je dois te laisser maintenant, j'ai des courses à faire pour les poussins. — Oui, je comprends...

— Je t'embrasse.

— Je t'embrasse aussi, ai-je répondu, déçue de ne pas pouvoir parler davantage avec lui.

Pendant mon *deadhead* de trois heures tout à l'heure, j'ai réfléchi à ma « relation » avec John. Mon manque de lui draine mon énergie. J'aimerais le voir et lui parler plus souvent, mais je sais que j'espère en vain. Car mis à part le fait qu'il ait laissé sa femme, rien n'a changé depuis notre retour ensemble. Bon, je le verrai tout de même demain. Peut-être suis-je trop exigeante ?

Je sors immédiatement à l'extérieur pour jogger au bord de la mer. Comme je prévois faire un saut à l'épicerie au retour, je glisse ma carte de crédit dans ma poche de cuissard. Le temps est doux et la brise saline me remplit d'énergie. Après avoir parcouru le *paseo* vers l'est, je rebrousse chemin vers le centre commercial.

Rares sont les escales où je ne fais pas un arrêt dans un supermarché. Bien sûr, le dimanche quand tout est fermé, je suis contrainte de m'y soumettre. Mais encore. Il y aura toujours un opportuniste de banlieue qui ouvrira ses portes. À mon avis, entrer dans une épicerie, c'est visiter un pays. Les allées me parlent, me donnent des indices sur ses habitants, sur ses spécialités locales. Même le design intérieur d'un supermarché est révélateur.

En descendant au niveau inférieur du Corte Inglés, je remarque à l'entrée un café où sont offertes quelques tapas. Tout ce qu'il y a de plus simple : un morceau de pain recouvert de jambon séché. Pas de sauce, pas de mayo, pas de flafla, peut-être seulement un filet d'huile d'olive.

Les Espagnols, chaleureux, mais directs, ne passent pas par quatre chemins pour se faire comprendre. Et c'est d'ailleurs pour cette raison que je les aime tant. Dans un avion, pas besoin de les courtiser pour se faire aimer. Si l'un me lance rudement : ¡ *Que pasa* ! je le remettrai à sa place sans hésitation, et ce, sans même essuyer une réplique. En fait, cet homme, *a priori* impoli, m'appréciera et s'excusera sans doute d'avoir réagi de la sorte.

Je prends un panier rouge. J'y dépose d'abord un sac de roquette pour me concocter une salade lors de mon vol de retour. Si je le pouvais, j'en achèterais une déjà préparée, mais ici, les plats individuels n'abondent pas. Comme quoi, en Espagne, la culture individualiste est moins présente qu'en Amérique.

Un peu plus loin, je m'arrête devant la section des vins. Je prends un plaisir fou à lire les étiquettes sur chaque bouteille. J'opte pour deux, hum... trois... hum, quatre *riojas* ! Je me dis : « Au diable les taxes ! » et poursuis ma visite des lieux. Après avoir déposé de l'huile d'olive dans mon panier, je passe devant la section des conserves. Je ne suis pas charmée par l'offre : de la pieuvre coupée baignant dans l'huile, des *boquerones* (poissons de la famille des anchois), des asperges blanches dans le vinaigre... Je passe mon tour pour terminer ma course au comptoir des charcuteries.

— ¿ *Sí señora ?* me dit l'employée habillée d'un débardeur rayé vert et d'un nœud papillon.

— *Holà, me gustaría algunas lonchas de jamón serrano, por favor*, lui dis-je en salivant déjà.

Poser les pieds au pays de Don Quichotte sans déguster une ou deux tranches de jambon cru traditionnel serait commettre un péché. Je les engloutis sur le chemin du retour, une bouteille d'eau à la main. Ainsi, la faim ne me gagnera pas trop avant de rejoindre l'équipage pour l'apéro.

* * *

— Alors, on va où, Scarlett ? me demandent mes collègues, en me désignant d'office comme guide.

— Eh bien, je ne viens pas souvent ici, je connais quelques endroits, mais sans plus...

— Pas grave, on te fait confiance, ma belle, m'encourage Harriette.

— OK... Pourvu qu'Alain ne mange pas de steak !

blagué-je pour le taquiner une millième fois.

Jouer à la guide ne me plaît pas particulièrement. J'aime proposer des endroits où sortir, mais de là à prendre le groupe en charge, pas vraiment. Peut-être est-ce parce que j'ai peur de décevoir quelqu'un ? Il y a un peu de cela. Avant de choisir un resto où m'asseoir, j'analyse les lieux. Les prix sont-ils abordables ? La nourriture est-elle de qualité ? Y a-t-il suffisamment d'espace pour l'équipage ? Je déteste manger pour manger. J'aime passer des heures à discuter, à grignoter.

En optant pour l'apéro près de la cathédrale de l'Incarnation, je savais que l'expérience en vaudrait la peine. Sur la place, un homme joue de l'accordéon et des chevaux patientent sagement au coin de la rue, le temps qu'un touriste s'offre un tour de carriole. Quant à nous, nous buvons de la sangria au son de la musique.

— J'ai faim, grogne Alain.

— Moi aussi, renchérit sa copie, Robert.

— Vous voulez des tapas ? On peut commander quelques trucs et ensuite on va manger ailleurs, dis-je pour les rassurer.

— Est-ce que vous comptiez rentrer tard ? demande Denise. Je veux me coucher tôt ce soir.

— *Come on*, il est juste 8 heures ! réplique Mario en lançant un clin d'œil à Harriette, qui le guette depuis que nous sommes partis de l'hôtel.

— Tu veux que je m'étouffe, mon beau Mario ? menace Alain ironiquement.

— Le menu a quand même l'air correct ici. On a juste à rester, comme ça ceux qui voudront partir après pourront le faire et les autres pourront aller ailleurs, interviens-je dans le but de trouver un terrain d'entente.

— Parfait ! Qu'est-ce qu'on mange ? lance Harriette.

Une fois les plats déposés sur la table, nous commandons un autre pichet de sangria. Je pique une *croqueta* de morue ainsi que quelques olives tout en restant concentrée sur la conversation.

— J'ai hâte de retourner à la maison, mais ça ne sera pas reposant ! Mon mari a invité ses deux filles à souper avec ma belle-mère, dit Denise, une belle blonde d'une quarantaine d'années.

— Tu n'as pas dit l'autre jour que tu avais quatre enfants ? l'interroge Diane, mêlée.

— Oui. Mon mari en avait déjà deux quand on s'est rencontrés et on en a eu deux autres ensemble.

— Ah oui ? Tu l'as rencontré comment, si ce n'est pas indiscret ? demandé-je aussitôt, intriguée.

— Trop cliché...

— Il est pilote ? avancé-je, avec la ferme conviction de viser droit dans le mille.

— Ouais... Je l'ai rencontré quand j'ai commencé chez VéoAir. Ça va faire quinze ans cette année qu'on est ensemble, précise-t-elle.

Je pose mes deux coudes sur le rebord de la table. Mon intérêt marqué pour l'histoire de la belle Denise est évident. Je me dis que je devrais cesser mon interrogatoire, car j'ai peur de susciter à mon tour des questionnements ou de devenir la prochaine personne à être interviewée. Néanmoins, les similitudes entre sa vie et la mienne me gardent en haleine et me donnent espoir que John et moi, c'est possible. Je veux en savoir plus.

— Et si je peux me permettre, Denise, ton mari avait quel âge quand vous vous êtes rencontrés ?

— Trente-huit ans, et ses deux filles en avaient huit et dix. Il s'est casé trop tôt avec la mauvaise femme. Ça n'a pas été facile au début, mais maintenant la poussière est retombée.

— Ah ! Les hommes ! Ils nous rendent folles, s'exclame Harriette en agitant la main devant son visage en guise d'éventail.

— C'est vous, les femmes, qui nous rendez fous ! la corrige Mario en lui caressant l'avant-bras.

— OK, on change de sujet ! s'énerve Alain en remarquant la tension sexuelle grimper d'un cran entre nos deux collègues de travail.

Je suis consciente qu'en escale ou même sur la ligne, des rapprochements peuvent arriver. Avec Rupert, mon dictionnaire ambulant de potins, difficile de l'ignorer. Et puis, je n'ai pas rencontré mon beau pilote chez le nettoyeur... Cependant, tout comme Alain, je préfère être témoin de loin.

Les propos de Denise m'ayant insufflé de l'espoir, je décide de partir en même temps qu'elle pour retourner à l'hôtel et appeler John. Avant de composer son numéro, je m'assure qu'il est disponible pour me parler, car c'est la fin de la journée pour lui et c'est un moment occupé au retour de l'école : « Salut, amour. Je me couche bientôt. Tu es dispo pour jaser un peu ? »

Je pars me brosser les dents. Avant de m'installer au lit, je récupère le casque de douche offert par l'hôtel et y emballe la télécommande de la télévision. Je suis certaine qu'il n'y a pas une seule femme de ménage qui nettoie cet objet qui passe d'un client à l'autre. En allumant l'écran, un message apparaît sur mon iPhone.

« Plus tard. Peux pas parler maintenant. »

« OK... Plus tard sera trop tard pour moi. Je me couche », répliqué-je.

Je suis déçue. Je me demande si j'ai raison de l'être. Je change de chaîne et m'arrête sur un film. John me rassure aussitôt.

« On se voit demain ? À quelle heure tu atterris ? »

« À 14 heures. Je monte direct après si tu veux ? »

« Je t'attends. J'ai envie de toi... »

Seule dans mon lit, je suis assaillie d'images suggestives. J'ai le goût de m'aventurer dans cette avenue. D'ailleurs, n'est-ce pas lui qui vient d'entrouvrir la porte ?

« Tu vas me faire quoi, par exemple ? »

« L'amour, belle Scarlett... »

« Oui, mais quoi ? »

« Ne commence pas... Je suis avec les enfants... »

Si j'avais le choix entre me faire lancer un seau d'eau au visage et relire ce dernier message, je choisirais le seau. À nouveau, la déception m'envahit et je n'ose plus soutirer à John davantage d'attention, craintive d'en ressortir blessée en me faisant rappeler encore une fois que Scarlett passera toujours en deuxième. Je me contente d'un « bonne nuit » et règle le réveil pour le lendemain.

La tête sur l'oreiller, je n'arrive pas à fermer l'œil. Le décalage bat son plein : ces derniers jours, j'ai dormi chaque soir dans un fuseau horaire différent. Mon corps ne sait plus comment se comporter, et je comprends maintenant les vieilles sacoches qui m'ont vanté les bienfaits des somnifères. J'aurais dû les écouter et m'en procurer juste au cas. Je les entends encore me dire :

— Tu as deux choix : 1) tu n'en prends pas et tu travailles comme une loque humaine le lendemain ou 2) tu renies tes principes et tu dors comme un bébé pour être en pleine forme le lendemain. Tu préfères quoi ?

Je n'ai rien contre l'option deux. Sauf que je ne suis jamais allée chez le médecin pour me procurer le nécessaire. J'aurais pu aussi acheter des Donormyl, en vente libre en France, mais j'ai toujours pensé que j'étais blindée contre l'insomnie. Ce soir, j'ai la preuve que j'avais tort.

Un petit instant ! Je connais l'experte en problèmes de sommeil. Elle doit avoir une solution miracle pour moi ! Je décroche le combiné de téléphone, regarde son numéro de chambre sur la feuille d'équipage et l'appelle aussitôt.

— Allo ?

— Salut, Diane, désolée de t'appeler à cette heure-là...

— Non, ça va, je n'arrive pas à dormir de toute façon.

— Hum. Moi non plus. C'est pour ça que je t'appelle. Tu n'aurais pas une pilule, quelque chose ?

— Bien oui. Viens la chercher, je te prépare ça.

Je sors du lit et je pars immédiatement récupérer mon prix. Ma sauveuse m'ouvre sa porte dans un pyjama en coton ouaté rose fuchsia. Ses cheveux sont encore plus décoiffés que d'ordinaire et ses cernes bleutés sont plus prononcés.

— Tiens. Tu la prends seulement une fois dans ta chambre, parce qu'après deux minutes tu vas tomber raide endormie, me conseille-t-elle, bienveillante, en me tendant le comprimé blanc.

— Ah ! Merci ! Prends-en une aussi si tu veux dormir.

— Rien à faire. Ça marche plus pour moi, ces pilules-là. Il faut que j'aille voir mon médecin justement.

— Hum... c'est plate, ça. Tu crois que tu vas finir par dormir un peu au moins ?

— Oui, oui. Ne t'inquiète pas. Bonne nuit !

De retour à ma chambre, j'avale le cachet avec de l'eau et retourne au lit en regardant le plafond. Le port maritime à proximité projette des faisceaux de lumière dans plusieurs directions. Comme j'ai laissé le rideau légèrement entrouvert, des ombres se dessinent audessus de moi. Sur la peinture blanche, j'imagine un cœur, un profil d'Indien ou un objet qui ne ressemble à rien que je connais. Je me demande si je vais finir par sombrer dans le sommeil.

Soudain, mon jeu d'ombres et de lumières cesse. Pas que mes paupières s'alourdissent ou que je sois déjà en train de rêver, mais plutôt parce qu'un son extérieur attire mon attention. J'entends un « boum » suivi de quelques secousses qui font vibrer le mur derrière ma tête. Quelqu'un est-il tombé ? Avant de m'alarmer, je tends l'oreille. « Boum ! Boum ! Boum ! » entends-je encore.

Ce bruit provient de la chambre d'à côté et s'accentue rapidement en ébranlant de plus belle le mur de ma chambre. Je remarque le rythme constant des secousses et je conclus que personne ne s'est blessé. Des voix marmonnent, mais je ne parviens pas à percevoir ce qu'elles disent. Au bout d'une minute, elles deviennent plus fortes. Maintenant, je peux clairement distinguer la voix d'un homme et d'une femme qui s'activent dans la chambre voisine. L'homme s'exclame : « AH ! AH ! AH ! » La femme hurle : « OUI ! OUI ! OUI ! » Et le mur derrière ma tête fait : « Boum ! Boum ! Boum ! »

Je suis sidérée. Il n'y a pas de cela une heure, j'ai eu des pensées intimes pour mon commandant. J'étais loin de me douter que son refus d'alimenter mon désir serait remplacé par de torrides ébats provenant de la chambre d'à côté ! Comment vais-je réussir à dormir avec tout ce vacarme ? Cela fait une vingtaine de minutes que des « boums » déchaînés perturbent mes tympans à en faire rougir ma pudeur.

Consciente que j'ai affaire à de vraies bêtes de sexe, j'enfonce des bouchons dans mes oreilles. Désormais, les cris résonnent en bruit de fond et, peu à peu, mes paupières deviennent lourdes. Les « AH ! OUI ! » me parviennent au ralenti, tel le refrain d'une mélodie.

Transportée dans les bras de Morphée par cette musique libertine, je note soudainement une variation dans les paroles, mais je suis déjà trop loin pour réagir à quoi que ce soit. Je remercie la pilule salvatrice de Diane au son d'un « AH ! HARRIETTE ! » chanté par l'homme à bout de souffle et d'un « AH ! MARIO ! » chanté par ma plantureuse directrice de vol.

19

Chapitre 19

Les Laurentides

— Tiens, tiens, tiens... Qui est-ce qui me rend visite pour quatre jours ?

John descend les escaliers du chalet en bois rond et s'avance vers moi en affichant un sourire accueillant. Il a l'air heureux de me voir et m'embrasse aussitôt après avoir ouvert la portière de ma voiture.

— Ton vol a bien été ?

— Oui, très bien, mais je suis contente d'être arrivée. C'était trop long comme courrier.

— Tu es fatiguée ? Tu as faim ?

— Oui, ça ne va pas tarder. J'ai surtout envie de prendre une douche.

— Allez, entre que je prenne soin de toi.

L'avantage de fréquenter un pilote est que nous nous comprenons. John sait qu'en revenant d'un vol je ressens le besoin pressant de prendre une douche. Il sait aussi que mon énergie s'est fait aspirer à répétition et qu'un moment de tranquillité sera plus que bienvenu. En entrant à l'intérieur du chalet, je retrouve peu à peu ma sérénité. Les nuits étant encore fraîches, un feu a été allumé. Sur la cuisinière, un Creuset orange fait mijoter notre repas.

Une odeur de tomate et d'ail flotte dans l'air.

— Qu'est-ce que tu nous prépares ?

— Une sauce à spaghetti maison. Je nous ai aussi acheté de la laitue romaine. Tu crois que tu pourrais préparer ta salade César ?

— Bien sûr ! Tu as acheté le nécessaire ?

— Anchois, jaune d'œuf, Dijon, vinaigre de vin rouge ?

— Oui, ça fera. Tiens, j'ai acheté du vin en Espagne. Une bonne bouteille de *rioja*. Ouvre-la pendant que je prends ma douche, dis-je avant de me diriger dans la pièce d'à côté.

L'eau chaude sur mon corps est accueillie comme un cadeau du ciel, et je m'empresse de me savonner pour imprégner ma peau d'une odeur de lavande. En fermant les yeux pour nettoyer mon visage, j'entends le rideau de douche glisser sur la tige métallique.

— Je ne pouvais pas attendre. Tu m'as tellement manqué, me souffle mon commandant à l'oreille en s'approchant derrière moi.

— Ah oui ? dis-je innocemment en retirant le résidu de savon sur mon visage.

Aucune réponse à ma question. Je n'en attendais pas réellement. Une langue rôde plutôt derrière ma nuque et glisse tout le long de ma colonne vertébrale. Elle m'oblige à ouvrir les jambes et s'immisce entre mes hanches. Je soulève le postérieur et la laisse me faire du bien. Comme si c'était la première fois, nous nous découvrons avec passion. Puis, le jet d'eau finit par passer de tiède à glacial et la faim nous gagne.

* * *

— Regarde le beau bouquet que j'ai reçu ! dis-je en brandissant les fleurs à moitié séchées.

— Tu l'as rapporté ?

— Oui ! Les roses étaient si belles que je n'arrivais pas à les jeter.

— Je suis content que ça t'ait fait plaisir. À nous deux, alors ! trinque-t-il en approchant son verre du mien.

— Miam, délicieux, le vin ! Avoue que j'ai fait un bon choix.

— En fait, je n'ai pas ouvert ta bouteille... — Ah non ?

— J'ai pensé qu'un italien se marierait mieux avec les pâtes. On boira la tienne demain.

— OK...

Quelques gorgées plus tard, la fatigue me gagne tranquillement. John, conscient des effets du décalage, propose une soirée cinéma. J'approuve, ravie de pouvoir m'installer confortablement sur son divan. Pendant qu'il fait bouillir les pâtes, je prépare la salade. Notre repas maintenant prêt, il me sert mon assiette et nous nous asseyons pour regarder le film. Plus tard, bien au chaud sous la couverture, je tenterai en vain d'être captivée par l'écran. Seulement John y parviendra, et je m'endormirai à ses côtés jusqu'à ce que nous rejoignions la chambre principale pour la nuit.

* * *

— Dring ! Dring ! Dring !

Je demeure immobile. John soulève mon bras qui l'entoure et s'étire pour répondre à son téléphone, mais avant de décrocher, il se retourne aussitôt vers moi pour me parler d'une voix paniquée.

— C'est Debbie !

— Hein ? dis-je, à moitié endormie.

— Chut ! Pas un mot ! m'ordonne-t-il.

Complètement réveillé, il se lève et s'assoit tout droit au bord du lit. Il tousse pour s'éclaircir la voix et répond. À l'autre bout du fil, j'entends la voix féminine s'exprimer avec vigueur. Pendant que John tente de calmer son ex-femme, j'assimile ce « chut » qu'il m'a lancé avant de décrocher. De toute évidence, il n'est pas prêt à lui dévoiler ma présence. Après deux minutes de conversation, il raccroche et pose sur moi un regard froid.

— Lève-toi, il faut que tu t'en ailles !

— Quoi ?

Il soulève la couverture qui me garde au chaud pour m'obliger à me lever. Je me frotte les yeux pour éclaircir ma vision. Je ne comprends pas très bien la situation.

— Debbie est en route. Elle me ramène les enfants. Elle ne se sent pas bien. Je ne veux pas qu'elle te voie ici ! Allez, vite !

— Attends une minute ! Tu veux que je parte maintenant ?

— Oui ! Maintenant ! Elle va arriver d'une minute à l'autre ! VITE !

À peine ai-je le temps de poser un pied sur le tapis que John a déjà enfilé son jean et un t-shirt. Il semble être en transe, et je comprends qu'un refus de partir n'est pas à considérer. Je m'habille rapidement en avalant avec difficulté, consciente qu'une goutte d'eau vient de faire déborder mon vase. « Je n'en peux plus ! » Pour me convaincre qu'il n'y aura plus de retour en arrière, je regarde l'homme que je croyais m'aimer s'activer pour me chasser de son précieux territoire.

D'une main, il récupère mon uniforme déposé sur la chaise à l'entrée. Il le jette dans ma valise sans même se soucier de le froisser. Il parcourt ensuite la pièce à la recherche d'autres vêtements que j'aurais pu laisser traîner quelque part. Il entre en trombe dans la salle de bain et récupère ma brosse à dents et mes pots de crème, qui finissent eux aussi avec l'uniforme. Il ramasse en dernier lieu ma bouteille de vin d'Espagne et me la tend aussitôt pour que je la range dans mon sac.

— Je te la laisse, me dit-il, comme pour me faire plaisir.

— Non, ça va, garde-la, je l'avais apportée pour nous deux...

Ce dernier commentaire, je l'ai fait dans le but précis de susciter en lui un minimum de culpabilité, mais je ne récolte pas l'effet escompté. Mes espoirs s'anéantissent lorsqu'il dépose lui-même la bouteille dans mon sac. Il fait ensuite un dernier tour d'horizon et fige près du passage menant à la cuisine.

— Oh ! Tu ne peux pas laisser ça ici ! s'affole-t-il.

Ignorant encore quel objet l'a presque poussé à faire un arrêt cardiaque, je sors la tête dans le vestibule. Je remarque alors mon bouquet de fleurs sur le comptoir. Oups ! Apparemment, mes roses de l'amour ne représentent rien pour lui. Ni plus rien pour moi, d'ailleurs.

— Jette-les donc ! crié-je d'un air détaché.

— Tu blagues, j'espère ! Si les enfants les trouvent !

— Ah ! Désolée, je n'y avais pas pensé...

Il est clair que, pour John, cette recherche d'objets compromettants est un travail d'équipe. Une fois mes valises prêtes, je reste néanmoins sur le pas de la porte un court instant, curieuse de connaître les prochaines étapes. Il

163

m'aide à soulever mes bagages et les transporte jusqu'à la voiture. Je sors à mon tour en ne voyant pas d'autre option que celle de le suivre.

— Je te téléphone ce soir, me dit-il en posant ses lèvres contre les miennes.

— OK...

— Sois prudente sur la route, ajoute-t-il.

La clé dans le contact, je fais démarrer la voiture et je m'éloigne sur le chemin de terre. J'aimerais pleurer, crier, mais j'en suis incapable. Je suis vidée. John vient de m'assommer tout en me réveillant brusquement. Dans ses yeux, je n'ai lu aucune compassion envers celle qui l'a aimé avant même qu'il ne lui adresse la parole, il y a de cela trois longues années. Il vient de chasser celle qui l'attend depuis presque deux ans, qui l'a suivi jusqu'à Rome, qui a menti pour lui, qui a mis ses foutus principes de côté par amour. Qu'est-ce que j'en tire au bout du compte ? Un coup de balai dans le derrière !

À mi-chemin de Montréal, je choisis de poursuivre ma route vers le nord jusqu'à Mont-Laurier. J'ai le cœur gros et seulement ma mère pourra prendre soin de moi. Je me demande ce que j'ai fait pour mériter ça. C'est comme si j'avais voulu me faire du mal. Mais je me connais. Si j'avais choisi Ethan, je n'en aurais jamais eu le cœur net : je me devais d'aller jusqu'au bout de mon histoire avec John. Une obstination qui ne m'aura menée nulle part. J'aimerais parler à Béa pour lui vider mon sac avant d'arriver, mais comme le signal varie d'un tournant à l'autre, je décide de patienter jusqu'à mon arrivée. Je monte alors le volume de la musique et me mets à chanter. À chaque refrain, j'évacue peu à peu ma frustration en me sentant plus légère. Je dois me rendre à l'évidence, une conversation s'impose entre John et moi. Je ne compte pas laisser traîner cette histoire bien longtemps. Côté patience, j'ai assez donné !

* * *

— Ma fille ! Qu'est-ce que tu fais ici ? s'écrie ma mère depuis la cuisine, un café à la main.

— J'ai besoin de me ressourcer.

— Ah oui ? Qu'est-ce qui s'est passé ?

— Rien, maman. J'ai seulement besoin de me faire dorloter pendant quelques jours.

— Je vais m'occuper de toi, tu vas voir. Viens ici que je t'embrasse, me rassure-t-elle avant de s'époumoner en appelant mon père.

— Victor ! Notre fille est venue nous rendre visite !

Son cri réussit à faire vibrer la maison entière. Je jurerais que l'écho de sa voix s'est fait entendre à des kilomètres à la ronde. La télévision diffuse des bruits de sirènes de police, sans doute les nouvelles morbides que mon père a l'habitude d'écouter. Le volume baisse, et je vois mon père s'avancer dans l'entrée pour m'accueillir à son tour.

— Ah ben, ma p'tite puce ! Tu es de bonne heure sur le piton !

— Je suis allée au chalet d'une amie hier soir. J'avais la moitié du chemin de fait.

— On te manquait ? Dis-le !

— Oui, beaucoup, réponds-je en leur décochant un sourire.

— Tu vas rester longtemps ? ajoute-t-il.

— Je vais voir...

— Victor, aide Scarlett avec ses bagages, intervient ma mère.

Mon père soupire et récupère mes valises. Il retourne ensuite à ses occupations, le temps que ma mère me fasse son discours de bienvenue. Chaque fois que je franchis le pas de la porte de la maison familiale, j'ai le droit à un drainant interrogatoire. À tout coup, la même routine : ma mère s'installera sur une chaise et me forcera à l'imiter. En gigotant de bonheur, elle me questionnera sur ma vie, sur mes derniers voyages, tout en me scrutant à la loupe. Ensuite, si j'hésite à répondre à ses questions ou demeure plutôt silencieuse, elle enchaînera sur les potins de la ville. Un vrai moulin à paroles.

— Tu arrives d'où comme ça ? m'interroge-t-elle en se frottant les deux pieds ensemble, un signe de jubilation de m'avoir auprès d'elle.

— Une amie. Elle vit près de Tremblant.

— Tu as dormi là hier ?

— Oui.

— Et tu as voyagé où dernièrement ?

— Un peu partout, maman, tu sais comment c'est...

— Ça veut dire où, ça ? insiste-t-elle.

— Panama, Londres, Espagne.

— Oh ! Ma fille, que tu es chanceuse !

— Ouais, réponds-je avec un manque d'entrain apparent.

Ma mère se lève et se sert un second café. Elle y ajoute du lait en m'observant de ses grands yeux bleus depuis le comptoir. J'ai l'impression qu'elle m'analyse sous toutes mes coutures, et c'est exactement ce qu'elle fait.

— Tu n'as pas l'air dans ton assiette. Qu'est-ce qui se passe ?

— Rien, maman. Je suis juste fatiguée, mens-je, consciente que ma mère me lit comme un livre ouvert.

— Juste ça ? Tu m'as pourtant l'air différente, m'avoue-t-elle en revenant s'asseoir près de moi.

Ma mère a un don pour tout flairer. Je ne peux rien lui cacher, et même si je tente l'impossible pour rester discrète, elle finit toujours par me sortir les vers du nez. Cette fois-ci, par contre, je refuse de lui dévoiler la raison de ma mine basse. J'ai trop honte de moi. J'ai réellement cru qu'un homme comme John en valait la peine. Alors que tout me poussait à en douter depuis le début. Entendre l'opinion de ma mère ne fera qu'empirer la situation.

— Ah, je ne sais pas, maman, nous avons beaucoup bu chez mon amie, c'est sûrement ça.

— Bon, si tu le dis. J'aurais pensé que c'était un gars...

Je rougis, incapable de cacher la vérité. Comment peut-elle le savoir ? Je sais bien qu'une mère connaît ses enfants comme le fond de sa poche, mais la mienne excelle dans ce domaine. Je m'efforce de brouiller les cartes.

— Non, non. Pas de gars. Je te l'aurais dit, tu le sais.

— Ouin, dit-elle en me regardant d'un œil suspicieux.

Elle ne me croit pas. Mais elle n'insiste pas. J'espère seulement qu'elle ne me questionnera plus à ce sujet. La connaissant, je doute qu'elle en reste là. Elle se lève pour aller chercher un livre de cuisine. Revenue s'asseoir, elle tourne quelques pages et s'arrête sur l'une d'elles.

— Tu prévois souper ici ce soir ?

— Bien sûr, voyons !

— Parfait ! Le bœuf bourguignon de ta grand-mère te convient ?

— Miam ! Vraiment !

— Tu pourrais me donner un coup de main avec les patates pilées, propose-t-elle. Comme ça, tu oublieras un peu ce petit gars qui t'a fait de la peine...

Elle vient de me prendre par surprise. Je savais qu'elle reviendrait à la charge, mais je ne pensais pas qu'elle le ferait aussi vite. Je meurs d'envie de lui faire part de l'histoire. J'en ai assez de mentir à tout le monde. De toute façon, l'opinion de ma mère ne fera que me convaincre davantage que je prends la bonne décision.

— Tu as raison, j'ai rencontré quelqu'un, maman.

— Je le savais ! s'exclame-t-elle en bondissant de bonheur sur sa chaise. Mon père s'immisce dans la conversation.

— Tu as rencontré quelqu'un, Scarlett ?

— Hum... Oui, mais c'est déjà fini.

— Hein ! Pourquoi ? Ça faisait si longtemps que ça ne t'était pas arrivé ! s'attriste déjà ma mère.

— Disons que c'était trop compliqué.

— Bon, bon, il y en aura d'autres, ma puce, m'encourage mon père avant de retourner s'asseoir dans le salon.

Le conseil paternel prodigué, ma mère enquête de plus belle.

— Il s'appelle comment, le petit gars ?

— John, confié-je, en riant discrètement du terme qu'elle a employé.

Le petit gars ! Ma mère est loin de se douter que je suis tombée amoureuse d'un homme de quarantedeux ans.

— Il fait quoi dans la vie ?

— Il est pilote.

— Ouf... Ça doit être un coureur de jupons ! Il t'a trompée, c'est ça ?

Son jugement ne me surprend pas. Moi-même, j'ai toujours eu une piètre estime des pilotes en matière de fidélité. J'avais présumé que John s'y soustrayait, mais n'était-ce pas contradictoire avec le fait qu'il ait trompé sa femme avec moi ? Comme pour salir sa réputation, je n'éprouve aucun scrupule à révéler enfin les faits, les vrais. Je n'ai plus de honte à le dire. Je prends alors une profonde respiration. Mon cœur s'emballe peu à peu, car je suis consciente que ma mère s'énervera en entendant mes prochains aveux.

— En fait, il a trompé sa femme avec moi.

— QUOI ? crie-t-elle sans retenue.

— Je suis tombée amoureuse d'un pilote qui avait une femme ! reprends-je en me libérant d'un poids énorme.

— Victor ! s'écrie ma mère en ouvrant les yeux aussi grands que ceux d'un primate miniature de Bornéo.

T'entends ça ? Ta fille était une maîtresse !

— Maman !

— Comment as-tu pu ? me reproche-t-elle, sans tenter de comprendre.

— J'étais en amour ! hurlé-je.

L'action depuis la cuisine oblige mon père à fermer le téléviseur et à venir tempérer la tension qui monte.

— Calme-toi, Agathe ! Ce n'est pas pour rien que ta fille ne te raconte jamais rien. Allez, Scarlett, continue.

— Non, oubliez ça !

— Je vais me calmer, m'avise ma mère.

— Il a quel âge, cet homme ? me demande posément mon père.

— Euh...

— Quoi, trente-six ? tente de deviner ma mère.

— Non, il est un peu plus vieux que cela.

— Trente-neuf ? avance mon père en faisant une grimace dans l'espoir que ça ne soit pas le cas.

— Quarante-deux, dis-je, honteuse.

— Quarante-deux ans !

— Agathe ! Calme-toi !

— OK. OK. Je me calme.

Je soupire, gênée.

— Quarante-deux et pas d'enfants ? continue-t-elle pour se torturer davantage.

— Maman, tu ne veux pas savoir...

— Oui, je veux le savoir ! Combien ?

— Combien quoi ? fais-je innocemment.

— Combien d'enfants il a ?

J'ai maintenant peur de la réaction hystérique qui s'ensuivra lorsqu'elle entendra ma réponse. Elle me fixe durement, comme si j'étais la plus ignoble des filles. Elle se lève et pose ses deux mains à plat sur la table. Je jurerais que, d'ici une minute, si je ne lui fournis pas l'information qu'elle désire, elle bondira sur la table et sortira ses crocs. Je cède.

— Il en a deux.

— Deux enfants ! rugit-elle en se prenant la tête, découragée.

Mon père, resté de marbre depuis le début de la conversation, ajoute d'un ton bienveillant :

— Eh bien, Scarlett, tu t'es évité bien du trouble !

— Oh oui ! Crois-moi ! réponds-je solennellement, convaincue qu'un retour en arrière n'est plus envisageable.

20

Chapitre 20

Montréal (YUL) – New York (JFK) – Providenciales, Turks-et-Caïcos (PLS)

–Ladies and gentlemen, we are now on our final descent into Providenciales airport, we ask that you fasten your seat belt, make sure your tray table is in the upright position...

L'appareil effectue un virage pour s'orienter vers la piste d'atterrissage. Étant donné notre inclinaison, il me suffirait d'ouvrir mon hublot pour tomber en ligne droite dans l'océan. Heureusement, les hublots d'avion ne s'ouvrent pas. Quoiqu'il y ait certainement une dame dans ce monde qui le pense toujours. Je l'entends encore me dire : « J'ai besoin d'air, vous pourriez ouvrir la fenêtre ? » C'est vrai qu'il faisait chaud à bord.

— Regarde comme la mer est belle ! me lance Béa, les yeux rivés sur le paysage paradisiaque.

— Magnifique ! Je n'ai jamais vu une mer aussi belle !

Les îles Turquoises sont réputées pour leurs superbes plages de sable blanc bordées par une mer cristalline. Plus nous perdons de l'altitude et plus je remarque les dégradés de bleu de l'océan. Les vagues déferlant sur la rive s'affichent en bleu et blanc pour ensuite virer au bleu crème en se mélangeant avec le sable. Plus loin, un turquoise vif peinture l'océan sur une centaine de mètres puis passe radicalement au marine foncé, là où la barrière de corail se termine. « La Terre est si belle », pensé-je en me tournant vers Béa, un sourire accroché au visage.

— Merci, dis-je en lui prenant la main.

— Merci à toi d'être venue avec moi.

— Non, Béa, merci à toi. Tu as gagné ce voyage, tu aurais pu inviter Simon, et c'est moi que tu as choisie. Je suis si heureuse ! J'avais tellement besoin de décrocher...

— Je sais et je peux te jurer que cette semaine sera mémorable !

— Tu crois ?

— *Oh yeah !* Je n'ai pas choisi n'importe quel Club Med, Scarlett ! Celui-là est réservé aux dix-huit ans et plus, et réputé pour ses clients célibataires !

— Mais tu n'es même pas célibataire... — Non, mais toi oui !

— Fraîchement célibataire... Et pour être honnête, je ne sais pas si je pourrai retomber amoureuse. John m'a aspiré toute mon énergie.

— Voyons ! Ne me dis pas que si je mettais le beau Ethan devant toi, tu n'en voudrais pas ?

— Hum... Je ne sais pas. Ça fait trop longtemps que je ne l'ai pas vu.

— Tu pourrais l'appeler à notre retour ?

— Je dois accepter mes choix, Béa. Ça ne sert à rien de regarder en arrière.

— Je te trouve pas mal têtue...

— J'ai besoin d'oublier le passé pour le moment, OK ?

— C'est justement pour ça que ce Club Med va te convenir parfaitement !

— Arrête ! Tout ce que j'espère de ce voyage, c'est de prendre du bon temps avec toi, rien de plus.

— Moi aussi, mais fais-moi une faveur, veux-tu ?

— Quoi ?

— Ouvre seulement les yeux. Dans tous les cas, ton John ne sera pas si difficile à battre ! — Ah ça, je te l'accorde !

* * *

— Bonjour à tous ! Je vous souhaite la bienvenue au Club Med Turquoise !

nous annonce le chef du village, vêtu de son polo blanc.

L'équipe des GO (gentils organisateurs) applaudit aussitôt, rendant l'ambiance festive. Pour la prochaine semaine, nous serons des GM (gentils membres) et participerons à toutes sortes d'activités sur le site. J'ai déjà l'intention d'apprendre la planche à voile, et Béa, le trapèze. Toutefois, en cette première journée, nous convenons d'aller nous étendre sur la plage pour nous faire dorer.

— Tu crois que John m'en veut de l'avoir laissé par téléphone ?

— Est-ce que ça a de l'importance ?

— C'est juste que, par téléphone, c'est ordinaire, non ?

— Tu n'avais pas le choix. Tu te connais. Tu aurais fondu en le voyant et tu n'aurais jamais été capable de le laisser.

— Tu as peut-être raison, mais après tout ce qu'on a vécu ensemble, il méritait une explication en personne.

— Arrête ça ! Qu'est-ce que vous avez vécu ensemble ?

Je prends une longue gorgée de *piña colada* pour réfléchir à la question. Une seule réponse me vient en tête.

— Du sexe. C'est tout ce qu'on a vécu ensemble, dis-je.

— Exactement. Passion et sexe. John ne t'a jamais rien donné d'autre.

— Et un bouquet de fleurs ! lancé-je en tentant d'en rire.

— Ha ! Ha ! Sérieusement, il est temps pour toi de tourner la page…

Béa a raison. Je ne peux pas ruminer mes vieilles histoires encore et encore, car cela signifierait que je ne suis pas prête à oublier mon commandant. Je dois tourner pour de bon la dernière page d'un chapitre appelé « John ». Une idée farfelue germe dans mon esprit.

— Attends-moi ici, je reviens, ordonné-je à Béa, en enroulant mon paréo autour de ma taille.

Je cours au bar central et m'adresse au serveur. Il me regarde, étonné. Il se dit sûrement : « Il n'y a qu'une fille pour me demander ce genre de chose ! » Peut-être, mais j'ai toujours rêvé d'accomplir ce rituel. Une fois le nécessaire obtenu, je rejoins mon amie. Il faut faire vite, le soleil se couchera bientôt.

— Wow, tu as bu vite ! s'exclame Béa en voyant la bouteille de vin vide que je dépose sur la table.

— Elle était déjà vide... c'est notre « bouteille à la mer » !

— Bonne idée !

Je tends un bout de papier à ma meilleure amie et lui indique d'y inscrire son nom, la date et notre adresse à Montréal. Qui sait qui récupérera notre bouteille ? Un marin irlandais ? Un Brésilien de Rio de Janeiro ? De mon côté, je m'installe confortablement et extériorise une dernière fois cette histoire d'amour qui s'est terminée et que je suis enfin prête à laisser aller. Je trace les mots sans rancœur sur le bout de papier. Je me sens légère comme l'air. Quant à Béa, elle inscrit ce qui lui plaît. Je ne le lis pas. Un message personnel dont elle seule connaîtra le contenu.

Nous enroulons tel un parchemin nos messages et les glissons dans la bouteille. À l'intérieur, ils prennent de l'expansion et bordent la surface ronde vitreuse. J'insère ensuite le bouchon de liège et, pour m'assurer qu'aucune goutte d'eau ne s'infiltrera, je fais couler la cire chaude d'une chandelle que j'ai récupérée en allant au bar.

— Wow, tu as pensé à tout ! dit Béa.

— Presque. Reste à savoir où nous lancerons cette bouteille.

— Là, devant nous, suggère-t-elle avec assurance en regardant l'océan.

— Avec les courants, elle risque d'être ramenée sur la plage. Il nous faut un quai. Quelques mètres de plus dans la mer augmenteront nos chances de réussite.

Mon amie se lève et s'avance sur la rive pour scruter les alentours. Elle remarque une plateforme flottante à l'extrémité droite de la plage et nous convenons de marcher dans cette direction. Trente minutes plus tard, nous y sommes. La noirceur s'installant peu à peu, nous nous rendons rapidement jusqu'au bout de ce tas de planches en bois fixées entre elles par de gros clous rouillés. Le quai bouge avec la houle et nous tentons de ne pas basculer par-dessus bord.

— Tu veux la lancer ? demandé-je.

— Non, lance-la, toi.

Je fais un pas en arrière pour me donner de l'impulsion. Je brandis sans attendre la bouteille et la laisse s'envoler au loin en tournoyant sur elle-même. Je l'imagine déjà en route vers le continent africain. Je n'entends que le son qu'elle produit en touchant la surface de l'eau. Ce « plouc » signifie pour moi qu'un chapitre vient de se terminer. J'ai déjà hâte de connaître le prochain.

* * *

— Planche à voile, ça te dit ? proposé-je à Béa, en sautant hors du lit.

— Ça te dérange si je prends ça relax aujourd'hui ?

— Du tout ! Ça te dérange si j'essaie sans toi ?

Elle me sourit. Elle sait que, lorsque j'ai une idée en tête, elle est là pour y rester.

— Non. J'irai avec toi demain, m'assure-t-elle.

Après le déjeuner, je passe m'inscrire au tableau des activités nautiques. Dans une heure, je suivrai un cours de planche à voile. J'espère ne pas être trop rouillée. Ma dernière fois remonte à lorsque j'avais seize ans.

Nous déposons nos serviettes sur deux chaises à l'ombre d'un palmier. Pour ma part, je déteste m'étendre comme une sardine au soleil pour griller, suer et devenir trop brune. Il est hors de question que je ressemble à l'un de mes passagers « vieux pruneau ».

Ceux-là, on les reconnaît assez vite. Ils font partie de ce groupe de gens qui bronzent sans brûler. Seulement, ils n'arrivent pas à gérer leur temps d'exposition au soleil. Ils ont créé une dépendance aux rayons UV. Ils se lèvent à sept heures du matin pour aller déposer égoïstement leur serviette sur une chaise. Ils partent ensuite déjeuner et reviennent deux heures plus tard pour se mettre à l'horizontale et y rester. Ils se font dorer un côté du corps durant quelques heures, puis c'est l'autre côté qui y passe. Le lendemain, la même routine.

À la fin de la semaine, ils sont noirs, calcinés. Leurs dents blanches nous aveuglent. Pour sourire, ils doivent faire un effort supplémentaire, car leurs muscles faciaux sont complètement figés. Tout le sébum de leur peau s'est évaporé sous l'effet de la chaleur, leur donnant une allure terne et sèche. Décidément, j'aime mieux ressembler à une oasis fleurissante du désert de Libye qu'au désert du Sahara.

Après avoir appliqué une bonne dose de crème sur mon corps, je salue mon amie et rejoins l'instructeur des sports. Il s'affaire encore à sortir l'équipement.

— *Hi*, lui dis-je. *I'm here for the windsurfing lesson.*

— *Scarlett ?*

— *Yes !*

— *Hi, I'm Sam. I'll be teaching you today.*

Il doit avoir vingt ans, mais dégage l'assurance d'un homme qui en a dix de plus. Ses cheveux blonds bouclés lui donnent l'allure d'un surfer de Malibu. Il semble que j'aurai droit à un cours privé, car après avoir enfilé un gilet de sauvetage, l'instructeur installe une voile sur l'une des planches, s'assure que le *wishbone*, cette barre qui entoure la voile pour permettre de la manœuvrer, est bien à ma hauteur, et il m'entraîne aussitôt dans l'eau.

— *Have you windsurfed before ?* me demande-t-il afin de connaître mon niveau de connaissance.

— *Yes, but a long time ago...*

Il me sourit, comme si mon affirmation revenait à dire que je ne connais rien à ce sport, et il se lance dans les explications. Le vent soufflant de la terre vers l'océan, si je réussis à contrôler ma voile, je pourrai longer la côte sans trop m'en éloigner. De parfaites conditions, m'annonce-t-il.

Une fois sur ma planche, je monte ma voile dos au vent et agrippe immédiatement la barre de retenue avec force. Je reste stable sur mes deux pieds et je prends de la vitesse. Je regarde Sam, et il me fait signe d'effectuer un virement de bord. Je tente le coup sans aide et j'y arrive au bout de quelques essais. Finalement, je ne suis pas si débutante que cela. J'imagine que c'est comme apprendre à pédaler : une fois le mouvement maîtrisé, on ne le perd jamais.

— *Well, you don't need my help anymore !* me lance Sam, impressionné par mon autonomie.

Mon instructeur, conscient que mes notions en matière de voile suffisent pour me laisser partir seule, me suggère de longer la côte jusqu'au quai à l'extrémité droite. Une fois là-bas, je n'aurai qu'à rebrousser chemin. Je m'élance dans cette direction avec confiance. Quelques mètres plus loin, je note une augmentation de la puissance du vent. La rapidité à laquelle je me rapproche du quai me surprend. J'essaie de fixer l'horizon sans baisser la tête afin d'éviter de perdre mon équilibre. Néanmoins, je suis certaine qu'en un seul coup d'œil je pourrais apercevoir ma réflexion sur cette mer lisse et cristalline où je glisse à vive allure. Mes bras tendus tentent de garder la voile soulevée, mais peu à peu je perds des forces. Je regarde derrière moi. Le Club Med se trouve déjà bien loin. J'ai dépassé le quai sans même m'en rendre compte. « Il est temps de faire demi-tour », pensé-je.

J'essaie de virer tranquillement vers la gauche. Je baisse la voile vers l'avant. Ou est-ce vers l'arrière ? Il est trop tard, car je plonge la tête la première sous l'eau. Je remonte sur ma planche et la tourne en direction inverse, ainsi je n'aurai pas à m'inquiéter pour le virage. Je tire sur la corde attachée au mât, mais mes forces ont décliné depuis mon départ et je n'y arrive pas. Je reprends la manœuvre et, une fois le *wishbone* en main, je glisse sur quelques mètres avant de retomber à l'eau. J'ai besoin d'une pause et me résous à m'asseoir une minute sur ma planche pour reprendre mon souffle.

Je n'aime pas flotter ainsi au-dessus de plusieurs mètres de profondeur. Mon imagination s'emballe. Qu'y a-t-il sous mes pieds ? Un requin mangeur d'hommes ? Non, probablement une tortue inoffensive, me dis-je pour me réconforter. Comme la peur commence à me gagner, je perçois derrière moi des éclaboussures dans l'eau. Je suis si terrifiée et mon expression doit parler d'elle-même, car en me retournant pour voir l'origine du bruit, j'entends :

— *Don't worry, it's not a shark, just a guy offering help.*

Mon visiteur laisse tomber sa voile et se retrouve au neutre sur sa planche à mes côtés. Je bégaye un semblant de « euh » avant d'esquisser un sourire. Cette hésitation n'est pas due au soulagement d'avoir évité la mort, mais bien au fait que je suis bouche bée.

J'ai devant moi un mâle alpha tout droit sorti d'une pub de Ralph Lauren. Ses pectoraux saillissent sous un chandail moulant qui le protège du soleil. Malgré son visage d'un blanc immaculé, je suis déjà sous le charme. Sans cette épaisse protection solaire, qui résisterait probablement à une bombe nucléaire, j'oublierais que nous sommes respectivement en train de pratiquer la planche à voile et je lui demanderais sur- le-champ s'il est célibataire. Hum... je mens. Jamais je n'oserais.

— *Are you okay ?* me demande-t-il.

— *Yes, I'm fine. Only a bit tired, that's all*, réponds-je, sans avouer mes doutes quant à ma capacité de me rendre à bon port.

— *I saw you fall. The wind is pushing hard now.*

Maybe I can help you get back to where you came from ?[3]

À l'entendre m'offrir son aide pour regagner la rive, je n'ai d'autre choix que d'accepter. Mon orgueil n'en souffrira pas trop. Comme il vient de le mentionner, le vent s'est levé. Sans aide ni technique, je n'y arriverai pas. Je préfère qu'un beau gars comme lui vienne à ma rescousse qu'être remorquée par le bateau du Club.

— *Thanks*, dis-je.

— *You're welcome. What's your name ?*

— *Scarlett. You ?*

— *Ryan. Nice to meet you, Scarlett*, me dit-il avant de monter sur sa planche et de m'inviter à faire de même.

Mon sauveur m'explique qu'il me faut me tenir droite, tout en pliant légèrement les jambes pour garder l'équilibre. Il m'est inutile de forcer, m'annoncet-il, car en soulevant la voile, l'eau s'en échappera graduellement. Après deux tentatives, je glisse à nouveau en direction du *resort*.

— Wahou ! m'exclamé-je.

Je file à toute vitesse sans me préoccuper de Ryan, qui me suit. Il est à quelques mètres de moi en diagonale, et je l'entends me donner des instructions. Plus vers la gauche. Plie les genoux. Remonte les fesses. Je réalise qu'il a une vue panoramique sur mon postérieur. Mais pour le moment, tout ce qui m'importe est de ranger cette planche pour la journée.

Enfin près de la rive, je lâche le mât et saute à l'eau.

Je suis saine et sauve, en un seul morceau.

— *Good job !* me lance-t-il en s'arrêtant à mes côtés.

— *Thanks ! Really happy to be back !*

Je lui souris et détourne le regard, intimidée. Je vois Béa qui s'approche

---

[3] . — Je t'ai vue tomber. Le vent est fort. Peut-être que je peux t'aider à retourner là d'où tu viens ?

pour m'accueillir.

— Wow ! Tu es une vraie pro ! déclare-t-elle avant de me chuchoter : « C'est qui, ce gars-là ? »

— C'est Ryan. Il m'a sauvée des dents de la mer. Il est beau, hein ?

Je n'hésite pas à prononcer ces mots à une distance audible de mon sauveur. De toute façon, je suis presque certaine qu'il ne parle pas français. Je me retourne vers lui pour lui présenter mon amie. Il la salue, se présente à son tour et me regarde ensuite de ses beaux yeux bleus.

— *So, do you girls have anything planned for tonight ?*

Pour une fois, je n'éprouve pas le désir de m'enfuir en courant. Mis à part manger et boire, nous n'avons rien de prévu. Je lui en fais mention. Il s'empresse de sauter sur l'occasion.

— *Well, would you like to join me for dinner ?*

Je meurs d'envie d'accepter son invitation. Mon expression en dit long, et Béa accepte en nos noms.

— *Great then ! I'll pick you up at 6 in the lobby. I'll bring my mate*, annonce-t-il.

— *Your mate ?* demande Béa.

— *Yes, my mate. I'm a captain and the guy working with me is my first mate. Really nice guy, you'll like him.*

— *I see* [4]... fait-elle, distraite.

En route vers notre chambre, le silence règne. Mon amie demeure muette. Elle sait qu'elle sera soumise à la tentation avec ce second officier de bateau qui nous accompagnera pour la soirée. Résistera-t-elle ? Pour ma part, il

---

[4] — Alors, les filles, avez-vous quelque chose de prévu ce soir ?

    [...]

    — Voudriez-vous vous joindre à moi pour le souper ?

    [...]

    — Super ! Je vais passer vous prendre à 18 heures dans le hall. Et j'amène mon lieutenant.

    — Ton lieutenant ? demande Béa.

    — Oui, mon lieutenant. Je suis capitaine, et celui qui travaille avec moi est mon lieutenant. Un gars très gentil, vous allez l'aimer.

    — Je vois... fait-elle, distraite.

semble que j'attire les capitaines. Mon *sailor* m'a déjà charmée. Reste à savoir s'il saura conserver les points qu'il vient de marquer en un tour de main.

21

Chapitre 21

Providenciales, Turks-et-Caïcos (PLS)

–Cheers !

Nous soulevons nos noix de coco respectives et trinquons à l'agréable soirée qui s'annonce. Le cocktail à base de rhum est délicieux, et j'aime bien la présentation. Le barman a coupé le dessus d'une noix de coco, en a expulsé l'eau avant de verser le *drink* à l'intérieur. Apparemment, il ne faut pas en prendre plus que deux, car il provoque des effets secondaires : frivolité, dévergondage, adultère... À en juger par le taux d'alcool qu'il contient, je parie qu'un seul suffira pour me mettre à l'aise.

— *So, you girls are flight attendants ?* nous demande SuperDave, l'ami de Ryan.

— *That's it,* confirme Béa, déjà sous le charme. *What about you ? Where does « SuperDave » come from ?*

En effet, son surnom m'intrigue aussi. SuperDave ? Est-il une espèce de héros ? Il semblerait que ce soit le contraire. Ryan nous explique combien son ami attire la malchance sur lui. En deux ans, il s'est retrouvé à l'hôpital douze fois. Sa dernière visite remonte à deux semaines. Il était en train de nettoyer la coque du bateau lorsqu'un groupe de méduses l'a entouré. Des démangeaisons intolérables s'en sont suivies. Sa peau est devenue rouge et irritée. Une visite chez le médecin a été nécessaire. Mais chaque fois, l'issue est la même : il en revient indemne, d'où son surnom de SuperDave.

— *Are you from Turks and Caicos ?* demandé-je à mon capitaine de voilier.

— *No, I'm from Texas.*

— *You learned to sail over there ?*

Je sais que cet État est énorme et qu'il borde en partie le golfe du Mexique, mais le mot « Texas » évoque pour moi des images de chevaux et de cowboys. Je ne vois ni voilier ni capitaine de bateau. Comment un Texan s'est-il retrouvé sur une île paradisiaque des Antilles à piloter un bateau ?

— *Well, I learned how to sail on a lake when I was little. But I mostly practiced on the Pacific Ocean. A few years ago, I crossed it alone from San Diego to Australia.*

Quoi ? Ai-je bien entendu ? Ce beau gars qui me regarde langoureusement dans les yeux en buvant un délicieux cocktail et qui m'a galamment aidée à regagner la rive tout à l'heure a traversé d'un bout à l'autre l'océan Pacifique sur son voilier, seul ?

— *Did you really ?* dis-je, convaincue d'être victime d'une blague.

— *Yes, I did. It took me three years.*

— *You're insane !* [5]

Pendant que Béa et SuperDave jasent de leur côté et que je réalise qu'elle sautera sans aucun doute la clôture d'ici la fin de la soirée, Ryan et moi apprenons à nous connaître. Je reste lucide, consciente que ce n'est qu'une histoire de voyage, mais je ne peux m'empêcher d'être sous le choc tant lui et moi voyons la vie du même œil. Il m'explique qu'il a décidé de prendre le large parce qu'il en avait assez de travailler du lundi au vendredi, à gagner de l'argent pour un autre, à attendre les week-ends impatiemment.

— *That's exactly why I fly. I don't work, I fly. I have fun !*

---

[5]   — J'ai appris à naviguer sur un lac quand j'étais petit. Mais je me suis surtout entraîné sur l'océan Pacifique. Il y a quelques années, je l'ai traversé seul, de San Diego à l'Australie.

[...]

— Vraiment ?

— Oui. Ça m'a pris trois ans.

— *Tu es un fou!*

— *Well, that's important. You should live your life. Don't wait to live it* [6], ajoute-t-il en se rapprochant de moi.

Des frissons parcourent ma nuque. Parce que je me doute que ses lèvres ne tarderont pas à toucher les miennes, mais aussi parce que sa vision de la vie m'impressionne. Il voulait vivre pleinement chaque jour et ne pas attendre dix ans pour s'offrir des vacances. Il n'a pas attendu. Il s'est acheté un voilier avec toutes ses économies, a planifié son voyage et a pris le large.

— *What was the name of your boat ?* lui demandé-je.

Souvent, cela en dit long sur les gens.

— *Bula*, me dit-il.

— *Bula ?*

— *It means anything from hello, goodbye, welcome, love and more in Fiji culture. Basically, it means life.*

Cette explication intensifie mon désir de l'embrasser sur-le-champ. *Bula* pour amour, bonjour, bienvenue. Un nom de bateau ayant une puissante signification. J'appréhendais un *Beauté chérie* ou un *Sexy lady*. Pas son genre, c'est évident. Mes barrières viennent de tomber ; j'avance mon visage vers le sien. Il cesse de parler. Il me sourit, pose sa main dans ma chevelure et m'attire vers lui pour rencontrer mes lèvres à mi-chemin. Un baiser doux pour s'apprivoiser. Juste assez pour me donner envie de continuer.

— *Hey guys !* nous interrompent à dessein Béa et SuperDave en se tenant la main.

J'éclate de rire, un peu gênée, comme si je venais de faire un mauvais coup, alors que c'est plutôt mon amie qui s'apprête à sombrer dans le vice.

— Béa ? Tu sais ce que tu fais ? lui murmuré-je pour m'assurer qu'elle n'aura aucun regret au petit matin.

— Il est mignon comme tout ! J'ai le goût, OK ?

Je n'ai aucun problème avec cette affirmation. Je suis beaucoup trop heureuse d'être ici avec ce charmant Ryan qui me fait sentir belle. C'est

---

[6] — C'est exactement pour ça que je travaille dans l'aviation. Je ne travaille pas, je vole. Je m'amuse !

    — C'est important. Il faut vivre ta vie. N'attends pas pour la vivre.

exactement ce dont j'avais besoin.

— *Would you girls like to go to the beach* ? nous demande mon capitaine.

Je regarde Béa. L'invitation est alléchante, d'autant plus que nous avons affaire à deux hommes qui sauront prendre soin de nous.

— *Sure,* répliqué-je.

Lorsque je monte à l'avant de la jeep, je souris en voyant les quelques exemplaires froissés du *National Geographic* qui gisent sous mes pieds. Béa et SuperDave s'installent à l'arrière. Nous nous engageons sur une route sablonneuse et sombre. Au bout de quelques minutes, nous nous arrêtons sur la plage, face à l'océan. La lune éclaire la mer, la faisant rayonner telles des milliers d'étoiles. Le moteur bourdonne encore que Béa et SuperDave s'élancent dans l'eau à moitié nus.

Je regarde le bel homme à mes côtés. Il vient de couper le contact. Les clés balancent doucement. Il monte le volume de la stéréo. Un air des Rolling Stones me transporte à mes seize ans. J'ai envie de l'embrasser toute la nuit comme mon premier *boyfriend*.

— *Come here*, murmure-t-il.

Je m'approche. Je sens sa respiration s'affoler. Mon cœur bat à en exploser. Là, sur la banquette d'une jeep poussiéreuse, je me laisse guider par mon *sailor* telle une voile sur son voilier.

* * *

— Quelles belles vacances on a eues ! dis-je alors que nous nous promenons sur la plage.

— Je sais ! C'est difficile de croire qu'on part déjà demain. Ç'a passé si vite.

— Tu vas le dire à Simon pour SuperDave ?

— Tu es folle ! Jamais de la vie ! C'est un douanier, pas un saint. Il ne me le pardonnera jamais.

— Tu crois que ça va durer avec lui ? — En tout cas, c'est mal parti... — Je pensais que tu l'aimais.

— J'ai dit que je l'aimais bien. Il manque quelque chose.

— Quoi ?

— Un « je-ne-sais-quoi »...

Apparemment, cette chère Béa ne regrette pas les événements des derniers jours. Comment pourrait-elle, c'était magique ! Chaque jour, nous avions l'impression d'être les seules femmes qui comptaient pour ces deux Adonis. Nous serons sans doute remplacées par d'autres la semaine prochaine, mais je ne le saurai jamais. Pendant mon séjour, Ryan et moi avons fait de la planche à voile. Je me suis beaucoup améliorée grâce à lui. Nous nous sommes quittés hier soir, car il devait rendre visite à sa mère aux États-Unis.

Pour notre dernière soirée ensemble, il m'a invitée dans un restaurant appelé Somewhere. Un groupe jouait de la musique reggae. Nous avons partagé un poisson entier. Il m'a dit qu'il aimerait beaucoup me revoir « quelque part ». J'ai ri du jeu de mots, mais il était sérieux. Il a insisté. Je devais être honnête avec lui : je ne suis pas prête à faire des allers-retours aux îles Turquoises en plus de voler aux quatre coins du monde pour mon job.

Je lui ai avoué que j'avais vraiment apprécié notre temps ensemble, mais que je n'en demandais pas plus. Je me suis surprise à être sincère à ce sujet. J'aurais plutôt été du genre à vouloir tenter le tout pour le tout auparavant. Ma relation avec John m'a certainement ramené les pieds sur terre.

— Je suis fière de toi, Scarlett, me dit Béa. Tu réalises que tu as réellement tourné la page avec ton pilote ?

— Je pense que oui. J'espère quand même ne pas tomber face à face avec lui prochainement. Ça m'aiderait...

— Il est tellement bon manipulateur qu'il pourrait te faire flancher.

— Ah ça, non ! Jamais plus !

Cette vive réaction rassure Béa. Elle a fait ce commentaire pour me tester. C'est bien joué, car je suis enflammée. Je viens de vivre en une semaine ce que j'aurais tant voulu vivre avec John et que je n'ai jamais eu. J'accélère la cadence en creusant de larges empreintes de pas dans le sable.

— Pas si vite ! C'était seulement pour voir si tu étais sérieuse !

— Ça va. Je ne suis pas fâchée. Seulement convaincue, dis-je avant de ralentir pour observer la scène devant nous.

Un groupe de touristes en maillot de bain sont rassemblés en cercle. J'entends des « Ho ! » et des « Ha ! ». Ils s'étonnent en chœur comme s'ils venaient de faire la découverte du siècle. Je regarde le sable sous leurs pieds. Je n'y vois aucun animal qui pourrait susciter autant de stupéfaction. Béa et moi nous approchons davantage. Que peuvent-ils avoir repéré ? Un trésor de pirates ?

Aussi curieuse qu'eux, je m'abaisse à imiter ces gens qui s'arrêtent sur le lieu d'un accident pour faire du voyeurisme. Quelque peu gênées de nous immiscer dans le groupe, Béa et moi restons en retrait en basculant la tête d'un côté et de l'autre pour tenter de voir ce qui retient leur attention. Soudain, j'entends :

— Il y a un message à l'intérieur !

— Peut-être qu'il a été écrit par un petit Africain, lance une fillette aux cheveux bouclés.

Mon instinct me dit que ce message provient de deux jeunes hôtesses de l'air en quête de liberté sur les plages d'un Club Med. Qui plus est, je suis prête à gager qu'il est contenu dans une bouteille lancée à la mer il y a moins d'une semaine...

— Je me doutais qu'un quai ne serait pas assez long ! m'exclamé-je en donnant un coup de coude à Béa.

— Tu ne crois pas que...

Pendant que je hoche la tête en guise d'approbation, une femme se met à lire tout haut le texte écrit sur un des morceaux de papier.

— Je m'appelle Béatrice Hamelin. J'ai écrit ce message le 20 avril 2013 sur la plage du Club Med des îles Turquoises. Cette semaine, je compte tromper Simon. Je ne suis pas satisfaite avec lui. Lorsqu'il me fait l'amour, il...

Celle qui traînait de la patte pendant notre promenade a retrouvé son énergie. Elle vient d'arracher le bout de papier des mains de la dame, qui s'apprêtait sans doute à dévoiler d'éloquents détails sur les lacunes sexuelles de son douanier. Je m'excuse auprès du groupe pour tenter de réparer les pots cassés. Ils éclatent de rire en voyant la couleur pourpre du visage de Béa. Je ne comprendrai jamais rien aux courants marins...

22

Chapitre 22

Montréal (YUL) – Istanbul (IST)

−Pardon, madame, vous allez bien ? murmuré-je à une passagère assise du côté de l'allée.

Mes préoccupations exprimées, je m'attends à ce qu'elle lève les yeux pour me rassurer. Au contraire, elle m'ignore. Je prends une demi-seconde pour l'observer.

La femme voilée est à genoux sur son siège et fait face au dossier. Elle est si minuscule qu'elle a réussi à se recroqueviller dans son fauteuil tout en se balançant de l'avant vers l'arrière. Comme je suis convaincue qu'elle sanglote, je m'apprête à lui toucher le bras, mais je remarque que ses deux mains s'ouvrent devant elle comme un livre. À cet instant, je remercie mon moment d'hésitation qui m'aura évité d'interrompre sa prière. Mis à part un temps de vol mortellement long, je me demandais en quoi un vol vers Istanbul différait d'un vers Punta Cana. J'en ai maintenant une vague idée.

Deux mois se sont écoulés depuis mon voyage aux îles Turquoises. J'ai troqué les vols du Sud contre les longs courriers vers l'est. Dans huit heures, une nouvelle destination s'inscrira sur ma liste. J'ai hâte de visiter cette ville. L'équipage s'est mis d'accord pour faire une visite éclair, car nous ne disposons malheureusement que d'une vingtaine d'heures en escale.

Pendant que je serai à Istanbul, Béa visitera Athènes. Ah, j'oubliais ! C'est finalement Simon le douanier qui a pris la poudre d'escampette. Elle n'a même pas eu à couper les ponts. Il a dû sentir la soupe chaude et a préféré se retirer la tête haute. Pour ce qui est de Rupert, il visite le Portugal avec son copain René. Je suis certaine qu'il va adorer. C'est un si beau pays, qui charme dès les premiers instants par ses habitants sympathiques, sa cuisine traditionnelle et ses plages magnifiques.

Je viens de parcourir l'allée de l'avant vers l'arrière. J'ai mis une éternité à gagner la *galley*, car je distribuais les couvertures. La cabine était glaciale et tous les passagers m'ont retenue par le bras pour en obtenir une. J'ai pris le temps d'aviser ceux qui n'en voulaient pas qu'après le décollage l'air se rafraîchit naturellement. Trente minutes sont nécessaires avant qu'une température agréable se rétablisse.

Lorsque je traverse le rideau pour rejoindre mes collègues, je remarque qu'un homme se tient debout près des toilettes. Il porte un voile ou plutôt une épaisse couverture sur la tête. Le drap tombe de chaque côté de sa personne. Un enfant penserait qu'un fantôme hante l'avion, mais je sais qu'une prière est plutôt en cours. J'ignore Monsieur Fantôme et prépare mon chariot.

— Tu es déjà allée à Istanbul ? demandé-je à Anick, une jeune hôtesse qui, lorsqu'elle parle, finit toujours par me perdre en cours de route.

— Oui, une fois, l'an passé. (Une seconde passe, puis une autre.) C'est très beau, ajoute-t-elle. (Une seconde, deux secondes passent.) J'aimerais aller au Grand Bazar, m'annonce-t-elle enfin en articulant lentement.

Le temps qu'elle a pris pour m'expliquer son plan de match suffit à me décider à ne pas en faire partie. À cette vitesse, on risque de ne jamais réussir à visiter la Mosquée bleue. Je tâte le terrain auprès de mon collègue David, un hyperactif.

— Grand Bazar, Mosquée bleue et ensuite resto. Je ne veux vraiment pas m'éterniser, souligne-t-il.

Tant mieux, car je parie qu'après les huit heures de vol qu'il reste j'aurai une faim de loup. J'ai peut-être trouvé mon compagnon de visite.

— Tiens ! Tu peux installer les verres sur le chariot, me dit-il en m'en tendant quelques-uns.

J'aime bien monter mon propre dessus de chariot. Par exemple, je dépose toujours la bouteille d'eau à ma droite, car je suis droitière. Un détail qui semble insignifiant, mais qui me fait gagner beaucoup de temps et d'énergie. Pendant que je m'assure que tout est en règle, des murmures attirent mon attention. Ils proviennent de derrière le rideau. Je passe ma tête de l'autre côté.

— *Sami'a Allahou liman hamidah*, chante Monsieur Fantôme en se tenant bien droit. *Rabbanâ wa lakalhamd*, continue-t-il de plus en plus fort.

Curieuse de connaître son rituel, je l'observe plus longtemps. De toute façon, étant donné le long drap opaque qu'il s'est déposé sur la tête pour s'accorder de l'intimité, il ne peut pas me voir. Voilà qu'il s'agenouille sur le plancher, bloquant ainsi le passage vers les toilettes. Heureusement, personne ne semble avoir un besoin urgent d'aller au petit coin. Quoique, si j'étais un passager, je n'oserais en aucun cas l'importuner.

— *Allahu Akbar ! Soubhâna Rabbiya-l-'a'lâ ! Soubhâna Rabbiya-l-'a'lâ ! Soubhâna Rabbiya-l-'a'lâ !* glorifie-t-il d'une voix lancinante.

Je ne peux m'empêcher de penser qu'il ne devrait pas poser sa tête sur ce plancher crasseux d'apparence propre. Mais son besoin de prier supplante son souci de l'hygiène.

— On est prêts (une seconde passe) pour distribuer (elle prend une pause pour réfléchir) les repas, m'annonce Anick, encore en première vitesse.

— On a un problème, alors...

— Quoi ? demande David, le sourcil arqué.

— Viens voir, dis-je en montrant l'autre côté du rideau.

Mon collègue s'avance et pousse la cloison en tissu sur la tringle. Il l'attache avec la courroie fixée au mur tout en analysant la situation.

— On ne peut pas vraiment lui dire de cesser de prier, mais il nous bloque le chemin pour passer avec le chariot, conclut-il.

— On attend qu'il finisse ?

— Pas le choix.

Nous croisons les bras et avisons nos collègues de patienter. « Cela ne devrait prendre qu'une minute », pensé-je. Les minutes passent. Monsieur Fantôme vient de se remettre debout et pose ses deux mains sur ses genoux en se penchant vers l'avant.

— *Allahu Akbar* !

— Peut-être qu'on pourrait lui demander de se tasser juste pour nous laisser passer ? proposé-je à David.

— Et c'est toi qui comptes le faire ?

— Bien sûr que non... C'est toi, dis-je en arborant le plus beau des sourires.

Mon collègue soupire puis s'approche de l'homme. Bien qu'il ne puisse pas voir son visage, il est impossible que Monsieur Fantôme ne l'entende pas à cette distance.

— *Sorry sir, but we need to keep working. Would you move a bit to the side to let us through ?*

Son ton doux, mais autoritaire devrait en théorie inciter quiconque au mouvement. Néanmoins, l'homme reste en place, continuant sa sérénade. Il ne comprend peut-être pas l'anglais.

— Pardon, monsieur, nous devons travailler. Pourriez-vous nous laisser passer ? Cela ne prendra qu'une seconde, reformule David en esquissant une grimace à mon intention, anticipant que le passager ne réagira pas.

Je soulève les épaules. Mes collègues commencent à soupirer d'impatience. Nous frappons du pied. Cinq minutes se sont transformées en quinze. Le directeur de vol vient d'appeler pour connaître la raison de ce retard anormal. Monsieur Fantôme ne semble pas s'en préoccuper, de nouveau à genoux en train de baiser le plancher.

— Bon, ça suffit ! s'énerve David. On ne va pas y passer tout le vol !

Sans hésitation, il s'accroupit près de l'homme, lève son voile pour voir son visage. Il le fait si vite qu'il ne rencontre aucune résistance.

— Désolé, monsieur, mais vous êtes dans un endroit public. Vous accaparez notre espace de travail. Laisseznous passer !

Le drap retombe brusquement sur la tête du passager. Mon collègue exaspéré se relève et pose ses mains sur ses hanches. Je suggère intérieurement à Monsieur Fantôme de nous laisser passer pour son propre bien. L'équipage se tient alerte, prêt à avancer les chariots dans l'allée lorsqu'il dégagera le passage.

Sans trop se presser, l'homme se redresse enfin. Il ne retire pas son voile pour repérer les environs, il connaît apparemment les moindres recoins de son lieu de prière. Il fait un pas vers la gauche. Puis un autre, en ne prononçant toujours aucune parole. À notre grand bonheur, nous poussons enfin les chariots dans l'allée. Je me demande s'il aura terminé son rituel lorsque nous atterrirons en Turquie.

* * *

Les repas terminés, je peux m'asseoir pour engloutir ma salade santé que j'ai apportée de la maison. Je ramasse un plateau, un pain et un petit beurre et m'assois sur les sièges d'équipage, complètement à l'arrière de l'appareil. Il est minuit, heure de Montréal, mais je jurerais qu'il est midi. Une file de passagers attendent pour les toilettes, et David et Anick viennent de se diriger en milieu de cabine pour répondre à des appels de passagers.

Comme agents de bord, nous devons composer avec certains éléments irritants lorsque nous travaillons. Un collègue détestera récupérer les plateaux vides, alors qu'un autre ne bronchera pas pour un plateau, mais sautera un plomb si les verres recueillis sont à moitié remplis de liquide. Est-ce si difficile que cela de finir son minuscule verre d'eau ? Apparemment, oui. Bref, de mon côté, ce qui m'horripile, mis à part le jus de tomate, bien sûr, c'est ce DING qui retentit quand un passager appuie sur le bouton d'appel. En parlant du loup...

— DING ! DING ! DING ! entends-je, en mâchouillant une bouchée de pain, l'estomac gargouillant.

Grrr ! J'ai faim. Le DING persiste. Une urgence ? J'en doute, mais je veux manger en paix, alors je ne tarde pas à me lever. Je m'avance dans l'allée jusqu'à la rangée 19. Une femme et son enfant s'y trouvent. Jusqu'à maintenant, je suis convaincue qu'il n'y a pas le feu, que, comme d'habitude, le bouton d'appel a été enclenché par erreur.

— Vous avez besoin de quelque chose ? demandé-je à la dame en neutralisant le bouton.

— Oui ! J'aimerais avoir du lait pour mon fils.

Je feins un sourire et retourne à l'arrière pour remplir le biberon du petit.

Son désir exaucé, je retourne à ma salade. La fourchette dans la bouche, je perçois de nouveau le DING. À cet instant, je maudis les designers d'intérieur de ce type d'appareil qui, de toute évidence, n'ont jamais eu à subir ce DING interminable. Ils se sont sûrement dit : « On va mettre le bouton d'appel accessible pour faciliter la tâche au passager. » Pourtant, dans 90 % des cas, le mécanisme se convertit plutôt en un vrai piège à presser le bouton. Même les bébés s'amusent à l'enfoncer.

Ce soir, après quelques allers-retours, je remarque une différence quant au pourcentage de DING qui s'enclenchent par erreur. En fait, la majorité d'entre eux sont le résultat d'un geste volontaire. Chaque DING égale une requête !

— On termine nos lunchs et on va faire un service d'eau pour les calmer, nous avise le directeur de vol par interphone.

— J'espère ! Je n'en peux plus ! maugrée David, qui a mangé sur le coin du comptoir.

— On pourrait diluer un somnifère dans leur eau ?

— Ha ! Ha ! J'aimerais ça ! me répond-il. — Moi aussi, avoué-je sans remords. ***

L'hôtel où nous séjournons se dresse majestueusement en amont d'une colline, dans un quartier moins touristique de la ville d'Istanbul. En faisant notre entrée dans le lobby, nous sommes fouillés par la sécurité. Nous déposons nos valises pour qu'elles soient inspectées et passons sous un détecteur de métal. Nous prenons ensuite place sur les grands sofas sous l'escalier central en attendant nos clés de chambre.

— Wow, je ne suis plus certaine de vouloir visiter la ville, dis-je, en imaginant le confort de la chambre en me basant sur le luxe de l'entrée principale.

— On dort tellement bien ici ! Il y a même des pantoufles offertes, précise un collègue.

— Pas surprenant que Barack Obama soit déjà passé par ici, ajoute Christian, le premier officier.

— Ah, cool ! dit David. Mais, Scarlett, on va en ville, non ? me demande-t-il pour vérifier le sérieux de ma dernière affirmation.

— Oui, oui, je vais me joindre à vous. Pas le choix.

C'est ma première fois à Istanbul.

Après avoir récupéré ma clé de chambre, je confirme l'heure du rendez-vous avec l'équipage et me dirige aussitôt vers l'ascenseur. J'ai besoin de prendre une douche, car une forte odeur de transpiration émane de mon uniforme. Je n'ai pas l'habitude de suer au point de m'empester moi-même, mais les dernières heures de vol m'ont exténuée.

La porte coulissante s'ouvre au dix-neuvième étage. Je prends le couloir à ma droite et m'arrête devant ma chambre. La serrure magnétique passe au vert et je file à l'intérieur, impatiente de me déshabiller. Je ne vais même pas déposer mes valises sur le porte-bagages. Je reste à l'entrée, près de la salle de bain. Je me libérerai de mes vêtements en premier, sauterai sous la douche et réglerai le reste ensuite.

— Ah ! soupiré-je de bonheur en laissant tomber mon *jumper* sur le plancher.

Je déboutonne ma chemise avec ardeur. Si je le pouvais, je ferais éclater les boutons pour m'en départir plus rapidement. Mes jambes coincées dans mes bas de compression semblent sur le point d'exploser. Une odeur poussiéreuse d'avion s'échappe lorsque mes collants échouent à côté des autres vêtements. Dans une minute, je serai enfin sous la douche.

Tout en détachant les agrafes de mon soutien-gorge, je lève les yeux pour regarder le paysage qui se dessine à l'horizon par la fenêtre située au fond de la pièce. Que je peux être pressée ! Je n'ai même pas pris le temps d'admirer la beauté de la chambre ni le Bosphore qui défile au loin. Je suis curieuse de voir ces mosquées se dresser par centaines dans la ville, et je décide de m'accorder une minute pour contempler le décor.

Je laisse tomber le morceau de tissu avant de m'avancer près de la baie vitrée. Ma poitrine respire enfin. La lumière m'aveugle et, pour une seconde, je n'arrive plus très bien à distinguer les environs. Cela m'importe peu, car les rayons du soleil réchauffent mon corps, et je les accueille en fermant les yeux.

Mes paupières s'entrouvrent et ma vision s'éclaircit. Je fais demi-tour pour regagner la salle de bain, mais soudain, un élément attire mon attention. Une valise Louis Vuitton est déposée sur le porte-bagages. Cette valise n'est pas la mienne ! Je n'ai pas de Louis Vuitton ! Mon cœur s'emballe. Je me suis introduite dans la chambre de quelqu'un d'autre ! « Heureusement qu'ils ne sont pas là », pensé-je avant de me retourner pour regarder la pièce en entier.

— Ah ! hurlé-je à pleins poumons.

— Ah ! s'écrie avec terreur un couple d'Asiatiques cachés sous les draps blancs du lit.

J'aimerais courir pour me cacher, mais je fige tel un chevreuil sur la route avant de se faire happer par une voiture. Le couple aux yeux exorbités se met à parler dans une langue qui m'est inconnue. Le malaise a assez duré. Je vole la serviette blanche qui gît sur une chaise. J'aimerais m'excuser d'avoir fait intrusion dans leur chambre, mais j'en suis encore à me demander comment j'en suis arrivée là. Avant de quitter la pièce, mes deux spectateurs joignent leurs mains, se penchent et, contre toute attente, me lancent : *Sorrrrry !* *Sorrrrry !*

Ne suis-je pas celle qui devrait s'excuser ? Peut-être pas, finalement. Ils m'ont quand même observée pendant deux longues minutes sans m'avertir de leur présence. J'espère qu'ils en ont eu pour leur argent !

23

Chapitre 23

Istanbul (IST)

Après avoir raconté ma mésaventure à mes collègues, en leur épargnant quelques détails, nous filons en direction du centre-ville. J'ai bien proposé que nous partagions des taxis pour nous éviter des désagréments, mais Vivianne, une sénior que je n'aime pas trop, a assuré les autres membres d'équipage qu'elle savait comment se rendre jusqu'au quartier de Sultanah-met. Elle s'est ensuite empressée de nous aviser que nous pouvions la suivre jusqu'au centreville, mais qu'une fois à bon port, un autre collègue et elle prendront une direction différente.

Si je connaissais cette ville, je serais déjà à l'intérieur du Grand Bazar sans dépendre de qui que ce soit, mais quelquefois, il faut s'adapter. En route, nous faisons un arrêt au guichet automatique pour faire le plein de lires, la devise du pays.

— Elliot et moi avons des courses à faire. Vous n'avez qu'à continuer tout droit et à prendre le bateau jusqu'au centre-ville, nous lance Vivianne, impatiente.

Nous n'avons pas le temps de lui demander de nous attendre qu'elle est déjà bien loin, suivie par son chien de poche. C'est vrai que nous sommes plusieurs à récupérer de l'argent, mais cela n'aurait pris que quelques minutes. La voyant s'éloigner, je sens les doutes m'envahir. Nous ne parlons pas la langue, et je n'ai rien compris de ses dernières explications.

— Pas de panique, nous rassure David. Je suis venu la semaine passée. Une fois aux bateaux, ça va me revenir.

— On a juste à prendre un taxi, dis-je.

— Ça va nous coûter cher, un taxi, lance l'ennuyeuse Anick.

— On est huit. Ça fait quatre par taxi, ça ne pourra pas nous coûter cher, insisté-je encore.

Ma suggestion ne fait pas l'unanimité. J'en suis bien peinée, car après neuf heures de vol et une nuit blanche, je voudrais bien conserver le peu d'énergie qu'il me reste. D'ailleurs, je n'ai jamais compris cette façon de penser. Certains préfèrent sauver quelques dollars et mettre leur sécurité en danger plutôt que de gagner du temps en montant à bord d'un taxi. Le dicton « L'argent mène le monde » trouve peut-être son origine dans l'aviation.

Les bateaux s'alignent dans le port. Lequel devonsnous prendre ? Fatima, une hôtesse d'origine iranienne, tente de communiquer avec un vendeur de billets derrière un kiosque. Elle comprend vaguement qu'il n'y a pas de bateau pour se rendre à Sultanahmet et qu'il vaudrait mieux utiliser le transport routier.

— Quel bus ? demandé-je en soupirant.

— Un de ceux-là, mais je ne sais pas lequel.

— Prenons un taxi, ça sera moins compliqué, suggère à son tour Christian, le premier officier.

— Oui ! fais-je, heureuse qu'il y ait enfin un intéressé par mon idée de départ.

Un taxi, c'est trop cher, affirme Anick.

Nous montons à bord d'un bus qui, supposonsnous, va vers le centre-ville. Une odeur de transpiration pèse à l'intérieur. Je m'imagine le confort de ma chambre d'hôtel pour me changer les idées. Quelques minutes passent et mon instinct me dit que nous ne nous dirigeons pas dans la bonne direction. En matière de touristes, il n'y a que nous.

— Fatima, tu veux demander si nous sommes dans le bon bus ?

— Mais je ne parle pas turc...

— Essaie quand même en iranien, c'est mieux que rien, dis-je.

Elle s'approche du seul homme qui semble ouvert à la discussion. Il retient un sac d'emplettes entre ses jambes et lui sourit lorsqu'elle s'adresse à lui.

— Grand Bazar ? demande-t-elle.

Il soulève les sourcils. De toute évidence, il ne connaît pas le mot « bazar ».

— Souk ? tente-t-elle ensuite.

Il demeure silencieux.

— Sultanahmet ?

Il secoue la tête et lui baragouine quelque chose dont elle ne comprend pas le sens. Un étudiant assis en retrait décide de jouer au héros.

— *Wrong bus. Need to take the tram. Next stop.*

Je regarde ma montre. Il est dix-huit heures. Considérant que nous sommes dans le mauvais véhicule et que nous devrons prendre un tramway, je calcule que nous n'atteindrons jamais ce marché avant sa fermeture. Personne ne rechigne même si, intérieurement, certains s'en veulent sûrement d'avoir refusé le taxi. Lorsque nous descendons au prochain arrêt, nous sommes prêts à en prendre un, mais aucun ne daigne se pointer le bout du nez. Pas le choix : nous devrons poursuivre l'aventure sur des rails.

— Il arrive ! annonce David en voyant le convoi s'avancer vers la plateforme.

— Ouf, on attend le prochain ? proposé-je, récoltant l'approbation de mes collègues.

Comment aurions-nous pu entrer là-dedans ? Les portes coulissantes se sont ouvertes et la foule compactée à l'intérieur a bien failli se déverser sur le ciment.

— En voilà un autre !

Le tram termine sa course devant nous. À travers les vitres embuées et sales, je remarque des visages aux expressions ternes et fatiguées. La chaleur extérieure plombe sur le toit au-dessus de leurs têtes, incommodant ces travailleurs au retour du boulot. Lorsque les portes s'ouvrent, il n'y a pas plus d'espace disponible que dans le précédent.

— C'est l'heure de pointe, conclus-je, les autres trains seront pareils.

— On y va, alors ! déclare David, qui saute dans le premier wagon en poussant tout le monde.

Sans hésitation, nous le suivons dans son élan de courage. Mes collègues se frayent un chemin sans trop de difficulté, en rétrécissant petit à petit l'espace disponible pour un humain en plus. À mon tour, je tente de m'immiscer, mais je ne vois aucune façon de réussir cette prouesse. À ma droite, Christian, le premier officier baraqué comme une armoire à glace, me regarde avec du désespoir dans les yeux.

— Impossible que je rentre là-dedans !

L'annonce de la fermeture imminente des portes réveille en moi l'instinct de survie. Si nous n'embarquons pas maintenant, nous ne retrouverons jamais le groupe. Je saisis alors la main du pilote et l'attire dans un second wagon. À peine sommes-nous entrés que mon nez se retrouve à un centimètre d'une vitre crasseuse me permettant à peine de voir les bâtiments défiler à l'extérieur.

— Tu sais à quelle station il faut sortir ? demandé-je à Christian.

— Aucune idée. Je ne fais que suivre depuis le début.

Moi aussi !

— Les autres sont dans le wagon voisin. On les verra sortir et on sortira, me rassure-t-il.

— OK...

À l'arrêt suivant, je sors la tête pour faire le guet. Tellement de gens montent et descendent qu'il m'est impossible de distinguer un seul visage familier. L'allure délabrée de cette station me convainc que mes collègues sont encore à bord. Je décide tout de même de m'informer auprès d'une jeune femme à l'apparence sympathique.

— Sultanahmet ?

Elle me dévisage, apeurée, et détourne son regard du mien. Les gens réagissent de différentes manières dans des situations d'inconfort et d'incompréhension. Cette dame a préféré m'ignorer.

— Je pense qu'on va se débrouiller seuls, dis-je en me tournant vers Christian.

— On va sortir au prochain arrêt. J'ai l'impression qu'on est beaucoup trop loin.

En posant les pieds au sol, j'observe le wagon voisin, mais personne n'en sort. Je n'aperçois pas non plus mes collègues à l'intérieur.

— On dirait que c'est juste toi et moi maintenant...

— Parfait ! Ce sera moins compliqué, me rassuret-il. Tu veux aller où ?

— En taxi, on a peut-être le temps de se rendre au Bazar. Qu'est-ce que tu en dis ?

— Je te suis.

Le hasard fait bien les choses. À deux, sans exigences de personne, on finira peut-être par visiter quelque chose. Nous sautons dans un taxi et lui demandons de nous déposer devant l'entrée du Grand Bazar.

* * *

— *Sorry, we're closing*, nous informe l'homme à l'entrée.

— *Please !* One minute ! supplié-je, les mains collées en guise de prière.

Je m'attends à récolter un second refus, mais au lieu de cela, on nous laisse passer. Les marchands ferment boutique et je sais que je n'aurai pas le temps d'acheter quoi que ce soit. Néanmoins, je me sens privilégiée d'avoir réussi à entrer. Le Grand Bazar d'Istanbul est l'un des plus grands au monde ! Je prends quelques clichés avant d'être rapidement encouragée à quitter les lieux.

— On va manger ? demandé-je à Christian en déambulant dans les ruelles avoisinantes.

— Comme tu veux. Je commence à avoir faim.

— Moi aussi. On va où ?

— Quelque part dans le coin. Tiens là, ça semble bien.

— Hum... Plutôt celui-là, dis-je, attirée par la terrasse d'un restaurant.

— Ça me convient parfaitement !

— Ah, c'est si simple avec vous, les hommes !

— Et c'est si compliqué avec vous, les femmes ! blague-t-il.

* * *

Le serveur nous sert le vin en attendant le plat principal. J'ai choisi le kébab et mon compagnon, la même chose que moi.

— C'est le seul mot que je connais sur le menu ! me lance en toute honnêteté Christian.

— Moi aussi ! C'est ta première fois en Turquie ?

— Je suis venu il y a dix ans, mais avec VéoAir, c'est ma première fois.

— Ça fait longtemps que tu travailles pour la compagnie ?

— Un an. Grâce à John Ross, qui m'a aidé à être engagé.

— Ah... fais-je, surprise d'entendre le nom de mon commandant.

Il est pilote pour nous, précise-t-il.

— Oui, je pense savoir qui c'est.

Je suis sous le choc. Je ne m'attendais pas à entendre parler de lui. Le pire dans tout ça, c'est qu'une fois encore, je cache la vérité. Je pourrais plutôt dire : « Oh ! Je le connais très bien. On a couché ensemble pendant deux ans ! » Mais ça mènerait à quoi ? Seulement à me donner une sale réputation. Je poursuis la conversation en jouant l'innocente.

— John, c'est lui qui était avec une agente de bord ?

— Qui était ? Il est encore avec elle, à ce que je sache.

Je m'étouffe avec ma gorgée de vin.

— Ça va ? me demande Christian en m'entendant tousser.

— Oui, oui, désolée, j'ai bu trop vite. Tu disais ?

— Seulement que John était encore avec sa femme. — C'est drôle, j'étais certaine qu'ils avaient divorcé.

— Ça fait deux mois qu'ils sont de retour ensemble. Je suis content pour eux. Il y a tellement de couples qui se séparent de nos jours.

— Je ne te le fais pas dire ! Je suis contente pour eux aussi !

Et je le suis... Je suis même soulagée d'apprendre qu'il a renoué avec *Freaking*-Debbie plutôt qu'être en couple avec une autre.

— Heille, regarde, c'est Anick et les autres !

Le premier officier pointe le doigt en direction de la rue, changeant par bonheur le sujet de la conversation. Mes collègues, en train de marchander avec un vendeur de faux sacs de marque, ne nous ont pas aperçus.

— On leur fait signe de venir nous rejoindre ?

Je détourne mon regard des Chanel et Prada et fixe Christian, incrédule.

Comme s'il avait lu dans mes pensées, il se ravise.

— Nah ! Juste leur trouver une table où s'asseoir risque d'être compliqué !

Le lendemain, lorsque Anick me demandera ce qui nous est arrivé après le tram, je me garderai de lui mentionner que cette mésaventure nous a rendu un grand service.

24

Chapitre 24

Montréal (YUL)

—René et moi avons quelque chose à vous annoncer...

Rupert soulève son verre de vin blanc dans les airs. Béa et moi nous regardons. Que peut-il bien vouloir nous dire pour organiser le jour de son retour du Portugal un souper-barbecue à l'appartement ?

— C'est un peu tôt dans une relation pour vouloir adopter ! le taquiné-je.

— Avant d'adopter, il faudrait vivre ensemble...

Mon colocataire agrandit les yeux. Je comprends qu'il vient de faire son annonce. Il veut emménager avec René !

— Wow ! Félicitations ! s'exclame Béa en serrant Rupert et René dans ses bras.

Je trinque avec eux pour leur montrer mon contentement, car je sais que pour Rupert c'est une grande étape. Il n'a jamais vécu avec un amoureux. C'est du sérieux !

Puis une idée me traverse l'esprit : qui prendra sa place ?

— Tant qu'à être dans le sujet du déménagement, ajoute Béa, qui semble avoir lu dans mes pensées, ça te dirait qu'on emménage juste toi et moi ?

L'idée me plaît. J'ai adoré vivre à trois, mais notre Rupert-porte-malheur est irremplaçable. Et notre salaire s'est amélioré depuis nos débuts dans l'aviation. Sans hésitation, j'accepte sa proposition.

— C'est peut-être la dernière fois qu'on mangera ensemble ici... dis-je, un brin nostalgique.

— Ils n'auront qu'à venir nous rendre visite dans notre futur « palace » ! dit Béa.

— Tu vas venir, Rupert ?

— Bien sûr que je vais venir, Scarlett ! Pourquoi je ne viendrais pas ?

— Parce que tu es en couple. Souvent, une fois en couple, on néglige ses amis...

— Pas ses bons amis, ajoute René pour me rassurer. En parlant de couple, on a rencontré quelqu'un de très intéressant à l'aéroport...

— Qui ?

Rupert fixe René d'un air égaré, comme s'il n'arrivait pas à se souvenir de qui il s'agissait. Pour lui rafraîchir la mémoire, son copain tourne la tête pour me regarder. Une odeur de fumée se répand dans la cour extérieure. Je me lève pour aller vérifier la cuisson des steaks ; ils ne sont pas tout à fait cuits. Lorsque je reviens à ma chaise, Rupert vient d'avoir un flash-back.

— Ah ! s'exclame-t-il, content de ne pas souffrir de la maladie d'Alzheimer.

Pourtant, il omet de me révéler le nom du mystérieux inconnu. Il a peut-être peur de ma réaction. Pour atténuer ses appréhensions, je m'empresse d'intervenir.

— Si c'est de John que tu parles, il est retourné avec sa femme. Et je n'ai aucun problème avec ça !

— John ? demande Rupert en secouant la tête, incertain d'avoir bien entendu.

— Ce n'est pas lui que tu as vu à l'aéroport ?

— Non ! Mais attends une minute... John, TON John est de retour avec sa femme ?

— Oui. C'était prévisible. Il ne peut pas être seul.

— Scarlett ! Comment tu as pris ça ?

— J'avoue que j'ai eu un pincement au cœur, mais en réalité, je suis contente qu'il soit retourné avec elle.

— Au moins, il n'a pas jeté son dévolu sur une jeune hôtesse pour te rendre jalouse, ajoute Béa.

— Même si ça n'avait pas été dans ce but-là, j'aurais trouvé ça insultant.

— Je comprends. Donc, juste pour clarifier, tu es vraiment passée à autre chose ? demande Rupert.

— Oui ! Tu es fier de moi, hein ?

Rupert et René sourient. Ils doivent se dire : « Il était temps ! » Pendant que je récupère les pièces de viande sur le gril, ils me partagent le fond de leur pensée.

— En fait, on a vu le beau Ethan à Lisbonne. Il arrivait quand nous on partait. Tu devrais l'appeler...

J'avale difficilement ma bouchée de T-bone, légèrement sous le choc d'entendre le nom du mystérieux inconnu. Jamais je ne l'aurais deviné.

— Ethan ? Comment allait-il ? bégayé-je sans m'en rendre compte.

— Eh bien, il... commence Rupert.

— On ne le sait pas ! intervient en trombe René. Nous ne lui avons pas parlé. Lorsqu'il est sorti de l'avion, nous étions de l'autre côté de la baie vitrée.

— Il vous a vus ?

— Non ! Il ne nous a pas vus, précise-t-il en donnant un coup de coude à Rupert.

— Alors pourquoi vous dites que je devrais l'appeler si vous ne lui avez pas parlé ?

— On trouve seulement que vous alliez bien ensemble, répond mon colocataire.

Je demeure muette, tentant d'analyser la suggestion. Appeler Ethan ? Pour lui dire quoi ? « Je ne t'ai pas contacté parce que j'ai choisi un pilote marié avec deux enfants au lieu de toi ? Je m'en veux, pardonne-moi ? » Mon silence prolongé pousse Béa à me donner aussi son opinion. Elle insiste pour que je l'appelle. Je ne suis pas du même avis.

— J'aurais dû le rappeler il y a quatre mois. Maintenant, c'est comme dire : « Je n'ai trouvé personne d'autre, alors j'ai pensé à toi. » Il va être insulté. En plus, qu'est-ce qui me dit qu'il est encore célibataire ?

— Tu ne le sauras pas tant que tu ne l'appelleras pas, répond Béa.

— Je pense qu'il voyageait seul au Portugal, si ça peut t'encourager, ajoute

Rupert pour me convaincre.

— Ça ne veut rien dire. Il va souvent en Europe pour le travail.

— Peut-être. Mais tu devrais l'appeler quand même, répète-t-il.

— De toute façon, il est hors du pays. J'ai le temps d'y penser...

— N'y pense pas trop longtemps, sinon c'est moi qui le ferai ! me menace Béa, à demi-sérieuse.

Je lui fais de gros yeux qui pourraient se traduire par : « Mêle-toi de tes affaires ! » Or, je sais qu'il vaudrait mieux pour moi que je lui donne mon accord. J'ai tellement honte d'avoir choisi John au lieu de tenter ma chance avec Ethan que jamais je n'oserai le contacter. Malgré ma résolution de regarder vers l'avant, Ethan reste dans mes pensées. Intérieurement, je souhaite que ma meilleure amie joue à l'entremetteuse. Cette fois-ci, j'en serais ravie.

* * *

Le repas terminé, le couple de tourtereaux se dirige à l'intérieur pour déposer les assiettes vides. Béa et moi profitons de ce moment pour faire notre analyse.

— Je pense que ça va durer entre eux, dis-je.

— Je le pense aussi. J'espère m'entendre un jour comme ça avec mon futur copain.

— On le veut toutes, avoué-je en fixant le sol, pensive.

— Tu sais, tout à l'heure, lorsqu'on a parlé d'Ethan...

— Oui ?

— Je n'insisterais pas si je pensais que vous n'étiez pas compatibles.

— Je sais. Je l'aimais bien aussi. Je me sentais à l'aise avec lui, sauf qu'on n'a pas eu suffisamment de temps pour se connaître et là il est trop tard.

— Trop tard ? Il n'est jamais trop tard, Scarlett, surtout pas en amour.

Mes pensées demeurent orientées vers Ethan pendant un instant. Une quiétude gagne la cour, et Béa n'insiste pas. Elle pense sûrement qu'il vaut mieux me laisser réfléchir. Ainsi, je me déciderai peut-être à décrocher le téléphone pour composer son numéro.

— Scarlett, j'ai besoin de ton aide ! me lance Rupert du coin de la porte en brisant le silence.

— Qu'est-ce que je peux faire pour toi ?

— J'ai un Barcelone dans deux semaines avec René, mais j'ai un rendez-vous chez le médecin. Je dois l'échanger. Tu pourrais le prendre, et moi, je prends ton Barcelone, un jour plus tard ?

— C'est quoi ton vol ?

Rupert hésite.

— C'est un Barcelone, je viens de te le dire.

— Hum... Je te connais Rupert, qu'est-ce que tu me caches ?

— Ben... il n'est pas direct.

— OK... C'est quoi le vol ?

— Un Paris *deadhead* Barcelone.

Je réfléchis. Mon colocataire vient de me demander la lune. J'ai horreur des mises en place après un vol vers l'est. Depuis le début de l'été, j'ai réussi à m'en sauver. Rupert le sait. Il s'approche et pose sa tête sur mon épaule pour m'amadouer.

— S'iiil te plaaaaît ! chante-t-il d'un ton mielleux.

— J'imagine que je pourrais faire ça pour toi...

— Ah ! Merci ! Merci ! s'exclame-t-il, surexcité.

Je n'aurais pas su refuser, et ce, même si je lui laisse mon Barcelone direct en échange d'une mise en place mortelle. Je comprends sa reconnaissance. Toutefois, il avait demandé de voler avec René... Pourquoi l'échanger alors ? Ah oui ! Un rendez-vous chez le médecin.

* * *

— Dring, dring, dring !

— Béa ! Ton téléphone sonne ! crié-je.

— Réponds, s'il te plaît, j'ai les mains dans l'eau, lance-t-elle depuis la cuisine.

Je glisse mon doigt sur l'inscription « Répondre ». J'ai déjà décroché lorsque je constate que le nom affiché est celui de notre employeur.

— Oui, allo ?

— Bonjour, j'aimerais parler à Béatrice Hamelin.

— Euh...

Je déduis l'évidence. VéoAir veut affecter Béa sur un vol de dernière minute. Je suis incapable de mentir et c'est pourtant ce que je devrais faire à l'instant : répondre qu'elle n'est pas là. Je me prépare à rétorquer à mon interlocutrice que ma colocataire est absente sauf que Béa m'arrache le iPhone des mains. « Non !

Ne fais pas ça ! » — Oui, allo ?

— Béatrice Hamelin ?

— Oui, c'est moi, dévoile-t-elle innocemment.

— C'est *crew sked*.

— Merde... chuchote-t-elle, en me lançant des flèches depuis le coin de la table.

— Je vous appelle pour vous informer que nous avons retrouvé votre portefeuille.

— Ah oui ?

L'expression de Béa change pour irradier le soulagement. Rupert, René et moi la scrutons attentivement, tentant de comprendre ce que la dame peut bien lui avoir annoncé pour que son attitude change ainsi. Elle presse sur le haut-parleur du téléphone.

— Vous l'aviez perdu ?

— Non ! On me l'a volé ! corrige-t-elle.

— Ah... ça explique tout, émet la voix sans donner de précisions.

— Alors, il était où, finalement ? s'énerve Béa.

— Dans les toilettes.

« Hein ? » Nous avons inspecté tous les recoins. Béa aussi est étonnée.

— Où ça, dans les toilettes ?

— Il était caché dans le compartiment qui contient les masques à oxygène. Nous l'avons trouvé lors du contrôle général de l'appareil.

— Wow, ça en a pris du temps pour que vous inspectiez l'avion !

— Ce contrôle s'effectue aux mille heures. Je n'ai pas de pouvoir là-dessus, se justifie la femme, un brin agacée par le ton de mon amie. Vous voulez récupérer votre portefeuille ou pas ?

— Bien sûr...

— Je le transmets donc à votre superviseur, dit-elle avant de raccrocher.

Le fameux portefeuille a été retrouvé ! Sauf que cette annonce ne permet pas à Béa de récupérer ses trois cents euros, emportés par Monsieur Œil- de-poisson. D'après son allure, je ne l'aurais pas cru aussi brillant. Béa semble du même avis.

— La morale de cette histoire, dit-elle, c'est qu'il ne faut jamais se fier aux apparences !

25

Chapitre 25

Montréal (YUL) – Paris (CDG) – deadhead Barcelone (BCN)

Ce soir, je m'envole pour Paris. Légère variante : je termine ma route à Barcelone. Depuis le début de l'été, j'évite à tout prix les mises en place après un vol, car j'ai horreur de devoir jouer à la passagère après avoir travaillé toute la nuit. J'aurais préféré dormir à Paris ce soir, mais au lieu de cela, je dois embarquer avec une autre compagnie aérienne pour rejoindre illico Barcelone. Rupert sait qu'il m'en devra une. « Un *deadhead*, ce n'est pas si pire que cela », ai-je tenté de me raisonner lorsque j'ai accepté l'échange. Vraiment ? Pas quand il doit être effectué avec une compagnie à bas prix qui s'assure de faire la vie dure à ses passagers pour se remplir les poches.

— Scarlett, tu as pris le temps de t'enregistrer pour ton *deadhead* avant de partir ?

René, mon directeur de vol, vient de me rappeler la procédure d'enregistrement. Oups ! J'ai oublié.

— Il y aura des frais au comptoir, m'avise-t-il.

— Ça ne me surprend pas ! Je te jure que cette compagnie-là nous fera bientôt payer pour aller aux toilettes !

— Elle n'y a pas déjà pensé ?

— Hein ?

— J'ai lu ça quelque part.

— Incroyable ! m'exclamé-je avant de retourner dans l'allée pour effectuer le service du petit-déjeuner.

Le rideau traversé, je regagne l'arrière de l'appareil pour récupérer mon chariot. Le soleil s'est levé à l'horizon. Depuis les hublots semi-fermés, un filet de lumière parcourt la cabine de long en large. Les passagers dorment encore à poings fermés. L'un a le cou tordu entre son siège et celui de son voisin. Une femme, la bouche entrouverte, a déposé sa tête sur l'épaule de son mari. J'ai l'impression que le chandail en coton de l'homme sera humide à son réveil. Ça ne tardera pas, car René fait alors entendre l'annonce. Dans un instant, je serai dans l'allée et je redoute ce qui m'attend. En fait, j'en suis venue à détester la marque de yogourt que je sers, car une fois ouvert et englouti par trois cents personnes, son odeur de fraise ou de pêche s'imprègne dans la cabine pour un bout de temps.

Il y a trois heures, j'ai servi un repas chaud. Les plateaux récupérés, je n'ai aperçu aucun passager se lever pour aller se brosser les dents. Si l'un m'a passé sous le nez, il a été sans doute l'exception. Les gens se sont assoupis, fermant l'œil, mais aussi la bouche. Au microscope, on pourrait voir un groupe de bactéries qui ont déclaré le *party* en apprenant qu'elles avaient le champ libre pour les trois prochaines heures. Depuis ma *galley*, je flaire à distance le résultat de leur petite fête. Et puis, une fois dans l'allée, l'odeur du matin m'attaque !

— Un café, monsieur ? demandé-je à 10 A.

— Volontiers !

— Noir ?

— Avec du SUCCRRREE, s'il vous plaît.

Ouf ! Une odeur de mauvaise haleine envahit mes narines. J'éloigne la tête discrètement pour me distancer du courant d'air.

— Deux SUCCCRRREES, ajoute-t-il.

— Voilà ! dis-je en les lançant sur sa tablette.

Le glamour de mon métier s'envole avec le lever du soleil. Je ne le retrouve qu'une fois à l'hôtel.

— Tu es allé au nouvel hôtel à Barcelone ? demandé-je à mon collègue Manuel, une fois la descente commencée.

— Non, pas encore. Seulement à celui de Paris.

— C'est comment ?

— L'hôtel est confortable, mais on est loin d'être choyés en étant à côté de l'aéroport.

— Le métro est proche ?

— Oublie le métro ! Avec vingt heures en escale, ça ne vaut pas la peine. Et dire qu'on était en plein centreville il y a deux mois...

— VéoAir veut économiser. On devra s'habituer.

— Je sais, sauf que mon sourire risque de se perdre entre l'hôtel et l'avion.

— Ou quelque part pendant notre *deadhead* sur les ailes d'une compagnie bric-à-brac !

* * *

— Le coût de l'enregistrement au comptoir est de 70 euros, m'informe l'agente au sol.

— Pardon ?

— C'est 70 euros, répète-t-elle d'un air détaché.

Je fais demi-tour pour m'adresser à René. Il m'avise qu'il n'a pas sa carte de crédit au nom de la compagnie et que je dois débourser moi-même le montant. « VéoAir te remboursera », me dit-il. « Et à quel taux de change ? » Ma bonne humeur s'évapore en voyant ma carte débitée d'un tel montant.

— Vous avez des bagages à enregistrer ?

Je voyage avec mon *carry-on*. Comme tout l'équipage d'ailleurs. Cela comprend une minuscule valise à roulettes sur laquelle est déposé un sac noir à bandoulière. Il a été conçu pour les membres d'équipage afin qu'ils n'aient justement rien à mettre en soute. Pas de bagages enregistrés, pas de perte de temps, pas de bagages égarés.

— Non, réponds-je.

— Vous n'avez droit qu'à un seul bagage en cabine, ajoute la dame en scrutant mes deux sacs.

— Je suis agent de bord. Je n'ai rien à mettre en soute, insisté-je.

— Je suis désolée, madame, mais vous avez également un sac à main. Cela fait trois bagages au total. Vous devez en enregistrer au moins un et mettre votre sac à main dans votre valise. Un seul bagage est permis à bord.

Je grogne et fais part de la procédure à suivre au reste de l'équipage. René s'en veut de ne pas avoir sa carte de crédit et s'excuse à maintes reprises de ne pas pouvoir payer les frais pour tous nos bagages à enregistrer. Je décide de conserver avec moi la valise à roulettes et dépose sur la balance mon sac contenant les liquides. Son poids n'excédant pas quinze livres, je paie les frais minimums. Quant à Manuel, il doit débourser 50 euros. La gaieté qui lui restait s'efface lorsqu'il règle la note.

— Et votre sac à main ? reprend la dame au comptoir.

— Quoi, mon sac à main ?

— Vous avez toujours deux bagages, madame. Un seul est permis à bord.

Je soupire. « Vous êtes sérieuse ? » pensé-je. Son expression m'informe qu'il n'y a pas de doute sur ses intentions. Si ce n'est pas moi qui insère mon sac à main dans ma valise, c'est elle qui s'en chargera. Je le pousse comme une vieille serviette à l'intérieur en espérant que mes vêtements se compacteront davantage pour lui laisser de l'espace. Mon genou me permet enfin de fermer la fermeture éclair. La sueur perle sur mon front. Le peu de fraîcheur qu'il me restait vient de s'envoler.

Nos billets récupérés, nous traversons la sécurité. Il est maintenant sept heures du matin, heure de Montréal, et je n'ai pas encore fermé l'œil. Nous nous installons en retrait des autres passagers pour profiter d'un peu de calme. Je dépose ma valise à mes pieds pour y allonger mes jambes. Mes paupières s'alourdissent et je m'assoupis.

La voix robotisée énumérant les prochains départs me réveille. La mélodie qui jouait dans mes oreilles n'a pas réussi à étouffer les bruits extérieurs. Je sursaute comme si j'avais passé tout droit. Une minute vient de s'écouler, mais j'ai l'impression d'avoir été « déconnectée » pendant une heure. Je réalise que je suis si fatiguée que je pourrais ne pas me réveiller lorsque l'on signalera l'embarquement pour notre vol vers Barcelone. Je refuse de me fier à mes collègues, car même René dort à la verticale sur sa chaise. Un rapide coup d'œil au groupe me révèle que la grâce attribuée à notre uniforme n'existe plus depuis un bon moment. L'une a enroulé un gros foulard autour de sa tête pour se protéger de la lumière. Une autre dort sur l'épaule de Manuel, qui a la tête tombante. J'aimerais changer de vêtements, mais l'énergie me manque.

Une annonce se fait entendre. Je secoue la jambe de mon directeur de vol, ce qui le fait bondir, terrorisé. — Quoi ?

— Désolée... On vient d'annoncer l'embarquement.

Il regarde à l'extérieur.

— Tu es certaine ?

— C'est ce que j'ai entendu.

— Bizarre, parce que l'avion n'est pas arrivé, remarque-t-il.

Je vérifie par moi-même. La passerelle pour rejoindre l'appareil est bel et bien là, mais elle s'allonge dans le vide. Malgré cette évidence, une foule de passagers commence à s'entasser près de la barrière. Ils se poussent, se dépassent, s'agitent. Je me souviens soudain que cette compagnie aérienne n'attribue pas de sièges à l'avance si l'on ne paie pas un supplément. Premier arrivé, premier servi ! Après un vol de nuit, je refuse de finir entre deux inconnus.

— Si on ne s'avance pas nous aussi, on va finir éparpillés, dis-je, dégoûtée par cette idée.

— Ouin, ça ne me tente pas trop, me confie René.

Comme des sardines, nous nous entassons dans la file d'attente. Les minutes passent et toujours pas d'appareil. Mes jambes deviennent lourdes et j'ai envie de retourner m'asseoir convenablement dans la salle d'attente. Mais je n'ai pas attendu tout ce temps pour perdre ma place ! Il est neuf heures du matin à la maison et mes collègues ont laissé leur professionnalisme en chemin. Ils utilisent désormais leurs valises comme banc. Je les imite sans hésiter. Le banc portatif est né !

— Sérieux ? m'exclamé-je en constatant que la situation ne progresse pas.

— Je ne peux pas croire qu'ils aient annoncé l'embarquement sans même avoir d'avion ! s'énerve à son tour Manuel, la cravate de travers.

Les passagers s'impatientent. Une heure vient de passer et toujours pas de moyen de transport pour nous conduire en Espagne. La fatigue est remplacée par l'exaspération. La flamme du métier ne m'anime plus. Je me sermonne : « Plus jamais de *deadhead* ! Pourquoi ai-je accepté d'aider Rupert ? Je suis trop gentille ! La prochaine fois, ce sera un NON CATÉGORIQUE ! »

Le miracle survient au bout d'une heure et demie. Un Boeing s'avance à notre barrière. Des soupirs de bonheur parcourent la file. Je demeure de marbre, consciente que les passagers toujours à bord n'ont pas encore débarqué, que l'avion n'a pas été ravitaillé et nettoyé, que nous ne sommes pas embarqués. Pour me rassurer, je me dis qu'il ne me reste que soixante minutes de vol. Ensuite, un lit douillet m'attend. Je sais pourtant que cette prochaine heure est une heure de trop. Une heure de cauchemar. J'en suis convaincue lorsque j'aperçois l'ennemi juré des voyageurs se joindre à la partie.

— Cachez vos valises ! nous avertit ma collègue Ariane, qui n'a conservé avec elle que le petit sac en bandoulière.

Pour faire écran entre le radar de l'homme en habit noir et jaune et ma valise sur laquelle je siège, je colle mes jambes ensemble.

— Vous deux, montrez-moi votre valise, ordonne l'agent au sol.

Je regarde Manuel, qui vient, tout comme moi, de se faire appréhender par Monsieur Rack-Surprise. Ce dernier tient une structure en fer où il est inscrit : « Il loge dans le format : apportez-le à bord. Il ne loge pas : payez les frais ou le bagage ne voyage pas ! » Mon acolyte me regarde, médusé. « Impossible qu'on nous oblige, nous, membres d'équipage, à insérer notre valise dans ce minuscule espace », doit-il se dire. Eh oui !

J'obéis et me lève en dévoilant les dimensions de mon banc portatif improvisé. Voyant la marge de manœuvre dont je dispose, je m'avance, les épaules basses. Ce n'est pas un *rack* de Boeing qui jugera mon bagage, mais celui d'un Cessna à deux passagers ! Je sais à première vue que ma pauvre valise à roulettes n'entre pas dans ce *rack*, mais je suis aussi convaincue qu'elle loge sans problème dans le compartiment supérieur d'un 737.

Manuel passe en premier. Il dépose sa valise entre les deux barres de fer. Elle n'y entre pas si facilement, alors il la pousse à l'intérieur en la compressant de chaque côté. Au bout de deux tentatives, il triomphe à l'épreuve et s'en sort indemne.

À mon tour, armée d'un naïf espoir, je tente d'insérer la mienne dans ce minuscule vide. Aucun résultat. Comme l'a fait mon prédécesseur, je pousse de chaque côté. Rien. « *Time out* ! pensé-je. J'ai droit à une deuxième chance ! » Je l'enlève du support et la dépose au sol pour pousser dessus de tout mon poids. Mon genou presse telle une massue contre mes effets personnels. Je les ai peut-être suffisamment compactés pour réussir le *challenge*. Je réessaie l'insertion, mais je ne note aucun changement. Je pousse de plus belle. J'ai chaud.

— Madame, je suis désolé, mais vous devrez la mettre en soute et payer les frais.

— Non, attendez, elle va entrer ! insisté-je en poussant plus fort, la sueur au front.

— Elle n'entre pas, madame !

— J'abandonne ! déclaré-je, à bout de souffle.

Combien ?

— Trente-cinq euros.

— Quoi ?

— C'est avec ma collègue au comptoir que vous devez régler la note, me dit-il sans compassion avant de partir à la recherche d'autres victimes pour remplir les poches de son employeur.

Une fois le montant débité de ma carte de crédit, la dame appose une étiquette CARGO sur ma valise et m'explique qu'un responsable la récupérera à l'entrée de l'appareil. Je la remercie d'un air sarcastique et rejoins mes collègues qui, par solidarité, n'osent pas dire un mot.

Lorsque l'embarquement commence, nous avons droit à une vraie partie de hockey. Coups de coude par-ci et coups de bagages par-là. Prête à monter à bord, j'attends une minute près de la porte. N'y a-t-il pas quelqu'un qui devrait récupérer ma valise ? Curieusement, je n'aperçois personne. Je m'avance dans l'allée.

J'entends maintenant des : « Tassez-vous, j'étais là avant ! » Les passagers s'arrachent les sièges près des hublots. Je remarque plusieurs têtes alignées près du fuselage alors qu'il y en a peu dans les sièges du milieu. Par chance, une place en bord d'allée est disponible.

— Oh ! C'est vrai que ma valise est beaucoup trop grosse pour cet avion ! m'exclamé-je avec ironie en la déposant sans difficulté dans le compartiment audessus mon siège.

Je prends place à côté de René. Manuel s'assoit devant moi. Quant à mes autres collègues, ils s'éparpillent contre leur gré à travers la cabine.

— Monsieur, vous pourriez m'aider avec mon bagage ? demande une passagère à Manuel, toujours vêtu de son uniforme d'agent de bord.

— Je ne travaille pas pour cette compagnie, madame ! l'informe-t-il.

La dame insiste. Elle lui fait de gros yeux. Il lève le bras comme pour la chasser. Elle s'offusque en soupirant. Il bondit sur son siège, scandalisé de la situation.

— Je n'en reviens pas ! On ne peut pas avoir une minute pour nous ! s'énerve-t-il en répondant tout de même à sa requête.

René et moi éclatons de rire. Mon collègue vient de se transformer en passager perturbateur. Nous l'incarnons tous désormais. Nous sommes le passager qui a enduré avant d'exploser. Il n'a l'air de rien. D'un ange même. Et puis, l'obligation d'attacher sa ceinture de sécurité ou un refus d'utiliser les toilettes en turbulence, et c'est l'éruption. Il crie. Il nous traite de tous les noms. Nous saisissons son passeport, le faisons arrêter. Pour ne pas en arriver là, je respire, ferme les yeux et m'endors sur l'épaule de mon voisin.

* * *

— Cigarettes électroniques à vendre ! Cigarettes électroniques à vendre !

Je bondis sur mon siège. J'essuie la salive qui coule sur ma joue. L'annonce retentit dans mes oreilles comme un cri de guerre. Je suis en voie de me rendormir lorsque l'homme au micro reprend sa vente à pression.

— Billet de loterie ! Billet de loterie !

Mon cou se raidit. Je rêvais à Ethan... Mes tympans vibrent encore sous l'effet de la surprise. Vais-je réussir à dormir ? J'en doute, car c'est le moment de la boutique hors-taxes. Les agents de bord lancent en chœur dans l'allée : *Duty Free ! Duty Free !* Je suis agressée de toutes parts. Je ne peux pas croire que je suis aussi dérangeante lorsque j'ai l'obligation d'accomplir la même tâche. Impossible ! Je prends une profonde respiration. Plus que vingt minutes de vol, et l'enfer sera derrière moi.

* * *

— Sur notre itinéraire, c'est écrit : « Point de rencontre au poteau E, arrivées internationales. »

René observe les alentours. Nous sommes bien au poteau E, mais aucun bus affichant une inscription « Crew VéoAir » n'attire notre attention. Plusieurs véhicules s'alignent dans le stationnement ; je décide de m'approcher pour vérifier. Je reviens bredouille.

— Ça fait quinze minutes qu'on attend. Ça commence à faire ! Il devrait être là, surtout qu'on est partis en retard... se plaint Ariane pour la première fois depuis le début de l'aventure.

— C'est toujours comme ça en Espagne ! dis-je, l'air fataliste.

— Bon, restez tous ici, je vais aller les appeler.

Mon directeur de vol laisse sa valise auprès de nous et retourne à l'intérieur de l'aéroport pour dénicher un téléphone public.

— Voilà pourquoi je ne serai jamais directrice de vol, ajouté-je, vidée d'un quelconque esprit d'équipe.

— Moi non plus ! Tu te tapes tout le fardeau ! m'appuie une collègue.

Cette attente d'une dizaine de minutes se transforme en une séance de mauvaise humeur. Je chigne. Tu chignes. Nous chignons. Très libérateur, mais ça n'améliore en rien la situation.

— Bon ! J'ai parlé à *crew sked*. Le gars sera là dans cinq minutes ! nous assure René qui semble reprendre du peps.

— Mets-en plutôt dix ! grogne Manuel.

Je ne pourrais pas mieux dire !

26

Chapitre 26

Barcelone (BCN) – Montréal (YUL)

–Bon matin à tous ! nous souhaite René, plein d'énergie.

— Bon matin, réponds-je sans entrain.

Mon collègue a véritablement réussi à recharger ses batteries pendant la nuit. Il se retourne sur le siège du bus privé qui nous conduit à l'aéroport et s'apprête à faire son briefing. Avant, il me jette un rapide coup d'œil pour savoir quelle mouche m'a piquée.

— Scarlett, tu as une de ces têtes !

— Wow, René... Tu sais parler aux femmes, toi.

— Désolé, tu as l'air fatiguée, c'est tout. Est-ce que ça va ?

— Tu sais, la première chose qu'il faut éviter de dire à une femme, c'est qu'elle a l'air fatiguée. Même si, entre toi et moi, c'est le cas...

— Je m'excuse ! Tu es tellement belle !

J'ai besoin de ventiler.

— Je ne sais pas pour toi, mais moi, j'ai été obligée de manger des conserves de thon hier pour souper ! Je peux te dire que j'ai dévoré le buffet de ce matin ! Je n'ai jamais trouvé les restaurants. Je me suis réveillée à trois heures du matin, incapable de me rendormir. Et je m'ennuie de mon hôtel au centre-ville. Je ne veux plus jamais revenir ici !

René me comprend, car il a dû marcher quarante minutes aller et retour pour trouver le centre commercial afin de s'acheter un sandwich. En fait, il semble qu'il n'y ait que moi qui ne l'ai pas trouvé, car mes collègues se sont rejoints dans le lobby pour s'y rendre ensemble. Manuel m'a dit qu'il est venu cogner à la porte de ma chambre, et que je n'ai pas répondu. J'étais pourtant là, mais je n'ai rien entendu, le sommeil m'ayant emportée. À mon réveil, je me suis dirigée à l'épicerie, pour découvrir qu'elle était fermée. L'homme à la réception m'avait fourni un plan, alors j'ai marché pendant trente minutes en direction du centre commercial dans l'espoir de trouver un endroit où me restaurer. Pas âme qui vive n'a croisé mon chemin. Ni même une voiture. Je suis revenue bredouille.

En Espagne, le dimanche est un jour consacré au repos. Pour un agent de bord qui séjourne désormais hors du centre-ville, loin des commodités, le jour du Seigneur signifie plutôt la descente aux enfers. Les jambes lourdes, j'ai regagné mes quartiers et appelé le service aux chambres. « *Los domingos, no ofrecemos este servicio* », m'a-t-on répondu au bout du fil. Cette mauvaise nouvelle a eu l'effet d'une brique dans mon estomac. Pas de service aux chambres signifiait que je devais me contenter de mon kit de survie alimentaire. Au menu : conserves de thon, gruau, barre granola du randonneur. Un vrai festin. Sans être rassasiée, je me suis assoupie pour calmer ma faim. Résultat : je me suis réveillée brutalement à trois heures du matin.

— J'ai un Red Bull dans mon sac, tu le veux ?

— Je ne prends jamais ça, mais je vais faire une exception.

René me tend la boisson énergétique et pendant que j'engloutis le liquide, il nous fournit les informations du vol. Quelques gorgées plus tard, je remarque au moins un élément positif : à Barcelone, le transport nous amène jusqu'à l'avion. Quel plaisir ! Je n'aurai à interagir avec personne tant et aussi longtemps que les passagers ne monteront pas à bord.

Notre point de fouille est situé en retrait de la piste. Le chauffeur s'arrête devant l'étroit bâtiment en béton. Pendant que nous passons la sécurité, qui est plus reposante que celle des États-Unis ou de l'Angleterre, le bus est fouillé. Nous y remontons de l'autre côté de la barrière, section tarmac.

Nous circulons le long du terminal en passant sous les passerelles reliées aux avions. Lorsque nous arrivons à notre appareil, l'équipage du vol d'aller descend les escaliers pour nous rejoindre. Ils prendront le même bus que nous pour se rendre à l'hôtel.

— Rupert ! m'exclamé-je d'un ton lamentable.

— Scarlett ! Encore mille mercis pour l'échange !

Chanceuse, tu as avec toi le meilleur directeur de vol !

— C'est au moins ça !

— Ça n'a pas bien été, on dirait ? Tu as l'air fatiguée. Tu devrais peut-être te maquiller un peu plus, suggérât-il, inquiet.

— J'ai l'air si pire que ça ?

— Non, non, mais un peu de *blush* ne te ferait pas de mal.

— J'ai passé une affreuse nuit. Du *blush*, tu es sûr ?

— Certain ! Allez, va te refaire une beauté, insistet-il avant de me faire la bise et de saluer son copain avant notre départ.

Après avoir monté les escaliers et ouvert la porte qui mène à l'intérieur de la passerelle, je regrette aussitôt de m'être précipitée à bord. « Davantage d'air frais ne m'aurait pas fait de tort. » Des sacs-poubelles traînent à l'entrée de l'avion. L'équipe de nettoyage s'active dans les allées. Une odeur de poussière flotte dans l'air. Je décide de ne pas m'avancer à mon strapontin et d'attendre à l'extérieur, près de la porte. Pour m'occuper, je fouille dans mon sac à main et récupère un miroir.

— AH ! dis-je en apercevant mon reflet.

— Qu'est-ce que tu as à hurler ? me demande Ariane, surprise par ma réaction.

— Tu as vu la tête que j'ai ?

— Tu es juste un peu cernée. Du cache-cernes et tout est réglé.

— Je ne mets jamais ça ! Tu en as, toi ?

Je lui pose la question en connaissant déjà la réponse. Ariane a l'air d'une Barbie. Toute poupée qui se respecte voyage avec son cache-cernes.

— Voilà ! Une ombre à paupières mauve ou rose ne te ferait pas de mal non plus...

— Woh ! Cache-cernes, oui, mais ombre à paupières mauve, ça ne passe pas.

— C'était juste une suggestion...

Elle me connaît mal pour me proposer des couleurs aussi flamboyantes. Un trait de crayon noir sur les paupières, du rouge à lèvres et un peu de *blush*, comme Rupert l'a suggéré, suffiront.

Mon éclat à peine retrouvé, je monte à bord de l'appareil et rejoins ma position à l'arrière. J'ai choisi la *galley* pour m'éviter de côtoyer les passagers. Quelle chance pour eux ! Je n'effrayerai personne. Je vérifie d'abord mon strapontin et mon équipement d'urgence. Ensuite, je m'assure que nous ayons suffisamment de repas à bord. Après avoir additionné les chiffres sur les étiquettes des chariots, je suis rassurée : 342 repas ! Un pour chaque passager. Je vérifie ceux qui sont réservés aux membres d'équipage. Je mange rarement le mien, me procurant la plupart du temps une salade fraîche à destination. Mais hier, j'ai failli à ma mission, ou plutôt, l'Espagne et son dimanche de *siesta* m'ont trahie. J'ai faim et je ne partirai pas d'ici sans m'assurer que nous aurons de quoi nous mettre sous la dent. Soudain, je note un espace vide dans les compartiments. Il devrait être rempli. Je prédis qu'il s'agit de mon chariot pour l'équipage. Après vérification, j'en suis convaincue. J'appelle René.

— C'est Scarlett à l'arrière. Il manque nos repas. Nous n'avons pas reçu les *snacks* non plus. À moins qu'ils soient à l'avant ?

— Non, je ne les ai pas. Je vérifie avec l'équipe au sol et je te reviens.

Je repose l'interphone et continue ma vérification. Manuel s'avance pour me donner un coup de main.

— Entre Barcelone et Paris, tu préfères quoi ? lui demandé-je.

— Ni l'un ni l'autre.

— Mais tu n'as pas le choix... — Oui, je l'ai ! Je peux aller ailleurs.

— Où, par exemple ?

— À Toulouse ou à Amsterdam, là où l'on dort encore au centre-ville, me dit-il.

— Essaie seulement de les obtenir sur ton horaire, parce que j'ai essayé et c'est devenu sénior comme destination.

— Je m'en doute. Avant, les sacoches demandaient Paris, et maintenant, elles veulent Toulouse...

— Et nous, on ramasse les miettes qui restent !

déclaré-je avec un brin d'envie.

— C'est la loi de l'ancienneté, ma Scarlett !

— Plutôt une loi monarchique, ajouté-je spontanément.

— Qu'est-ce que tu veux dire ?

Devrais-je lui avouer qu'à l'occasion j'ai l'impression d'être une paysanne qui, à la vue des horaires, envie ses collègues rois et seigneurs, qui récoltent les plus belles richesses en matière de courriers ? Comme je m'apprête à débattre mes idéaux, un homme aux cheveux courts à l'avant et longs à l'arrière s'avance pour me parler.

— *You didn't find the meals ?*

Non, en effet, je ne trouve pas les repas. Ça fait un bout de temps que je l'ai souligné. Selon lui, ils devraient s'y trouver. Il se met à chercher. Je suis peutêtre fatiguée, mais encore lucide, à ce que je sache. Le verdict s'ensuit.

— *You're right. They're not there. I'll bring them*, m'annonce-t-il avant de retourner dans son camion pour dénicher le chariot oublié.

Après que j'ai informé mon directeur de vol de la situation, il commence l'embarquement. Le temps que les passagers montent à bord, nous aurons sans doute reçu notre colis.

— Alors, tu disais ? insiste Manuel pour que je lui explique ma théorie monarchique.

— Hum, hésité-je, incertaine de vouloir soulever un désaccord entre nous. Tu connais les trois règles importantes dans l'art de communiquer ?

— Non...

— Pour éviter les débats, toujours s'abstenir de parler d'argent, de religion ou de politique.

— Et ?

— Ma théorie sur la loi de l'ancienneté entre dans ces catégories...

L'annonce pour nous signaler que l'embarquement est terminé se fait entendre et met un terme à notre conversation. Je regarde la cabine afin de voir où nous en sommes. Tous les compartiments ont été fermés par mes collègues, je demeure donc à l'arrière dans l'attente de mon chariot.

— Mais qu'est-ce qu'elle essaie de faire ? chuchotéje en voyant une passagère examiner l'étroite cloison derrière la dernière rangée de sièges.

— Je crois qu'elle cherche les toilettes... m'éclaire Manuel.

La jeune femme aux talons aiguilles et au décolleté plongeant tire sur la poignée miniature d'un compartiment localisé dans le mur. Le panneau au contour métallisé ne doit pas mesurer plus d'un pied de haut par un pied de large. Impossible qu'une toilette s'y trouve. J'y ai rangé des bouteilles d'eau parce que l'espace disponible ne permet pas d'y insérer autre chose. Puisque j'ai verrouillé la porte avant le décollage, la femme n'arrive pas à ouvrir les « toilettes ». Elle arrête de forcer et analyse la situation. Une seconde d'observation, et elle amorce une nouvelle tentative.

— Est-ce que je rêve ou quoi ? murmuré-je sans compassion pour son égarement.

— Non, tu ne rêves pas. Tu l'aides ou je le fais ?

— Vas-y !

Manuel avance d'un pas afin qu'elle le regarde. Elle cesse de s'acharner, confuse. D'une gentillesse inégalée, il élucide le mystère.

— Vous cherchez les toilettes, madame ?

Un sourire s'affiche sur son visage. « Merci de venir à ma rescousse ! Je me croyais folle ! Il y a bien des toilettes dans cet avion ! » doit-elle se dire.

— Les toilettes sont par là, précise-t-il en lui indiquant la bonne direction.

— Ah ! Je croyais qu'elles étaient...

— Non, madame, ça, c'est un compartiment pour le rangement.

* * *

L'interphone sonne. Je m'assieds sur mon strapontin et décroche le combiné.

— Scarlett à l'appareil.

— Salut, c'est René. Tu as reçu ton chariot ?

— Non, pas encore. C'est long ! dis-je en soupirant, peu surprise de recevoir un service de style *siesta* jusque dans l'avion.

— Le commandant vient de m'informer que, si on ne ferme pas la porte d'ici cinq minutes, on va manquer notre créneau horaire.

— Je comprends, René, mais as-tu de quoi manger pour les huit prochaines heures ?

— Non, je sais. On va devoir mettre un délai. Je vais le dire aux pilotes.

— Pas le choix ! ajouté-je, déçue, mais prête à patienter pour éviter de jeûner.

Sur le point de raccrocher, René m'interpelle une dernière fois.

— Quand tu auras une minute, me dit-il, tu devrais venir me voir à l'avant. J'ai un cadeau pour toi.

— Un cadeau ?

— Oui. Tu peux venir maintenant si tu veux.

— OK... Je m'en viens !

J'avise Manuel de mon absence et avance d'un pas pressé dans l'allée. J'ai tellement hâte de savoir de quoi il s'agit que j'en perds mon radar d'hôtesse sur le trajet. Je heurte maladroitement tous les coudes qui dépassent des sièges. Les passagers qui débordent, je les bouscule sans même me retourner pour m'excuser. Qu'est-ce que René m'a acheté ? Ce doit être Rupert qui lui a remis quelque chose pour me remercier. Lorsque j'arrive à l'avant, le commandant s'entretient avec mon directeur de vol.

— J'ai réussi à nous avoir une *slot* dans trente minutes, sinon ça va dans une heure. Je ne vais pas mettre un délai aussi long pour des repas. Va nous acheter des sandwichs dans l'aéroport, ordonne le commandant, inquiet de conserver son créneau horaire dans cet espace aérien surchargé.

René approuve aussitôt et ramasse son portefeuille. Je suis certaine qu'il ne m'a même pas aperçue tellement il y a d'action dans l'air. En posant le pied sur la passerelle, il se retourne pour me parler.

— Ton cadeau est à 1 H !

Je le laisse s'éloigner, muette. J'assimile sa révélation. 1 H ? Mon cadeau serait donc un passager ? Je bondis dans le milieu de la *galley* pour me cacher près des fours. La peur me gagne. Et si c'était John ?

Je ne veux pas le voir ! *Freaking*-Debbie ? Je réfléchis. René m'a bien dit qu'il s'agissait d'un cadeau. J'agrippe par le bras ma collègue assignée à la première classe.

— Ariane ! Qui est le passager assis à 1 H ?

La plantureuse blonde jette un rapide coup d'œil à l'extérieur du rideau.

— C'est un gars. Un beau gars, m'annonce-t-elle.

Pourquoi ?

— De quoi il a l'air ?

— Pourquoi tu veux savoir ça ? Va voir par toimême, il est assis juste là...

— Non ! Je ne peux pas ! J'ai besoin de toi ! De quoi il a l'air ?

— Cheveux brun foncé. Mâchoire carrée. Belle *shape*. Yeux bleus pétillants.

— Impossible ! m'exclamé-je en ramenant ma main contre ma poitrine.

— Ça va ? Tu es toute pâle !

— Donne-moi le manifeste des passagers ! dis-je, affolée.

Ariane me tend le document. Mon doigt glisse de haut en bas à la recherche des cinq lettres fatidiques. Mon cœur se contracte. Une sensation de picotement me parcourt le bras jusqu'au bout des doigts. C'est bien lui !

— De quoi j'ai l'air ? demandé-je, en panique, à Ariane.

— D'une fille hystérique...

— Arrête ! Je le sais, ça ! De quoi j'ai l'air *physiquement* ? Fatiguée ?

— Je te l'avais dit qu'une ombre à paupières ne t'aurait pas fait de mal.

— Donne-moi ta trousse de maquillage, vite !

J'entre dans les toilettes et enclenche le verrou derrière moi. Je tremble de nervosité. Mon reflet dans la glace n'améliore en rien mon état. « Espèce de miroir d'avion qui enlaidit ! » Le faisceau de lumière plombe sur mon visage tel un phare de voiture. Mes traits semblent durcis, et mes pores de peau, obstrués.

J'applique encore du *blush* couleur mandarine sur mes pommettes. L'éclat s'améliore. D'ordinaire, mon rouge à lèvres me donnerait une allure sophistiquée, mais aujourd'hui, je trouve qu'il me donne un air sévère. Un *gloss* fera l'affaire.

Prête à regagner le cœur de l'homme que j'ai laissé filer, je débloque le verrou, éteignant l'ampoule chargée de fausser les apparences. « Ah ! Je ne suis pas si pire que ça, finalement. Je suis belle ! Je suis bonne ! Je suis capable ! » me dis-je pour m'encourager avant de penser au plus important. Est-il encore célibataire ?

27

Chapitre 27

Barcelone (BCN) – Montréal (YUL)

–Ethan ?

Je dépose ma main sur son épaule un bref instant pour qu'il se retourne et cesse de bavarder avec la dame assise sur le siège voisin du sien. Je joue la surprise, comme si je n'avais jamais été informée de sa présence à bord. Il détourne la tête pour me regarder de ses beaux yeux bleus. Mes mains tremblaient en traversant le rideau et tremblotent davantage en voyant l'expression sur son visage. Il n'est pas surpris de me voir...

— Salut. René m'a dit que tu étais à bord, m'avouet-il tout bonnement.

— Euh... il t'a dit ça ?

— Oui, je serais allé te saluer quelque part pendant le vol, mais tu m'as devancé...

Il avait l'intention de venir me saluer pendant le vol ? Si moi, je ne pouvais pas attendre pour le voir, il semble que ce ne soit pas son cas. Debout dans l'allée, je me sens vulnérable devant son indépendance. Je tente de sauver la face.

— Quoi de neuf ?

— Eh bien, je reviens d'un trip de *kitesurf* dans le sud de l'Espagne. C'était génial ! Toi, tu vas bien ?

— Ça ne pourrait pas aller mieux ! fais-je en exagérant volontairement. Mais tu n'étais pas au Portugal ?

Merde ! J'ai l'air de la fille à l'affût de ses déplacements.

— C'est Rupert et René qui m'ont dit t'avoir croisé là-bas, précisé-je aussitôt.

— Oui, je les ai vus à l'aéroport de Lisbonne. Je leur avais pourtant dit que j'allais à Tarifa et que je revenais par Barcelone...

— Ah oui ? Je pensais que vous ne vous étiez pas parlé.

— Tu as dû mal comprendre. On a pris un café ensemble.

Je réfléchis. Je revois la mise en scène de Rupert dans la cour. Il n'avait pas de rendez-vous chez le médecin. René et lui ont inventé ça de toutes pièces afin que je me retrouve exactement là où je suis présentement. C'est bien joué, sauf qu'ils auraient dû s'assurer que l'intérêt était réciproque. Pour le moment, Ethan semble indifférent à ma présence. Je le sens très distant.

— Bon, je vais retourner à l'arrière.

— Tu reviendras me rendre visite, me propose-t-il par politesse.

De retour à l'arrière, je m'assois sur mon strapontin et me prends la tête à deux mains pour m'aider à reprendre mes esprits. Mes attentes étaient beaucoup trop élevées. Je m'imaginais le surprendre, récolter ce rire qui m'a charmée lors de notre première rencontre. Je n'ai même pas reçu un regard perçant digne du bel Ethan. « Il se fout de moi ! » songé-je, accablée, en me massant la nuque.

— Ça va ? demande Manuel.

— Comme sur des roulettes.

— Tu veux rire ! Tu es blanche. Qu'est-ce qu'il y a ? demande-t-il d'un ton attendri.

— J'ai vu un gars que je connais. — Et il te fait de l'effet... — C'est si facile à voir ?

— Juste un peu. Il est assis où ?

— En première.

— Celui à 1 H ?

— Oui ! Comment tu le sais ?

— C'est le seul beau gars dans l'avion. Tu me connais, j'ai déjà fait mon tour d'horizon !

— C'est vrai qu'il est dur à manquer !

— Une amourette ?

— Non, plus que ça.

— S'il t'intéresse tant que ça, fais tout pour qu'il te remarque et qu'il t'invite quelque part, me conseillet-il, comme si la chose était facile à réaliser.

Je m'apprête à lui raconter comment ma courte conversation avec Ethan m'a semblé froide et sans débouché possible lorsque René, qui effectue une dernière vérification de la cabine, m'interrompt.

— Et puis ?

— Et puis quoi ?

— Ton cadeau ?

— Il n'est pas intéressé ! lancé-je, en le mitraillant du regard.

— De quoi tu parles ? Bien sûr que oui !

— Je l'ai trouvé froid. Il savait que j'étais à bord et il n'est même pas venu me voir.

— Franchement, Scarlett ! On est en plein embarquement. Arrête de t'en faire.

— Tu crois ?

Une lueur d'espoir brille dans mes yeux.

— Il joue peut-être à l'indépendant.

— Ça ne marche pas avec moi, cette tactique !

— Après ce que tu lui as fait, je ferais pareil. Laisse donc ton orgueil de côté pour une fois!

—Hum... Bon décollage, René ! dis-je, l'ego piqué.

L'annonce du commandant qui nous demande de nous asseoir à nos strapontins se fait entendre. Je vérifie que tous les loquets bloquant les chariots sont abaissés. Je m'attache et, pendant que l'appareil s'avance sur la piste, Manuel m'éclaire sur l'avantage dont je dispose.

— Huit heures, Scarlett. Tu as huit heures pour impressionner 1 H !

* * *

Si, en Espagne, les dimanches sont d'un calme plat, pour les jours suivants, c'est tout le contraire. La Rambla à Barcelone est si festive qu'à quatre heures du matin on a l'impression qu'il est minuit, heure à laquelle les Espagnols viennent tout juste de sortir de table. En traversant la rue, il faut s'assurer de regarder droit devant soi pour éviter de faire un face-à-face avec un autre piéton. Cette sorte de frénésie influence quiconque croise son chemin. Même l'individu le plus ennuyeux aura le désir de poursuivre sa promenade jusqu'à l'aube pour observer l'action autour de lui.

Mais il y a un hic... Là où l'Espagnol va, l'action suit. Soit elle se crée d'elle-même, soit il l'invente, et ce, jusque dans un avion. En gros, les huit heures qui m'étaient allouées pour conquérir le cœur d'Ethan risquent d'être raccourcies à une, à coups de deux minutes ici et là.

— Mademoiselle ! J'essaie de dormir depuis le début du vol et il y a une gang d'adolescents qui jasent très fort. Pourriez-vous venir les avertir ?

La femme au visage exténué m'indique de la suivre jusqu'en milieu de cabine. Normalement, je la soupçonnerais d'exagérer la situation. Sur un vol de Paris, je conclurais d'emblée qu'elle n'est pas armée d'une grande patience. Or, cet avion a décollé d'Espagne avec à son bord plusieurs de ses citoyens. Mon instinct me dit qu'un *party* se prépare. Cela se confirme dès mes premiers pas dans l'allée.

— Ha ! Ha ! Ha ! entends-je en avançant vers la zone en question.

— Vous voyez ! me lance leur dénonciatrice.

J'arrive à la sortie d'urgence. Deux jeunes sont agenouillés sur le tapis, une canette de bière à la main. Ils rient avec leurs compagnons assis sur les sièges qui leur font face. On les croirait confortablement installés dans un bar. Pas du tout inquiétés par ma présence, ils poursuivent leur conversation animée. Le volume de leur voix demeure pour eux un volume normal. La femme avait raison. Il faut que je les calme.

— *Lo siento pero hablan demasiado fuerte. O bajan el tono de la voz o van a hablar atrás*[7].

---

[7] . — Je suis désolée, mais vous parlez trop fort. Je vous demanderais soit de baisser le ton, soit d'aller discuter ailleurs.

Les jeunes hommes cessent de parler un instant pour ensuite baisser le ton d'un cran. Je suis contente qu'ils aient choisi l'option un, car après leur avoir suggéré comme option deux d'aller discuter à l'arrière, j'ai réalisé que je travaille à l'arrière et que je devrai à mon tour les endurer. Maintenant que j'ai parcouru la moitié de la cabine, je décide de passer faire un tour à l'avant. Ethan n'est pas venu me voir depuis que nous avons décollé. Je commence à m'inquiéter. En traversant le rideau depuis la rangée opposée à la sienne, j'interpelle René.

— Maintenant que je sais que vous avez tout comploté pour que je me retrouve ici, dis-moi ce qu'Ethan t'a vraiment raconté à Lisbonne !

— Comment tu sais qu'on s'est parlé ? demande- t-il, surpris d'apprendre que je l'ai démasqué.

— C'est lui qui me l'a dit. Si tu voulais que je me retrouve sur son vol, c'est qu'il t'a sûrement dit qu'il était célibataire ?

Scarlett, tu es là, à deux pas de lui et tu me parles à moi. Qu'est-ce que tu attends ?

— Je t'ai posé une question, René ! Je n'irai pas lui parler si je n'ai aucune chance avec lui.

— Tu crois que Rupert et moi aurions tout comploté si nous pensions qu'Ethan et toi c'était fini ?

— Peut-être...

— Réfléchis... C'est quand même toi qui ne l'as pas rappelé.

Si je comprends bien, Ethan est bien disponible, mais vu mes erreurs du passé, je suis vouée à faire tous les efforts. C'est vrai que je lui ai fait la vie dure dès notre première rencontre et que, même après avoir eu son numéro, j'ai pris un temps fou à l'appeler. Puis, après une soirée ensemble, je ne lui ai plus donné de nouvelles. Mon beau Ethan s'imagine peut-être qu'il ne me plaît pas ? Il fait erreur ! Je vais le lui démontrer ! Décidée à lui signifier mon intérêt, j'ouvre le rideau, en prenant bien soin de l'écarter entièrement pour qu'il remarque mon entrée en cabine. Soudain, mon besoin de paraître indépendante refait surface. Voyant ma collègue Ariane verser un verre de vin rouge près du comptoir, je décide de retarder mon tête-à-tête afin de tenter de faire bonne impression.

— Dis-moi quelque chose, n'importe quoi, lancé-je à Ariane en souriant de façon exagérée.

— Quoi ? Qu'est-ce que tu as dit ? émet-elle, incrédule.

— Ha ! Ha ! fais-je, feignant la bonne humeur dans le but d'avoir l'air épanouie et resplendissante.

Convaincue que j'ai attiré l'attention de mon cher 1 H, je m'avance dans sa direction, le sourire aux lèvres, la confiance gonflée à bloc. Je m'arrête à son siège et le regarde ensuite, comme pour faire semblant que je viens de me rappeler qu'il est assis là. À nouveau, la déception m'envahit. Ethan n'a même pas remarqué ma mise en scène, car il a les yeux rivés sur son ordinateur. Percevant une présence immobile à sa gauche, il se retourne et met sur pause le film qui le captive tant.

— Désolé, je ne t'avais pas vue, dit-il en me faisant un joli sourire.

— Je ne veux pas te déranger. Je te laisse avec ton film, on se parle plus tard...

— OK, merci !

En déambulant dans l'allée, un couloir sombre se dessine devant moi. Les passagers m'arrêteraient en chemin, tenteraient de me ralentir, et je ne les verrais même pas. Je broie du noir. Était-ce si difficile que cela d'interrompre son film pour discuter avec moi ? « Un gars intéressé s'arrange toujours pour te parler. » C'est la loi numéro un de la séduction. Quand un homme est charmé par une femme, il le lui fait savoir illico. S'il ne la rappelle pas dans l'immédiat, ne répond pas rapidement à ses courriels, c'est qu'il n'est pas vraiment intéressé. La conclusion est facile à tirer, non ? Sauf que c'est moi qui lui ai dit « Je te laisse avec ton film »... Ah ! Je ne sais plus quoi penser !

Le service de repas terminé, je remarque que les jeunes Espagnols que j'ai avertis précédemment se tiennent debout derrière la dernière rangée de sièges. Ils parlent fort et rient, une bière à la main. Ils semblent joyeux, heureux d'aller visiter le Canada. J'aimerais leur dire de baisser le ton, mais j'aime mieux les voir ici qu'au milieu de la cabine à déranger tout le monde. Je range un dernier chariot et demande à Manuel de me rapporter un repas lorsqu'il ira chercher le sien.

Sur cet appareil, la *galley* arrière est minuscule. J'ai fermé les rideaux pour tenter d'avoir mon espace privé et me suis assise sur un contenant en métal, car mon strapontin donne directement sur une file de passagers qui attendent pour utiliser les toilettes. Affamée, je commence à engloutir l'un des repas servis en économie. Mon ventre s'est à peine arrêté de gargouiller qu'il se serre de nervosité. Ethan vient de pousser le rideau, le laissant retomber derrière lui.

Scarlett... dit-il, gêné. Ça va ?

— Ethan, salut... prononcé-je, la bouche pleine.

— Désolé, je te dérange pendant ta pause ?

— Non, non ! Tu ne me déranges pas. J'ai fermé le rideau pour respirer un peu.

— Est-ce que c'est pire qu'un Cancun avec six gars aux chapeaux Corona ?

« Ce vol a été une bénédiction », pensé-je en me remémorant notre première rencontre.

— Notre Cancun était de la petite bière à côté de cette gang-là. Tu les entends jaser ?

— C'est vrai qu'ils parlent fort. On se croirait encore en Espagne, ajoute-t-il en me gratifiant d'un sourire digne d'une publicité pour le blanchiment des dents.

Une chance que je suis restée assise sur ma caisse en métal, car sa proximité a réussi à ramollir tous mes membres. J'arrive à peine à soulever ma fourchette pour manger. Quoique ma faim s'est évaporée depuis que je suis enivrée par son charme.

— J'ai chaud, dis-je en brandissant une épaisse serviette absorbante devant mon visage en guise d'éventail. C'est moi ou la température a augmenté ? Tu n'as pas chaud ?

Ethan me sourit. Sa barbe lui va si bien. Si je le pouvais, je l'embrasserais sur-le-champ. Je chasse cette pensée lorsqu'il prend ma main dans la sienne.

— Tu es glacial ! m'exclamé-je en repoussant sa main instinctivement, surprise de sa froideur.

— En avant, il fait froid. On est mieux ici, mais je ne veux pas te déranger...

— Oh, j'ai le temps de jaser ! dis-je rapidement pour me faire pardonner d'avoir repoussé sa main. Alors, tu as aimé Tarifa ?

Mon beau sportif me raconte son voyage, et moi, je me détends peu à peu, au son de sa voix. J'aimerais lui demander : « On va souper après le vol ? » mais la peur d'essuyer un refus m'en empêche. J'essaie tant bien que mal de rassembler le courage nécessaire pour m'exprimer, mais le rideau s'ouvre et la conversation s'arrête brusquement.

— *Can I have another beer, please ?* me demande poliment l'un des jeunes hommes sur le *party*.

— *Me too, please !* ajoute son ami.

Préoccupée par l'ambiance festive qui règne à l'arrière de l'appareil, je m'excuse auprès d'Ethan et me lève pour vérifier l'état de la situation. Une file de gens attendent toujours pour les toilettes alors que mes amis bruyants, en se tenant près de la porte, ne facilitent pas le passage vers celles-ci. J'ai été compréhensive, mais je reste consciente que nous sommes tous confinés à l'intérieur de cet avion et qu'il faut agir en respectant autrui. Comme je les informe qu'il leur faudra retourner à leur siège et rester tranquilles pour le confort de tous, Ethan m'avise qu'il fera de même.

— Je te laisse à tes occupations. C'est vrai que c'est un peu plus intense qu'un Cancun ! blague-t-il avant de se rediriger vers son siège.

Je suis déçue de ne pas pouvoir lui parler davantage. J'ai eu le champ libre pour l'inviter et je ne l'ai pas fait. J'aurais préféré que ce soit lui qui le fasse. En avaitil seulement envie ? Je reste positive. Il s'est déplacé à l'arrière pour me parler. Quoiqu'il aurait très bien pu s'aventurer à l'arrière pour se réchauffer... « Franchement, Scarlett ! C'était une excuse pour te voir ! » me dis-je pour tenter de me réconforter.

— Ding dong !

La sonnerie de l'interphone retentit. Le combiné étant situé dans le passage menant aux toilettes, là où une dizaine de passagers sont alignés, je n'arrive pas à répondre immédiatement.

— Pardon, pardon, dis-je, gênée.

Je dois pousser tout le monde pour me frayer un chemin. Je me presse contre le fuselage pour laisser l'espace à la circulation et je décroche.

— Oui, allo, c'est Scarlett.

Salut, c'est René. Pis ?

— Pis quoi ?

— Ethan, voyons ! Je sais qu'il était avec toi en arrière. Vous vous êtes dit quoi ?

— Ha ! Ha ! Tu m'espionnes ?

— Je suis curieux, et n'oublie pas que c'est grâce à moi, si tu es ici, alors raconte !

— Rien, René. On a jasé de son voyage. Il ne m'a invitée nulle part.

— Tu ne l'as pas plus fait...

— Ce sont les gars qui font ça ! m'exclamé-je en plein devant les toilettes, là où plusieurs paires d'yeux sont rivées sur moi.

Oups... J'ai parlé fort. De toute façon, les passagers nous observent toujours comme si nous étions de mystérieuses créatures tout droit sorties d'un film de science-fiction. J'ai l'habitude de me faire analyser. Une fois de plus ne me fera pas de mal.

— Tu es vraiment vieux jeu. Je t'ai dit de laisser ton orgueil de côté pour aujourd'hui. Fais les premiers pas, m'encourage René.

— Tu proposes quoi, alors ? Je ne veux pas faire ça sur le pouce, et là, ça s'enligne pour ça avec deux heures de vol comme décompte.

— J'ai une idée, mais je ne suis pas sûr que tu veuilles la connaître...

— Je suis tout ouïe, René.

— Scarlett, jure-moi que tu vas me faire confiance là-dessus. Tu me donnes l'impression que tu n'es pas très ouverte...

— Je le suis, René ! mens-je.

— Je ne blague pas ! Tu joues le jeu jusqu'au bout ou bien tu t'arranges toute seule avec ton beau cadeau !

— OK ! OK ! Je le jure ! approuvé-je en ignorant la dame à ma droite qui m'observe depuis le début de la conversation.

— Tu jures quoi ? continue-t-il, tel un gourou à ses fidèles.

— Je jure que je vais jouer le jeu ! Je le jure ! Je le jure ! m'époumoné-je en évacuant mon besoin de contrôle dans l'interphone.

Le combiné raccroché, les pommettes bien rouges et le plan maintenant en poche, je m'éloigne de mon coin de fuselage, le cœur battant, pour retrouver ma *galley*.

— Désolée, madame, vous pouvez maintenant uti-
liser les toilettes. Je ne bloquerai plus le passage, dis-je à la dame qui se
tenait à ma droite.

Elle me sourit et, en déposant sa main sur mon épaule d'un air bienveillant,
me confie :

— Je n'attends pas pour les toilettes, ma chère. Votre conversation était
beaucoup trop intéressante. Je me suis permis de vous écouter. Un très bon
plan, d'ailleurs ! Je vous souhaite bonne chance !

* * *

— Mesdames et messieurs, nous effectuons notre approche finale vers
Montréal. Veuillez remonter votre tablette et le dossier de votre siège.
Veuillez vous assurer encore une fois que vos bagages sont rangés et que
votre ceinture est attachée...

J'effectue mes vérifications et me dirige comme prévu à l'avant. Lorsque
j'arrive à la première rangée, Ethan somnole, les yeux fermés. Il ne remarque
donc pas que je prends place sur le strapontin d'Ariane alors qu'elle s'est
assise sur le mien, à l'arrière.

Je sens que je fais la bonne chose. René m'a expliqué que, pour me racheter,
je dois lui démontrer mon intérêt, comme il l'a fait pour moi, il y a longtemps.
J'ai confiance, car avant la descente, Ethan m'a souhaité un bon retour à
la maison. J'ai senti qu'il hésitait à poursuivre la conversation, mais j'ai
joué le jeu et coupé court en prétextant que je devais préparer la cabine pour
l'atterrissage. Il m'a adressé le plus beau des sourires pour cacher ce que j'ai
perçu comme de la déception. J'espère que j'ai vu juste. Et René aussi...

J'entends les roues qui se déploient sous mes pieds. Je n'ai pas besoin
de regarder par le mini hublot de ma porte pour savoir que nous sommes
à proximité du sol. Avec les années, j'ai appris à reconnaître cette mélodie
lorsque l'appareil flotte à quelques pieds de la piste. Un souffle prolongé qui
ne cesse qu'une fois les roues posées sur le sol.

Nous roulons sur la piste pendant que René annonce notre arrivée aux
passagers. Il prend le temps de les aviser d'être prudents en ouvrant les

compartiments à bagages. Il invite ceux ayant besoin d'assistance à demeurer assis pendant que les autres passagers descendent. Il termine avec la requête cruciale lorsque nous sommes tout près de la barrière.

— Également, mesdames et messieurs, le commandant vient de m'informer qu'une fois l'avion arrêté, il vous demande de demeurer assis, le temps de régler des formalités à la barrière. Cela ne prendra qu'une minute. Merci ! conclut-il en m'envoyant un clin d'œil depuis son strapontin.

Je sais que je devrai faire vite, car Ethan est assis à la première rangée. Il ne doit pas me voir sortir, ni tenter de me rattraper et ainsi faire avorter involontairement mon précieux plan. La porte s'ouvre et René me fait signe de m'échapper par la passerelle. J'avais placé ma valise dans les toilettes, près de la porte du poste de pilotage, pour éviter de m'immiscer dans l'allée afin de la récupérer et ainsi risquer d'être vue par Ethan.

Courant à vive allure, j'imagine Ethan qui vient de se lever de son siège en entendant René donner le feu vert pour sortir. J'espère qu'il a regardé vers l'arrière et tenté de me voir à travers la foule. Il a peut-être même remis à mon directeur un mot écrit de sa main à mon intention dans l'espoir de me revoir un jour. « Dans les films, Scarlett, dans les films ! » pensé-je. Mais ne suis-je pas justement en train d'agir comme le ferait l'héroïne d'une comédie à l'eau de rose ?

Je poursuis ma course jusqu'au douanier et déclare le rien que j'ai à déclarer. L'homme en uniforme me demande :

— Vous arrivez d'Espagne et vous n'avez rien acheté ?

— C'était dimanche ! réponds-je.

Il n'a pas l'air de comprendre ce que cela signifie et je me garde de le lui expliquer. Je remets ma déclaration au second douanier, plus loin après les carrousels à bagages. Il la récupère et me souhaite une bonne journée. Je prie pour que cela soit le cas. Les portes automatisées s'ouvrent, je fais demi-tour pour vérifier mes arrières. Pas d'Ethan. Tant mieux, j'ai encore du temps devant moi.

Le plan A toujours en branle, je me dirige vers la boutique aux mille et une fleurs. La fleuriste s'approche pour me conseiller. Terrorisée par la possibilité que l'objet de mes pensées passe la sécurité lorsque j'aurais le dos tourné, je saute sur le premier bouquet de roses que je vois. Des roses rouges. Mes préférées. Je me poste ensuite là où il m'avait attendu lors de notre première rencontre et j'attends.

Qu'est-ce qu'il fait ? J'ai vu la moitié des passagers sortir avec leurs gros bagages. Mon beau Ethan devrait être sorti. À moins qu'il ne me soit passé sous le nez ? Je bouillonne de nervosité, j'ai les jambes en compote, le bras endolori par le poids du bouquet... et j'aurais fait ça pour rien ? Impossible ! J'appelle René.

— René ! René ! Où est Ethan ? m'écrié-je, en panique, sans même attendre un « oui, allo».

— Bonjour, ici René, je ne suis pas disponible pour le moment, mais veuillez laisser votre message. Merci ! Biiiiip !

J'aurais dû sauter sur l'occasion pendant qu'il était encore temps. « J'ai manqué ma chance ! » m'affoléje. Ne sachant pas quoi faire d'autre, je demeure en place, le regard vide, souhaitant de tout mon cœur que quelque chose ait retardé Ethan de l'autre côté. Il a perdu ses valises ? Il a été fouillé aux douanes ?

Tandis que mes pensées sont dirigées vers les possibles raisons de cette absence remarquée, mon bouquet perd peu à peu de sa prestance. Je le tiens d'une main, la tête en bas, certaine de ne jamais le remettre à son destinataire. Les choses se présentant souvent lorsque l'on s'y attend le moins, j'entends un « Scarlett ? » prononcé par une voix masculine à deux pas derrière moi. Ma vue s'ajuste et, en me retournant, Ethan apparaît, sourire aux lèvres, un bouquet de roses rouges dans les mains.

— Ethan ? bafouillé-je, incertaine de savoir à qui est destiné ce bouquet.

Il ne savait pas que j'étais sortie de l'avion. Pour lui, j'étais à l'arrière, là où j'ai passé tout le vol. « Ces fleurs ne peuvent pas être pour moi. »

— Tu attends quelqu'un ? me demande-t-il.

— Euh... oui. Mais toi, tu attends qui ?

— Tu ne le sais toujours pas ?

Il s'approche de moi. Assez près pour que je sente son odeur. On vient de me poser une question, mais je n'arrive pas à répondre. Je rougis, soulève les épaules, bascule la tête d'un côté, laisse échapper un rire timide.

Heureusement, je n'ai pas à me questionner longtemps, car lorsqu'il m'embrasse, mes doutes s'effacent. Pendant que sa délicieuse barbe me pique le bout des lèvres, il prend ma main dans la sienne. Mon lourd bouquet de roses tombe sur le plancher. Il écarte son visage du mien un instant pour me soupirer :

— Je suis ton cadeau, Scarlett. Un cadeau reste une surprise jusqu'à la fin !

28

Remerciements

J'aimerais remercier les membres de ma famille, qui sont mes plus fidèles admirateurs et supporteurs depuis le début de l'aventure. Je remercie Jolyane, pour le soutien qu'elle m'a accordé tout au long du processus de création. Tes idées m'ont remis dans le droit chemin lorsque je n'avançais plus. Merci à Libre Expression d'avoir eu confiance en mes talents d'écrivaine, ainsi qu'à mon éditrice, Marie-Eve Gélinas, pour m'avoir orientée avec douceur dans les bonnes directions. Merci à Jean Baril pour les défis qu'il me fait relever. Merci à mes lecteurs, qui m'encouragent chaque jour à poursuivre mon voyage d'écriture. Vos commentaires, vos critiques et vos encouragements m'obligent à m'améliorer. Merci à mes collègues, qui ont accueilli le premier tome de *L'Hôtesse de l'air* comme un plaisir à lire. Je suis reconnaissante de votre reconnaissance ! Merci à mon collègue David Benoît qui, sans le savoir, avec ses mimiques et imitations de collègues que nous ne nommerons pas, a inspiré plusieurs personnages de ce livre. Merci à Robert Piché pour avoir vérifié les détails techniques et lu certains chapitres pour s'assurer qu'ils étaient fidèles à la réalité d'un atterrissage d'urgence. Merci à Deborah et Bob de Retreats For You et à Wayne et Aaron de Circle of Misse pour ces merveilleux lieux d'inspiration qui permettent aux auteurs comme moi de créer en toute tranquillité d'esprit. En dernier lieu mais non le moindre, j'aimerais remercier le cher pilote qui m'a inspiré cette histoire.

About the Author

Elizabeth Landry est une écrivaine Canadienne et hôtesse de l'air qui vit à Cabarete, République Dominicaine. Grâce au succès de son blogue Lhotessedelair.com en 2012, elle publie sa trilogie à succès inspirée de sa vie à 36 000 pieds dans les airs. En 2019, elle s'installe à Cabarete et fonde en 2022 l'école de surf Cabarete Surf Company avec son mari à Playa Encuentro. L'Hôtesse de l'air est traduit en anglais sous le nom CALL ME STEWARDESS. Elle tient le blogue www.bohemianjetlag.com où elle raconte sa vie en tant que maman, agente de bord vivant en République Dominicaine.

You can connect with me on:

🌐 http://www.bohemianjetlag.com

🔗 http://www.cabaretesurfcompany.com